HISTOIRE

DES

THÉATRES DE SOCIÉTÉ

DU MÊME AUTEUR

CRITIQUE, HISTOIRE, ÉDUCATION

Histoire de la Littérature Française, 5 vol. in-8°.

Florian, l'Homme et l'Écrivain, 1 vol. in-8°.

Lesage romancier, 1 vol. in-8°. Ouvrage couronné par l'Académie française.

Lesage, l'Homme et l'Écrivain, 1 vol. in-8°.

J.-J. Rousseau et ses amies, préface d'Ernest Legouvé, de l'Académie française ; 1 vol. in-12.

Paris depuis ses origines, préface de Jules Claretie, de l'Académie française ; 1 vol. in-4°.

Coins de Paris, 1 vol. in-4°.

La Jeune Fille au XVIIIᵉ siècle. Ouvrage couronné par l'Académie française.

L'Université moderne, préface d'Octave Gréard, de l'Académie française ; 1 vol. in-folio.

Les Jouets, Histoire et Fabrication ; 1 vol. in-4°, illustré.

Rapport du Jury sur les Jouets à l'Exposition universelle de 1900. Imprimerie Nationale.

Le Monde de l'Enfance, 1 vol. in-4°.

VOYAGES, ROMANS

Feuilles de route en Tunisie, 1 vol. in-12.

Feuilles de route aux États-Unis, 1 vol. in-12.

La Vallée Fumante, roman du Far-West.

L'Oie du Capitole, 1 vol. in-4°, illustré par Vimar.

Le Carnaval de Binche, 1 vol. in-18.

Le Roman d'un agrégé, 1 vol. in-18.

Marie Petit, roman d'aventures (1705), 1 vol. n-18.

Typographie Firmin-Didot et Cⁱᵉ. — Mesnil (Eure).

LÉO CLARETIE

HISTOIRE

DES THÉATRES

DE SOCIÉTÉ

Avec 29 gravures dans le texte

PARIS

LIBRAIRIE MOLIÈRE

17, RUE DE RICHELIEU, 17

HISTOIRE

DES

THÉATRES DE SOCIÉTÉ

CHAPITRE PREMIER

LA COMÉDIE DE SOCIÉTÉ DU XVI° SIÈCLE
AU XVIII° SIÈCLE.

La Comédie de paravent et les Salons. — L'antiquité classique. —
Pourquoi les Anciens n'ont pas eu de Théâtre de Société. —
Le Moyen Age. — La Cour des Valois. — Sous Henri IV. — La
cour de Louis XIII. — Les ballets de Louis XIV. — Théâtres
privés au XVII° siècle. — Le XVIII° siècle. — Engouement pour la
Comédie de Salon. — La vie est un opéra. — Les Scènes privées
chez la duchesse de Bourgogne, duc de Noailles, duc d'Ayen,
Duchesse de Mazarin, M. de Montgeron, duc de Grammont,
Duchesse de Bourbon, la Folie-Titon, au Temple, baron d'Es-
clapon, de Montalembert, de Morville, de Croy, Mᵐᵉ de Rochefort, comtesse d'Amblimont, comte d'Artois, La Popelinière, de
Meulan, de Thiers, de Magnanville, de Mauconseil, Paulmy
d'Argenson, de Maurepas, comtesse de Provence, duchesse de
Villeroy, aux Pressoirs, Bertin, Penthièvre, Brunoy.

Les théâtres de société ont été l'objet de nombreux
travaux isolés et spéciaux (1); pour la première

(1) Cf. Brazier, *Histoire des Petits Théâtres*; G. Sand, *Histoire de
ma vie*; V. Fournel, *Curiosités Théâtrales*; Dinaux, *Sociétés Ba-
dines*; Émile Colombey, *Salons et Cabarets*; Desnoiresterres, *Les·*

THÉATRE DE SOCIÉTÉ.   I

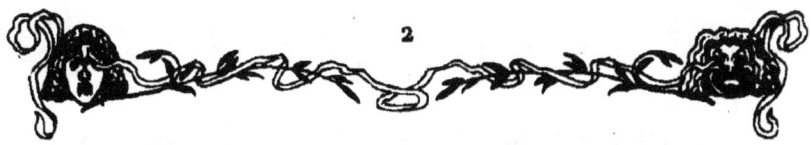

fois on a voulu présenter ici un tableau d'ensemble de leur histoire depuis les Valois jusqu'à nos jours. Ce genre littéraire est secondaire, mais il offre un intérêt capital pour l'historien des mœurs; il nous donne le spectacle changeant et fidèle des diverses sociétés dont la suite constitue l'unité de l'esprit public. Il raconte la vie mondaine et les plaisirs de l'aristocratie qui ont changé avec le temps et avec elle; car il y a aussi loin des Ballets royaux de Benserade aux saynètes de nos salons, que de Versailles à la Plaine Monceau. L'histoire des théâtres de société, c'est le théâtre de la société et de l'histoire.

⁂

Le théâtre de Société est contemporain de la vie de Salons, et celle-ci est récente. Les anciens ne l'ont pas connue pour deux raisons : la première fut la condition inférieure de la femme, qui, sans influence et sans prestige, ne recevait pas, et ne connaissait pas les cercles d'admirateurs discrets ou

Cours Galantes, Voltaire; E. et J. de Goncourt, Taine, Campardon, Percy et Maugras, Honoré Bonhomme, *passim;* Adolphe Julien, *Le Théâtre à la Cour, Musique;* Marquis de Massa, *Souvenirs et Impressions;* V. du Bled, *La Comédie de Société* au XVIII⁰ *siècle,* 1 vol., et cinq articles dans la *Revue Hebdomadaire,* mars-avril 1901; Léo Claretie, *La Jeune Fille au* XVIII⁰ *siècle; Florian;* Pierre de Lano, *Les Bals Travestis et les Tableaux Vivants sous le Second Empire;* Alphonse Levaux, *Le Théâtre de la Cour à Compiègne pendant le Règne de Napoléon III;* Collé, Bachaumont, Mercier, *Tableau de Paris;* Mᵐᵉ Carette, la comtesse Dash, baron Imbert de Saint-Amand, Armand Dayot, etc., etc.

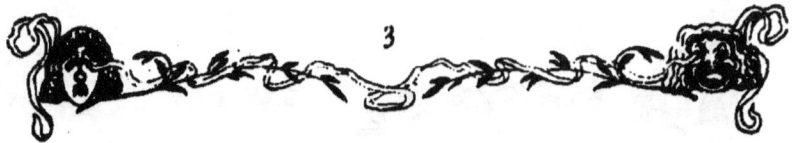

fervents, qui sont le propre de la civilisation moderne. Seules, les hétaïres tenaient des réunions
qui avaient un double caractère érotique et artistique; aussi passaient-elles pour des effrontées.
Des femmes dansaient en des poses lascives : ce
n'était pas du théâtre de société dans le sens ordinaire du mot (1).

La seconde raison était le climat, les Anciens
ayant habité des pays chauds, la Grèce, l'Égypte,
l'Italie, où la vie se passait presque toute dans la
rue; on ne restait à la maison que durant les
courtes heures de la nuit.

En France, au Moyen Age, le théâtre fut « de
société » dès sa naissance, si l'on veut appliquer ce
mot aux Miracles du XIIIe et du XIVe siècle, joués,
sans préoccupation de recette, dans l'église et dans
les Collèges, ou surtout dans les *puys*, devant des
invités. Puis les confrères de la Passion, pères du
théâtre payant et public, firent, des mystères, une
entreprise et une affaire.

La cour des Valois, au XVIe siècle, eut le goût des
ballets, des spectacles Collégiaques; mais la vie

(1) La pratique des arts était considérée comme indigne de
l'homme libre. Cependant il y eut des amateurs : Numérius Furius
(Cic. *De Orat.*), Sylla le dictateur (et Cornelius Nepos l'en blâmait),
les amis de Catilina (Cic., *Catil.*, II), Britannicus, dont Néron fut
jaloux (Suétone); des femmes, même, Sempronia (Tac., *Ann.*),
Panthée (Lucien, *Imag.*) etc. Néron jouait et chantait sur la scène
pour ses amis. Avant lui, le chevalier Labérius fut un dilettante de
talent. Suétone et Dion Cassius ont cité un sénatus-consulte
de 38 avant Jésus-Christ, qui fait défense aux chevaliers et séna-
teurs de jouer la comédie, cet exercice étant dégradant.

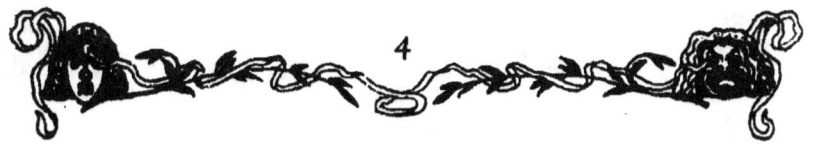

mondaine était si grossière, que vers la fin du règne de Henri IV, la marquise de Rambouillet s'en retira, pour inviter chez elle les personnes amies de la distinction et de la conversation : elle inaugura la véritable vie de salon.

Ce serait un sujet vaste, qui nous entraînerait trop loin, de parler des ballets de Cour. Ils étaient somptueux, l'élément mythologique, allégorique, merveilleux, exigeant un riche développement de costumes, de machines, de décors. Déjà sous les Valois, ils étaient fastueux. Catherine de Médicis en avait apporté d'Italie la mode et le luxe. Les tournois furent plus rares, et les spectacles commencèrent.

Sous Charles IX, il y eut fêtes sur fêtes à la Cour, et l'on démêle même un essai de ballet dans les jeux solennels organisés au Louvre pour célébrer l'union de Marguerite de Valois avec le roi de Navarre. Après une sorte de joute, où le roi et ses frères défendaient l'entrée du paradis contre Henri de Navarre et les siens, qu'ils repoussaient en enfer, on vit descendre du ciel Mercure et Cupidon, montés sur un coq. Mercure était un chanteur célèbre nommé Étienne Le Roi, « lequel, étant à terre, se vint présenter aux trois chevaliers et, après un chant mélodieux, leur fit une harangue et remonta ensuite au ciel sur son coq, toujours chantant. Alors les trois chevaliers se levèrent de leurs sièges, traversèrent le paradis, allèrent aux Champs Élysées quérir les douze nymphes, et les amenèrent au milieu de la salle, où elles se mirent

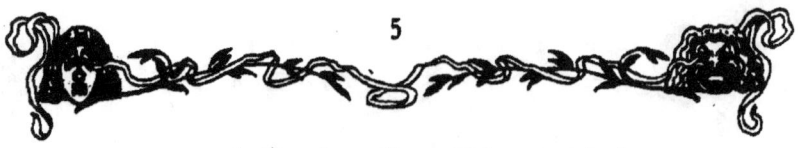

à danser un ballet fort diversifié, et qui dura une grosse heure » (Ad. Jullien, V. Fournel et Lud. Celler).

Bals, mascarades, momeries, égayèrent le règne de Henri III, les noces du duc de Joyeuse et de Marguerite de Vaudemont; le 15 octobre 1581 fut représenté le premier ballet constitué et complet, *Circé*.

Balthazar de Beaujoyeux, de son vrai nom Baltasarini, un des meilleurs violonistes, intendant de la musique et grand ordonnateur des fêtes de la Cour, en avait conçu le plan général, « avec les sieurs de Beaulieu et Salmont pour la musique; Jacques Patru pour les décorations et les peintures; de la Chesnaye, aumônier du Roi, et peut-être Agrippa d'Aubigné, pour les vers ».

Ronsard, Jodelle, Baïf, Desportes, travaillèrent aux cartels royaux et aux mascarades; Henri IV aimait ces fêtes, et Sully, sa calotte sur la tête, dirigeait les répétitions.

En 1611, Malherbe écrit à Peiresc : « Hier, je revins de Saint-Germain pour voir jouer la comédie. Je ne vous dirai autre chose, sinon que les personnages y firent des miracles. Madame, qui était habillée en amazone, comme représentant Bradamante, étonna tout le monde par sa bonne grâce; Monsieur et Monsieur le Duc y firent plus que l'on ne pouvait espérer de leur âge; Monsieur, pour prologue, récita les six vers que vous trouverez en ce paquet; il avait une pique en la main, qu'il mania en fils de maître... »

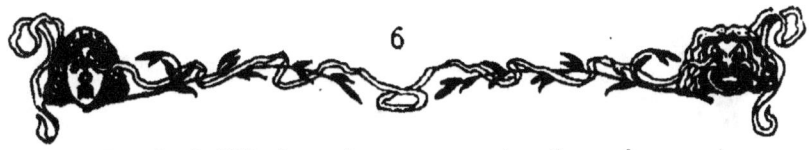

Louis XIII dansait, composait, figurait tantôt dans *Le Triomphe de Minerve,* et tantôt dans *Les Andouilles portées en guise de Momon.* Cet homme était éclectique. Anne d'Autriche faisait Junon dans *Psyché.* Richelieu donnait au Roi le spectacle de sa *Mirame,* de *La Prospérité des Armes de France.* Dans son théâtre, un banc réservé aux prélats s'appelait le « banc des évêques ».

Bois Robert, surnommé l'abbé Mondory, du nom de l'acteur, fit jouer une parodie du *Cid,* où Rodrigue déclare assez platement n'avoir pas de cœur, n'ayant que du carreau.

Il y avait donc comédie déjà en beaucoup d'endroits, au palais Cardinal, à l'hôtel de Rambouillet, chez de Gondi, chez Duplessis Guénégaud. Les ballets royaux étaient la manifestation la plus éclatante du genre. « Il en est, dit le vicomte d'Avenel, pour toutes les circonstances de la vie, pour toutes les époques de l'année. Ballets demi-deuil et de carême, ballets politiques avec allusions transparentes ou cachées; ballets graves ou sérieux, historiques ou romanesques. En une seule année on en dansa cinq nouveaux à la cour : celui des Turcs, des Amoureux, des Lavandières, des Nymphes, des Docteurs Gratiens. Mademoiselle va visiter un de ses domaines; l'intendant danse un ballet en son honneur le jour de son arrivée, et la princesse constate avec soin dans ses Mémoires que voilà un « homme de bonne compagnie » et qui sait vivre. La danse fait tout oublier : au plus fort de la guerre de Trente ans, lorsque les tailles,

en maintes provinces, ne se recouvraient plus qu'au moyen d'archers et de garnisaires; lorsque les sergents du roi enlevaient les meubles, puis les portes et le toit même de la maison, et qu'une foule de contribuables, ruinés, vagabondaient par la campagne, on dansait à la cour, trois fois de suite, un ballet qui avait pour titre : « La félicité dont jouit la France! »

« Les grands ballets de cour où figuraient près de cent cinquante personnes, et dont la dépense était supportée par le roi seul, revenaient quelquefois à 100.000 francs. Le monarque y paraissait sous les déguisements les plus variés; dans la même soirée il représente tour à tour un joueur de guitare et un simple soldat. Les colosses en baudruche, les types familiers de l'époque : Guillemine la Quinteuze, Jacqueline l'Entendue, Alizon la Hargneuse, les *Bertrands*, les Bilboquets, et divers grotesques plus ou moins plaisants, faisaient les frais ordinaires de ces exhibitions, où le bon sel paraît manquer totalement. On ne s'en lassait pas cependant. Deux *baladins* (maîtres de danse), Jacques Cordier, dit Boccan, chez le roi, Antoine Ballon chez la reine, réglaient le pas, présidaient à la mise en scène, et l'élite de la nation se consumait de travail pendant des semaines, sous la direction de ces artistes autorisés, afin de parvenir à exécuter dans les formes, et selon certain ordre, les *jetés* et les *entrechats* brodés sur un canevas qui aujourd'hui servirait à peine pour une charade d'après-dînée. »

Un des ballets les plus originaux fut : *Les Fées des forêts de Saint-Germain,* dont la première entrée représentait la musique « sous la figure d'une grande femme ayant plusieurs luths pendus autour d'un vertugadin, décrochés par certains musiciens fantasques qui sortirent de dessous ses jupes; et, comme ils en faisaient concert, la grande femme, dont la tête s'élevait jusqu'aux chandeliers qui descendaient du plafond de la salle, battait la mesure » (Mém. de MAROLLES).

Sous Louis XIV, il y eut deux Cours, deux genres, deux esthétiques, deux écoles : le ballet mythologique et pompeux figure chez le Roi, au Louvre; le ballet bouffon se réfugie chez Gaston d'Orléans, au Luxembourg.

Louis XIV dansa, bissa, trissa les *Fêtes de Bacchus, Le Ballet de la Nuit,* puis la *Puissance de l'Amour,* et les rôles étaient tenus par les plus grands seigneurs et les plus grandes dames. Chaque victoire, chaque naissance, chaque carnaval, mariage, traité de paix, fut ainsi marqué d'un trait d'or dans les annales du règne; le Roi triomphait en cadence et dansait des chants de triomphe; Beauchamp, Lulli, Lambert frappaient la mesure.

Il fut de mode aussi en ville d'offrir le ballet et la mascarade à ses invités. On engageait des acteurs dont c'était — comme encore aujourd'hui — la spécialité de savoir de petites comédies dansées, pour salons. Le ballet, *Les Rues de Paris,* ou *Les Romans,* fut joué chez Mᵐᵉ Grave-

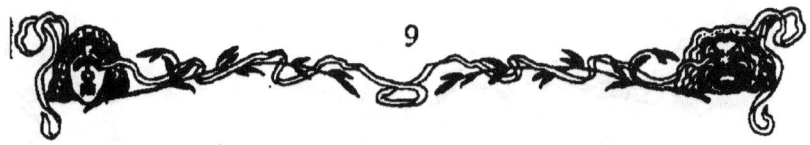

Launée; le portier laissa entrer tant de monde, qu'un grand prince venu pour voir le spectacle, dut s'en retourner. On le représenta ensuite ailleurs, au milieu du tapage et d'un tel bruit de conversations, que la musique fut obligée de partir après le récit d'Apollon. La troisième exhibition eut lieu chez M. d'Orgeval, où, les portes soigneusement closes, il put se déployer à l'abri de la foule, dans une salle bien éclairée et en présence d'une assemblée brillante, au milieu de laquelle on remarquait la belle Marion Delorme. Ces diverses représentations eurent lieu le même jeudi gras.

Le dimanche suivant, sur le désir témoigné par le roi, qui en avait entendu parler, la troupe alla le danser au Palais-Royal, devant la cour, et il y obtint, comme partout, un gros succès. Puis on vint demander aux acteurs de se transporter à la place Royale, chez une duchesse, où, mal reçus et traités avec mesquinerie par un intendant dont l'auteur se plaint avec amertume, ils s'acquittèrent de leur tâche sans entrain et en l'abrégeant, sous les yeux du duc d'Orléans, du duc d'Enghien, du maréchal de Bassompierre, etc. Ils se rendent ensuite dans l'Ile, chez M. d'Astrey-Commans, où ils trouvent trois princes parmi les spectateurs, et sont bien accueillis.

Le soir du lundi gras, la même troupe représente ce ballet chez le cardinal Mazarin, devant le prince Thomas de Savoie. Elle fut ensuite mandée au Luxembourg, quoique toute la Cour, sauf Madame, empêchée par la maladie, eût déjà vu ce

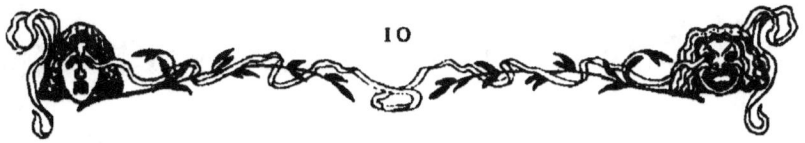

spectacle. Enfin elle va dans la maison de M. Portail, conseiller de la Cour souveraine, qui avait réuni à cette occasion toute la *mortellerie* et quelques dames du Marais.

Le Ballet des Rues de Paris était une véritable revue de fin d'année, chaque rue venant chanter son couplet d'actualité sur le fait du jour et du quartier.

A la Cour, le Roi choisissait parfois des rôles féminins, une nymphe dansante (1668), une dryade. Ses ballets prenaient la tournure équivoque de préludes aux amours royales, et Terpsichore portait le caducée de Mercure.

Le *Ballet des Muses* (1666) fut particulièrement brillant. Lulli avait mis en musique les vers de Benserade. Ils étaient les deux essentiels impresarii de ces divertissements; Molière y travailla, mais avec moins de faveur. Il était du ballet des Muses.

Cette composition était l'une des plus importantes qu'on dût jamais voir, par ses dimensions d'abord, par les personnages qui y figurèrent, comme le Roi, Madame, Mmes de Montespan, de La Vallière, par le succès extraordinaire qu'elle obtint, et aussi par l'intérêt et la variété des spectacles divers qu'elle réunit dans son cadre, par les additions et transformations qu'on lui fit subir, et par la multitude des interprètes, car trois troupes entières de vrais acteurs y prirent part : celle du Palais-Royal, avec son chef Molière, celle de l'hôtel de Bourgogne, plus, celle des comédiens italiens et espagnols.

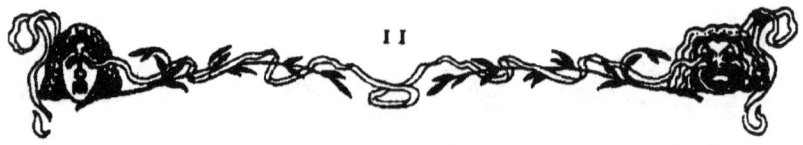

Molière composa tout exprès pour une entrée de ce ballet *Mélicerte* et la *Pastorale Comique*, puis la comédie du *Sicilien* pour le ballet final.

Racine osa-t-il donner un conseil au Roi dans *Britannicus*, en blâmant Néron sur ses goûts de cabotinage? Il n'y a même pas l'ombre d'une vraisemblance à cette hypothèse. Le hasard fit que les *Amants Magnifiques*, trois mois après (février 1670), furent le dernier ballet dans lequel le Roi parut. Dans la suite, il n'y eut pas moins de représentations, mais le Roi alla s'asseoir de l'autre côté de la rampe, parmi ses invités.

Les théâtres sur lesquels ces représentations étaient données, étaient installés soit dans quelque grande galerie du Louvre, soit dans l'appartement du Roi, soit au théâtre du Petit Bourbon, attenant au Louvre, sur l'emplacement actuel du square de la place Saint-Germain l'Auxerrois. Aux Tuileries, au Palais-Royal, au Luxembourg, à l'Arsenal, à l'Hôtel de Ville, à Vincennes, à Fontainebleau, Saint-Germain, à Saint-Cloud, chez les ministres, les princes, les seigneurs, il y avait des scènes prêtes. Le spectacle était toujours aux lumières, et durait fort longtemps, cinq, six, dix heures, sans compter les deux ou trois heures d'attente. Loret se plaint d'être resté treize heures debout sans pouvoir bouger. Pour passer le temps, on tâchait d'attraper un programme — ils étaient jetés à la volée (cf. *Le Bourgeois Gentilhomme*) — et on lisait la liste des entrées et le nom des personnages, pour en deviser par avance.

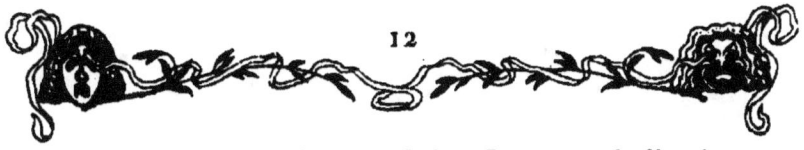

Les représentations de Saint-Cyr sont de l'ordre spécial du Théâtre collégiaque. Mais on donnait la comédie chez Madame de Maintenon, comme en fait foi la lettre de la Palatine, en 1702, au roi d'Espagne.

La Cour accaparait, absorbait toutes les forces, toutes les ressources, toutes les attentions, tout l'éclat du beau monde. Il y eut des ruelles, des académies : on ne songeait pas à se divertir loin du Roi; celui-ci donnait le ton et le branle; il joua, chanta et dansa dans les spectacles privés dont il fut le héros ; Benserade et Lulli consacrèrent à son divertissement leurs facultés, leur temps et leur flagornerie.

Le Roi appelait souvent les Comédiens de la ville pour voir représenter par eux les pièces nouvelles.

Ce n'est point là du théâtre de société, car celui-ci suppose l'exclusion des professionnels; les rôles sont joués, et ce n'est pas leur meilleure aubaine, par des amateurs, devant un public mondain prié sur invitation.

Toutes les causes se réunissaient pour que ce genre se développât au XVIIIe siècle, et il n'y a pas manqué. La recrudescence dans le goût public pour les réunions élégantes, la réaction contre les attaques dont Molière et Boileau poursuivirent vainement et bourgeoisement les gens du monde, l'extension des réceptions, le nombre croissant des salons, cercles, ruelles, l'engouement pour les divertissements mixtes, la galanterie, les occasions

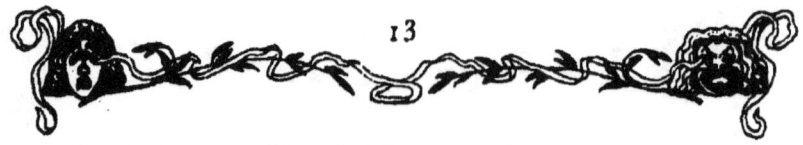
de rencontre, de compliments, de promesses, de
sourires et de triomphes, tout concourut au succès
des spectacles privés, qui furent une mode, une
fureur, une folie.

A ce moment, les acteurs, les actrices de profession se font de gros gages par les leçons qu'ils
donnent dans les familles. C'est une des institu-
tions les plus graves, et il faut y préparer la petite
fille de bonne heure. Pour la femme, ce sera la
plus charmante et la plus importante occupation
du carême, de se mettre du rouge, de préparer ses
intonations, de se donner l'ivresse et le mensonge
de la scène et des coulisses, les triomphes de la
grâce ou de la beauté, les joies vaniteuses du succès. Pour cette précieuse victoire, elle dérangera
couturiers et modistes, se fatiguera en essayages,
courra aux répétitions, forcera sa mémoire à retenir les vers les plus plats, et voudra conquérir la
réputation de surpasser la Sainval ou la Clairon
par le charme, l'élégance suprême et la séduction.
Une affaire de cette conséquence n'est pas de mince
qualité, et les mères savaient trop quelle place ce
plaisir tenait dans l'existence, pour ne point ac-
corder à la préparation et à l'étude qu'il exige, une
place dans l'éducation de leurs filles, de beaucoup
plus considérable qu'à une vaine science de la langue ou à une inutile géographie.

Les mémoires de Fleury le constatent :

« Cette mode, introduite dans tous les ordres
de l'État, faisait presque de ce talent une partie
essentielle de l'éducation de nos petits-maîtres, et

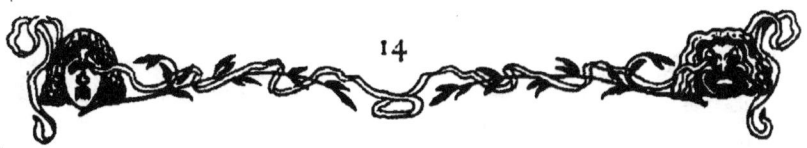

de nos agréables; il n'était pas de noble fille, pas de femme de Cour ou de haute finance, qui ne rencontrât dans la rue la Lisette ou la Célimène d'une troupe rivale. On entendait souvent les hommes les plus qualifiés s'aborder par leur nom de théâtre le plus habituel : M. le duc était Crispin; M. le marquis, Dorante; tel grave magistrat, Damis; tel mousquetaire, Purgon ou Sganarelle. »

Ouvrez les *Mémoires Secrets* vers 1770 (1); ils disent de même :

« La fureur incroyable de jouer la comédie, gagne journellement, et, malgré le ridicule dont l'immortel auteur de la *Métromanie* a couvert tous les histrions bourgeois, il n'est pas de procureur qui, dans sa bastide, ne veuille avoir des tréteaux et une troupe ».

Le malheur n'y peut rien; le deuil n'arrête rien; l'exil n'entrave rien.

Sur la terre étrangère, le premier soin de la princesse de Guéméné fut de demander des tapissiers pour dresser un théâtre.

C'est qu'à Paris, on n'eût pas compris que des hommes et des femmes fussent réunis sans organiser quelque galant divertissement propre aux rapprochements furtifs, aux suppositions aimables. Les Goncourt ont finement marqué le sens quelque peu pervers de ces distractions agitées :

« C'était là la grande séduction du théâtre de société pour la femme : il lui permettait d'être une

(1) Cf. aussi *Est-il bon, est-il méchant*, de Diderot, a. I.

actrice; il la faisait monter sur les planches. Il lui
donnait l'amusement des répétitions, l'enivrement
de l'applaudissement. Il lui mettait aux joues le
rouge du théâtre qu'elle était si fière de porter, et
qu'elle gardait au souper qui suivait la représentation, après avoir fait semblant de se débar-
bouiller. Il mettait dans sa vie l'illusion de la comédie, le mensonge de la scène, les plaisirs des
coulisses, l'ivresse qui fait monter au cœur et dans
la tête l'ivresse d'un public. Que lui faisait un
travail de six semaines, une toilette de six heures,
un jeûne de vingt-quatre heures? N'était-elle pas
payée de tout ennui, de toute privation, de toute
fatigue, lorsqu'elle entendait à sa sortie de scène :
« Ah! mon cœur, comme un ange!... Comment
« peut-on jouer comme cela? C'est étonnant! Ne me
« faites donc pas pleurer comme ça... Savez-vous
« que je n'en puis plus? » Et quelle plus jolie invention pour satisfaire tous les goûts de la femme,
toutes ses vanités, mettre en lumière toutes ses
grâces, en activité toutes ses coquetteries? Pour
quelques-unes le théâtre était une vocation; il y
avait en effet des génies de nature, de grandes comédiennes et d'admirables chanteuses dans ses
actrices de société. « Plus de dix de nos femmes
« du grand monde, dit le Prince de Ligne, jouent et
« chantent mieux que ce que j'ai vu de mieux sur
« tous les théâtres. » Pour beaucoup, le théâtre était
un passe-temps; pour un certain nombre, il était
une occasion; pour toutes, il était une fièvre et un
enchantement qui n'était rompu qu'à ces mots :

« Ces dames sont servies. » On courait souper ; car
on avait à peine déjeuné pour être plus sûre de
son organe. En passant, une glace faisait voir à une
ou deux femmes que leurs épingles étaient tom-
bées ; on pensait aux fautes qu'on se ressouvenait
d'avoir commises ; on se disait : « J'aurais dû dire
« ceci autrement. » Puis on se rappelait que deux
personnes, passant pour être bien ensemble, s'é-
taient parlé sur le troisième banc. On n'était plus
comédienne, on redevenait femme, et la comédie
finissait par une jalousie de talent, d'amant ou de
figure. »

Mme de Sabran donna pour professeurs à ses
enfants Larive et la Sainval, simplement.

La vie de salon préparait à la comédie, et était
faite pour exercer le talent de ces amateurs. C'était
une continuelle exhibition aux chandelles, pour
laquelle il fallait, comme à des artistes, la grâce
du maintien, le sourire figé, l'allure, la souplesse
de la danse, le *penché* de la révérence, l'*arrondi*
des bras, l'affectation de la diction, le trait, le pré-
paré, l'étudié, la pose, l'attitude, le réussi de l'ensemble, le fard aux joues, le noir aux cils, les
mouches aux lèvres et aux seins, la poudre sur les
cheveux, le mensonge au cœur et les sourires pro-
metteurs dans les yeux.

On jouait aux proverbes ; on jouait aux syno-
nymes, et le traité de Roubaud, *Nouveaux syno-*
nymes français (1), traînait sur les tables des salons.

(1) Moutard, 1785.

Proverbes, charades, comédies, vaudevilles, tragédies, opéras comiques, opéras, tout sera bon, et les gens du monde disputeront aux professionnels le talent de faire rire et pleurer les honnêtes gens et les autres. Taine a raison :

« Le théâtre alors prépare l'homme au monde, comme le monde prépare l'homme au théâtre ; dans l'un et dans l'autre, on est en spectacle, on compose son attitude et son ton de voix, on joue un rôle ; la scène et le salon sont de plain-pied. Vers la fin du siècle, tout le monde devient acteur ; c'est que tout le monde l'était déjà. »

La danse et la tournure, le jeu et la pantomime faisaient bien plus pour avancer une affaire que les bonnes raisons.

Un homme ayant une grâce à demander au Régent, lui présenta un placet qui était dans la forme ordinaire. Quand le Régent l'eut lu, le demandeur lui dit : *Si Son Altesse voulait le relire, le voici en vers ?* Volontiers, lui dit le duc d'Orléans, *donnez.* Quand il eut vu les vers, mon homme demanda la permission de le chanter ; on le lui permit ; il chanta. A peine eut-il fini qu'il dit : *Si Monseigneur le souhaite, je vais le danser ?* Oh ! *dansez-le,* lui répondit le Régent ; *je n'ai jamais vu de placet dansé, et, pour la nouveauté du fait, je vous accorde ce que vous demandez.*

L'Europe nous imitait ; Frédéric II de Prusse avait son royal Théâtre ; la Cour d'Espagne se plaisait dans ce passetemps, dont elle eut peut-être bien le goût avant la Française, car déjà, en 1622,

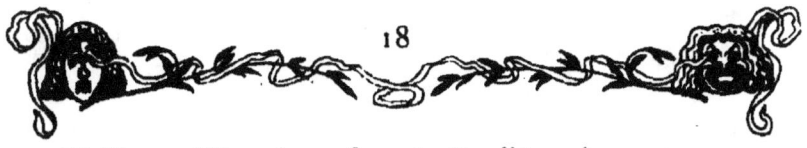

Philippe IV enfant, fiancé dès l'âge de sept ans à Élisabeth de France, fille de Henri IV et sœur de Louis XIII, jouait avec sa future la comédie dans une troupe qui n'était composée que de dames, et ainsi préludait dans la frivolité ce règne qui allait coûter si cher à l'Espagne : le Portugal, la Catalogne, le Roussillon, l'Artois. Olivarès lui fit décerner le titre de Grand, et les plaisants lui donnèrent pour armes parlantes un fossé avec cette devise : « Plus on lui ôte, plus il est grand ».

A Paris, dès Louis XV, on jouait la comédie partout, à tous les étages de la société, dans tous les châteaux, dans tous les hôtels, chez les grandes dames, chez les magistrats, chez les demi-mondaines, sur une scène provisoire, et le plus souvent sur le théâtre permanent de la maison. Car chaque immeuble comportait son théâtre, devenu aussi nécessaire qu'un salon. Et c'est ainsi chez la duchesse de Bourgogne, chez le duc de Noailles, à Saint-Germain chez le duc d'Ayen, dont la fille la comtesse de Tessé jouait dans un drame de Lessing, traduit par Trudaine ; à Chilly chez la duchesse de Mazarin, qui offre à Mesdames la représentation de la pièce interdite de Collé *La Partie de chasse de Henri IV;* chez M. de Montgeron, intendant du Berry, où l'on va applaudir *Pâris et Hélène,* tragédie mise en musique ; à Clichy, chez le duc de Grammont, où jouent les demoiselles Fauconnier, et où Durosoy fit un rôle dans sa tragédie *Le Siège de Calais,* qu'il voulut opposer au triomphe bruyant du *Siège de Calais* de Du Bel-

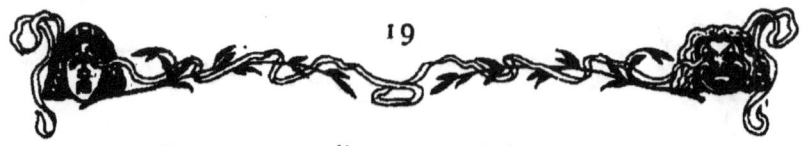

loy; à Puteaux, où l'on entendait les œuvres du comte de Senectère, de Roy, de Laujon, sur la musique de Le Vasseur, de Leclerc, de Martin; chez la duchesse de Bourbon, à Chantilly, où Laujon organisa, en 1777, sa jolie *Fête villageoise donnée dans un hameau* avec ces divers tableaux si pittoresques : le Rocher et la Petite Rivière, le Port aux gondoles, le Cabaret, le Moulin, le Salon, le Cabinet de lecture; Mercier y a été et en rapporte cette bonne note :

« J'ai vu jouer la comédie à Chantilly par le prince de Condé et par Mme la duchesse de Bourbon. Je leur ai trouvé une aisance, un goût, un naturel qui m'ont fait grand plaisir. Vraiment ils auraient pu être comédiens, s'ils ne fussent pas nés princes. »

La chute en est jolie.

Et c'est ainsi encore à La Folie-Titon, dont Bachaumont écrit, le 8 avril 1762 :

« L'*Annette et Lubin* de M. de Marmontel court les théâtres particuliers. Cette pièce a été jouée avant-hier sur celui de la *Folie-Titon*, avec un concours de monde prodigieux. »

Au Temple, chez le prince de Conti, on va écouter avec intérêt le grand opéra *Les Neuf Muses* de J.-J. Rousseau, comme on va pleurer à l'Ile Adam au *Comte de Comminge,* drame d'Arnaud.

Au faubourg Saint-Germain, chez le baron d'Esclapon, une représentation à bénéfice est donnée au profit de Molé malade en 1767; les dames de la Cour placèrent pour 24.000 livres de billets,

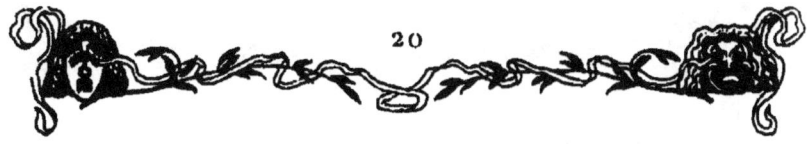

qui feraient aujourd'hui 60.000 francs au moins.

Parcourons Paris et ses environs. Poussons les portes, et jetons un regard sur toutes ces belles petites salles égayées par les lumières, les plumes et les pierreries, les regards brillants et les joues fardées pour qu'on ne les voie pas rougir sous les propos audacieux.

Chez M. de Montalembert, maréchal des Camps et Armées du Roi, qui habitait l'hôtel de Clermont, on donnait des opéras comiques de Cambini et de Thoméoni, avec la marquise et la baronne de Montalembert, la comtesse de Podenas, le marquis de Bièvre, fameux par ses calembours, le chevalier d'Assas, le vicomte de Sainte-Hermine, le marquis de Prunelay. M. de Montalembert a fait imprimer son théâtre à petit nombre d'exemplaires, pour ses amis. On trouve quelquefois encore ce recueil fort rare, qui contient *La Statue, La Bergère de qualité, La Bohémienne supposée.*

La Révolution dispersa la troupe qui se tut, comme toutes les autres, dès 1787. La marquise s'exila à Londres, où elle fit de la littérature pour vivre, tandis que son mari acceptait et professait les idées révolutionnaires, *vivait* pendant la tourmente, devenait général et membre de l'Académie des Sciences, écrivait des *traités de fortifications*, et versifiait de petits contes. Il mourut en 1800.

Chez la marquise de Morville, au château de Morville, en Normandie, on jouait les œuvres du comte de Caylus et celles de Coypel, dont le théâtre inédit forme trois volumes manuscrits, qui sont

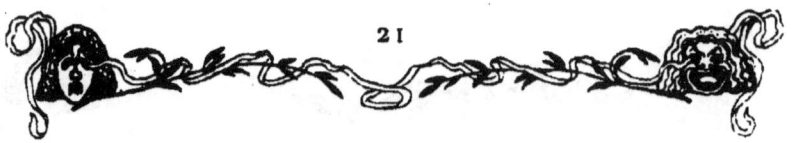

à la bibliothèque de Valenciennes; ils proviennent de la bibliothèque des ducs de Croy, qui avaient aussi un théâtre en leur château de l'Ermitage, près Condé; le maréchal duc de Croy avait écrit le recueil des mises en scène de son théâtre.

Chez Mme de Morville jouaient le comte de Tressan, qui fut l'ami de Lesage à Boulogne-sur-Mer, *et le traducteur en moderne des romans du moyen âge*; le marquis d'Armenonville, le marquis de Ximenès, le marquis de Surgères.

En hiver, la troupe se retrouvait et jouait à Pantin deux fois par semaine.

Au répertoire, c'étaient *L'École du monde*, du marquis de Surgère *Le Confiant*, *La Maison culbutée*, *Le Prince Pot à Thé*, ballet du comte de Caylus (1740); *Comment l'Esprit vient aux Filles*; *Le Bal de l'Opéra*, de M. de Bombarde.

Le comte de Tressan a porté ce témoignage en faveur de ses camarades de scène et de leur ordonnateur :

« Ceux qui restent de la société de feu M. le marquis de Morville doivent en conserver le souvenir le plus tendre. Peu de gens ont réuni comme lui les vertus les plus épurées, la justesse et la clarté de l'esprit, le savoir, l'érudition la mieux choisie, et une douceur de mœurs inaltérable; j'étais ami de ses sœurs, de ses enfants; j'ai passé quinze des plus belles années de ma vie dans cette société que j'ai sans cesse regrettée, sans espérance de retrouver le ton, la sûreté, les connaissances qui l'animaient. »

J'ai nommé de Croy. A l'Ermitage, près Condé,
le duc de Croy avait une jolie salle de spectacle
avec un fond qui s'ouvrait sur la forêt, et qui,
à certains jours, offrait une décoration naturelle
que toutes les merveilles de l'Opéra n'auraient su
présenter.

La troupe se composait du prince et de la princesse de So*re, son fils aîné et sa bru; du duc
d'Havré, son fils puîné, et de la duchesse; de M. de
Montigny, père du colonel de la garde nationale
de Lille; de Mlle de Montigny, de M. et de Mlle de
Colins, de M. de Rheims, de Mlle Mallet. On y
donnait « les pièces en vogue », comme *Le Siège
de Calais* de Du Belloy, représenté en mai 1766.

Mme de Rochefort donnait aussi la comédie au
Luxembourg. Dans *La Petite Maison* du Président
Hesnault, elle paraissait habillée en homme; c'était
un piment de plus. Elle était l'amie du duc de Ni-
vernais dont elle jouait les pièces devant ses invités :
Maurepas, d'Ussé, Bernis, Cossé Brissac, Mmes de
Boisgelin et de Cambis, le baron de Gleichen,
Mme Lecomte, la jolie maîtresse de Watelet, qui
la conduisit à Rome, où elle fut brillamment reçue.

Théâtre aussi chez la comtesse d'Amblimont, où
Bachaumont raconte qu'il se passa ce trait plaisant.

« On rit beaucoup à la Cour d'une plaisanterie
que s'est permise M. le duc de Choiseul envers
M. l'Évêque d'Orléans à un spectacle particulier
que donnait chez elle Mme la comtesse d'Amblimont. Outre ce ministre et autres seigneurs de la
plus grande distinction, il y avait plusieurs prélats.

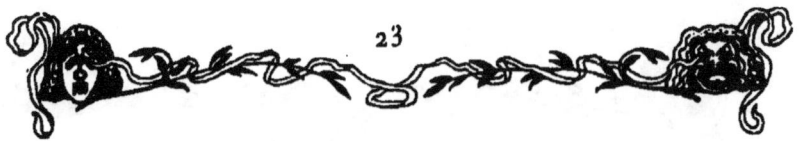

Avant la comédie M. le duc de Choiseul avait prévenu quelques actrices. Deux s'étaient pourvues
d'habits d'abbé ; elles se présentèrent dans cet accoutrement à M. de Jarente (ce prélat tenait la
feuille des bénéfices). Ceux-ci par leur figure intéressante, attirèrent son attention ; ils lui adressèrent
leur petit compliment, se donnèrent pour de jeunes
candidats qui voulaient se consacrer au service des
autels, se renommèrent de la protection et même de
la parenté de M. de Choiseul, qui n'était pas loin
et vint appuyer leurs hommages et leurs demandes.
Le cœur de l'évêque d'Orléans s'attendrit ; il promit des merveilles, et, par une faveur insigne, ne
put se refuser à donner l'accolade à ces deux ecclé-
siastiques. Quelle surprise pour le prélat, lorsque,
pendant le spectacle, il entrevit sur le théâtre des
figures qui ressemblaient beaucoup à celles qu'il
avait embrassées. Son embarras s'accrut par une
petite parade où il fut obligé de se reconnaître. On
y peignait adroitement son aventure. Enfin des
couplets charmants le mirent absolument au fait.
Il se prêta de la meilleure grâce à la raillerie. »

Le comte d'Artois avait chez lui deux Théâtres
fameux.

La Popelinière, le grand financier, fermier général célèbre et par son luxe et par les relations de sa
femme avec le maréchal de Richelieu, et par sa cheminée, auteur du licencieux ouvrage *Tableaux des
Mœurs du Temps*, avait un théâtre dans son château de Passy ; on y jouait ses œuvres. On l'a oublié aujourd'hui, mais ce qu'on se rappelle tou-

jours, c'est l'aventure épique de la Cheminée qui l'a immortalisé (1).

Chez M. de Meulan fut donnée une des plus jolies fêtes pastorales; l'idée était de Panard et Collé. Elle fut redemandée à Saint-Cloud par le duc d'Orléans. C'était « pour le bouquet de M^{mo} de Meulan », et cela s'appelait *La Foire du Parnasse*. C'était dans le parc, une véritable foire (2).

Dans les ailes de cette foire étaient deux préaux formés dans deux bosquets.: dans l'un était figurée une loge de danseurs de corde avec une galerie en dehors de la loge sur laquelle on joua une parade; dans l'autre préau on avait dressé une tente, dans laquelle on promettait de faire voir le grand Turc dans son sérail. Il y avait effectivement dans cette tente un domestique habillé magnifiquement en Turc; il était assis sur une estrade, les jambes croisées, et à chacun de ses côtés, six têtes à perruques, habillées plus grotesquement les unes que les autres.

C'était un théâtre de famille.

On jouait pour les enfants et avec eux.

Mais voici un original.

Le baron de Thiers, fils du fameux banquier Crozat dont le comte d'Evreux demanda en mariage, puis refusa la fille, malgré ses trente millions, habitait le somptueux château de Tugny, près Rethel-Mazarin, où il recevait à la fois plusieurs centaines d'invités. Il y avait spectacle trois

(1) Collé, I, 25 sq.
(2) Collé en donne une ample description.

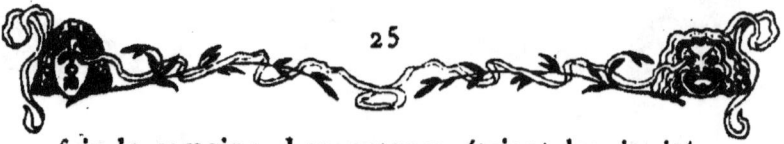
fois la semaine. Les acteurs étaient les invités,
les vassaux et les valets. On dressait les payans à
jouer et à figurer, et ils recevaient six sols par répétition. Les indigènes de Rethel étaient admis au
parterre, tout heureux de l'aubaine. Un jour dans
Zaïre, Orosmane manqua son entrée. On mur-
mura. M. de Thiers, de sa loge, dit :

« Excusez Orosmane. C'est mon cuisinier, il
est allé faire un tour à ses rôtis. »

L'éclat de ces réceptions s'accrut après le mariage du maître de céans avec Mlle de Montmorency, le plus pur sang de la vieille noblesse. L'a-
ristocratie avait jeté les hauts cris à la nouvelle de
cette mésalliance, et la fiancée avait répondu :

« Je n'ai que 6.000 francs de revenu; je n'ai
pas envie de me faire religieuse; dans le monde,
pour vivre honorablement, il me faut 20.000 livres par an; faites la somme, et je renonce à mon
mariage. »

On ne dit plus mot, et Mlle de Montmorency devint Mme de Thiers. Elle eut un château neuf et
superbe, un domaine immense, un personnel
nombreux. Ce fut le splendide cadeau dont le mari
fit délicatement la surprise à sa femme. Et l'on
joua la comédie de plus belle.

M. de Magnanville, garde du Trésor Royal, qui
passait l'été à La Chevrette près Paris, y organisa
un théâtre, qui de 1768 à 1772 fit les beaux jours
de la région et passa pour le modèle du genre. Le
maître de céans écrivait, composait, jouait, dirigeait. Les *Orphelines* en trois actes attirèrent plus

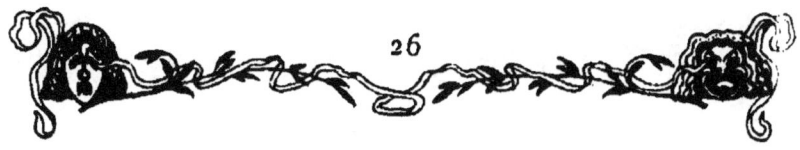

de deux cents carrosses à la grille. On donnait le plus souvent les œuvres du chevalier de Chastellux, les *Amants Portugais* ou bien *Les Prétentions,* ou bien son adaptation de *Roméo et Juliette,* avec une troupe qui comptait parmi ses étoiles la marquise de Gléon, Mlle de Savalette, Mme de Pernan.

Vers 1750, Bagatelle appartenait à la marquise de Mauconseil, l'amie du maréchal de Richelieu. Elle y avait un théâtre, sur lequel Favart jouait ses œuvres, avec sa femme. Quand le maréchal de Richelieu revenait de campagne, la marquise organisait en son honneur de grandes fêtes, dont les programmes figuraient au catalogue de Soleinne, qui en posséda les manuscrits : *Le Café, Le Mariage par Escalade* de Favart, avec divertissement et ballets.

La princesse d'Egmont, fille du maréchal, fut malade, et guérit; ce fut l'occasion d'une nouvelle fête, avec un prologue qui avait pour décor le *Palais de Mélisse*, dont un seul a la clé, et on chantait ces vers qui font un joli portrait du maréchal duc de Richelieu :

Il faut que ce guerrier rassemble
D'incompatibles qualités :
A son nom seul de tous côtés
Il faut qu'on s'attendrisse et tremble;
Qu'il soit volage, mais constant,
Superbe, altier, doux et galant,
Pourfendant Géants et Pucelles,
Qu'il serve l'amour en tout lieu
Et qu'il lui dérobe ses ailes.

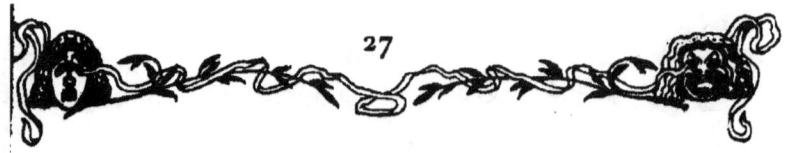

L'amour, sortant d'un buisson, s'écrie :

> Je l'ai trouvé, c'est Richelieu !

Le ton de la maison était vif et assez haut monté ; on s'en douterait aux titres des Vaudevilles qu'on y produisit : *L'Amant Jarretière, Colin l'a baisée, La Glacière, L'Amant Horloge*.

La troupe était un mélange de professionnels et d'amateurs : la princesse d'Egmont, l'acteur Préville, Mme Favart, le libraire Cailleau, dont Pigault-Lebrun a fait un portrait dans *L'Enfant du Carnaval*.

Dans la salle, autour de la marquise de Mauconseil, sa fille, la princesse d'Henin, dame du palais de Marie-Antoinette, ses amies, la maréchale duchesse de Luxembourg, Mme Bertin, la femme du fameux trésorier, et nombre d'autres très riches dames composaient l'assemblée.

A Bagatelle eurent lieu aussi les fêtes organisées par Mlle de Charolais, qui se fit peindre en cordelier, et Voltaire s'écria :

> Frère Ange de Charolais,
> Dis-nous par quelle aventure
> Le cordon de Saint François
> Sert à Vénus de ceinture?

On jouait la Comédie, dans l'arrière-saison, en Touraine, au château du marquis de Paulmy d'Argenson, qui réunissait une société élégante et cultivée, et qui rédigea un manuel à l'usage des Comédiens Amateurs sous ce titre :

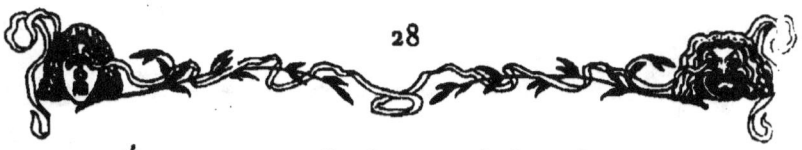

« Étrennes aux Sociétés qui font leur amusement de jouer la comédie, ou Catalogue raisonné et instructif de toutes les tragédies, comédies des théâtres français et italien, actes d'opéra, opéras comiques, pièces à ariettes et proverbes, qui peuvent facilement se représenter sur les théâtres particuliers (1782). »

M. de Maurepas donnait des soirées dramatiques très recherchées, sous Louis XVI. Il composait lui-même des parades fort plaisantes qu'interprétait M. Gui de Miromesnil, garde des sceaux, le Scapin le plus comique qu'on pût voir, le Dugazon de la troupe. On l'en plaisantait.

Fleury raconte dans ses *Mémoires,* qu'un soir, à la suite de la représentation d'une parade ou d'un proverbe chez M. de Maurepas, M. de Miromesnil ayant été fort applaudi dans un rôle d'ivrogne, excepté par M. de Vaudreuil, on demanda à ce dernier le motif de son abstention ; il répondit que cette ivresse était contraire aux *principes.* Comme on se récria sur ce mot principes, M. de Vaudreuil posa cet axiome : M. de Miromesnil cherche à chanceler, les vrais ivrognes cherchent à se retenir ; M. de Miromesnil veut perdre l'équilibre, et le buveur qui va tomber, veut le conserver. Et il développa cette théorie si pertinemment et si comiquement que les auditeurs s'amusèrent autant à ce commentaire qu'à la représentation de la pièce même.

C'était le temps où le type de Janot avait la vogue. En 1779, on joua un nombre incalculable de

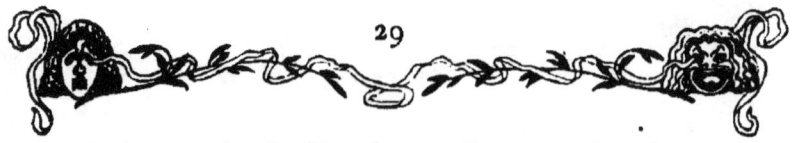

fois la parade de Dorvigny, *Janot ou les Battus payent l'amende;* il y eut des imitations : *Jeannette ou les Battus ne payent pas toujours l'amende,* par Beaunoir, 1782; *Janot au Salon,* la *Nuit de Janot, Janot tout seul,* par Simonin.

Une diatribe violente parut, dirigée contre le garde des sceaux, et intitulée :

*Très Humbles remontrances de Guillaume Nicodème Volanges, dit Jeannot, acteur des Variétés amusantes, à M*ᵍʳ *de Miromesnil garde des sceaux de France.* 1783.

A Passy, la comtesse de Provence, la femme du futur Louis XVIII, est-elle en convalescence à La Muette? Sa voisine la duchesse de Valentinois lui offre le spectacle, qu'elle charge Favart et l'abbé Voisenon d'organiser.

On voit une belle rose fraîche, « épanouie et dont vous sentez d'ici l'odeur admirable ». Le furieux Borée paraît; il danse, flétrit la rose, il est prêt à la faire expirer. Vénus tombe des nues, chasse Borée, ranime la rose, la rend plus belle que jamais; et, sur cela, tous les paysans de Passy prennent le parti d'entrer dans le régiment de Provence.

La duchesse de Villeroy, la grande amie et protectrice de la Clairon, avait un théâtre où Fleury jouait en 1780; on y cultivait le genre élevé, les pièces de *grand trottoir;* le Roi de Danemark y vint; on y donna la primeur de *L'Honnête Criminel,* le drame de Fenouillot Falbert.

Ou encore, aux Pressoirs, avec le concours de

2.

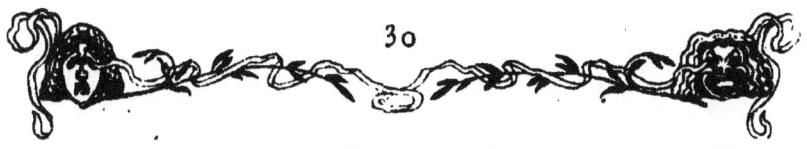
quelques personnes de leur société, et après avoir pris un certain nombre de leçons de Mlle Clairon, qui vint tout exprès pour les former dans l'art de la déclamation, Mlles de Castellane voulurent donner à M. de Penthièvre le divertissement du spectacle. Le duc lui-même présidait la réunion avec le jeune prince de Lamballe, « qui déclamait parfaitement », et l'on joua quelques tragédies de Corneille. Instruit du talent avec lequel ces pièces étaient jouées, Louis XV, qui était alors à Fontainebleau, voulut même applaudir leurs interprètes, et il assista à la représentation de *Rodogune*.

Comédie chez le financier Bertin, dans la villa qu'il avait achetée pour la Contat; chez le maréchal de Richelieu, où fut donnée pour la première fois en 1762 l'opérette *Annette et Lubin;* chez M. d'Epinay, chez Mme Dupin, à Chenonceau; chez le comte de Rohault, à Auteuil.

Le duc de Penthièvre, dans ce fameux château de Sceaux qu'il occupa en 1775, et où nous verrons que la duchesse du Maine avait mis déjà l'éclat et l'illumination de ses Grandes Nuits, avait aussi un théâtre dont Florian était le fournisseur attitré; c'est pour lui qu'il écrivit ces *Arlequinades* où il a renouvelé le type de la Comédie Italienne, et il l'a assez ennobli pour qu'on ait pu penser que son protecteur Penthièvre fut son modèle. Et il le fut effectivement (1) dans *Le Bon Père ou la Suite du Bon ménage.*

(1) Cf. Léo Claretie, *Florian, l'homme et l'écrivain,* p. 59 sq.

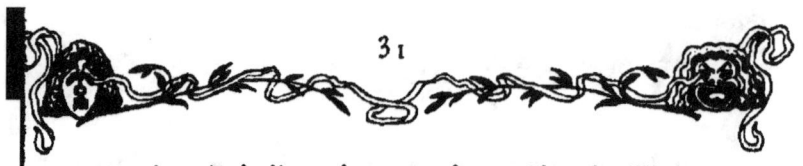

Florian était l'un des premiers rôles du Théâtre d'Argental. C'était chez le comte d'Argental que le chevalier de Florian jouait le plus souvent la comédie de Société. Il avait été facile à un élève de Voltaire d'obtenir l'amitié d'un vieillard qui vivait pour aimer, pour obliger et pour défendre son illustre ami. Aussi Florian fut-il longtemps impresario et jeune premier à l'hôtel du quai d'Orsay.

La Harpe et Florian écrivaient; Mme de Vimeux jouait le rôle d'Argentine; et dans la salle se pressaient les nombreux amis : d'Alembert, Diderot, l'abbé Trublet, Duclos, Maurepas, Hesnault, Rulhière, les abbés de Bernis, de Voisenon, Richelieu, Pont de Veyle, et, plus tard, des noms plus tristement célèbres, des futures victimes; Rabaud Saint-Étienne, que l'échafaud attendait en 93, Boissy d'Anglas, qui put y échapper.

Chez Monsieur, à Brunoy, des acteurs de la Comédie Française, mêlés à des amateurs, jouaient les pièces du goût le plus scabreux. Le roi se repentit d'être venu là un soir, et deux dames sortirent scandalisées.

Il était défendu à la famille et à l'entourage du prince d'accepter aucun rôle.

Monsieur avait acheté cette terre au fameux marquis de Brunoy, célèbre par ses extravagances, qui fit jeter des tonneaux d'encre dans la rivière de son parc, pour le deuil de sa femme, et dont les fantastiques inventions nous sont contées dans les deux petits volumes, *Les Folies du marquis de Brunoy*.

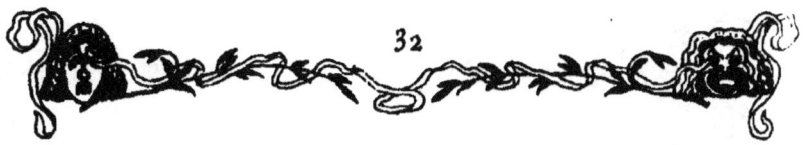

Chalgrin, architecte de Monsieur, édifia le théâtre.

Les fêtes d'automne étaient censées se passer entre hommes. On y jouait les pièces les plus libres. Il n'y venait que des filles. On donnait *L'Amant Statue, Cassandre Astrologue, Le galant Escroc, Isabelle grosse par vertu,* etc. On appelait tout cela le *Répertoire de la jeune Reine Marie Leczinska*, parce que celle-ci aimait les grivoiseries. Elle eût été servie à point nommé.

Dans cette multitude de théâtres privés qui pullulent alors, cinq ou six furent particulièrement importants et méritent d'être regardés à part : le Théâtre des Petits Cabinets, le Théâtre de la petite Duchesse du Maine, Trianon, le Théâtre du duc d'Orléans, celui du comte de Clermont, celui ou ceux de Voltaire. Faisons cette excursion circulaire autour des tréteaux princiers.

CHAPITRE II

THÉATRE DES PETITS CABINETS.

Mᵐᵉ de Pompadour, femme de théâtre. — Le Théâtre des Petits Cabinets — Organisation, troupe. répertoire. — Son Histoire.

D'abord, le Théâtre de Mᵐᵉ de Pompadour, dit des Petits Cabinets. Vers 1746, pour égayer le roi, la favorite organisa, pendant la Semaine sainte, des concerts sacrés, prélude de divertissements plus profanes. Elle avait une belle voix, de la beauté, du talent; elle avait tout appris avec les meilleurs professeurs, la danse, le chant, la décla-mation, l'amour. Secondée par le duc de Nivernois, le duc de Duras et le duc de Richelieu, elle conver-tit en théâtre la galerie de Versailles, proche le Cabinet des médailles. Ce fut le *Théâtre des Petits Cabinets* qui eut son règlement, ses statuts : les *actrices* seules pouvaient recevoir les pièces, fixer les heures, bénéficier de la demi-heure de grâce; les *acteurs* n'avaient jamais voix au Chapitre. C'était du féminisme à outrance.

Dans la troupe, furent admis le duc d'Orléans,

le duc d'Ayen, le duc de Nivernois, le duc de Du-
ras, le comte de Maillebois, le duc de Coigny, le
marquis d'Entraigues ; la duchesse de Brancas, la
comtesse d'Estrades, la marquise de Livry, la marquise de Sassenage.

Le duc de La Vallière et Moncrif étaient directeurs. Voltaire ne se consola pas de n'avoir pas
cette place.

L'abbé de La Garde soufflait.

Lebel dirigeait l'orchestre.

Les chœurs et musiciens, amateurs en majeure
partie, étaient en nombre important.

Dehesse, des Italiens, était maître de ballet.

Boucher fit les décors.

Tremblin dessina les machines ; Perronnet, les
costumes.

Le coiffeur était Notrelle, qui mettait sur ses
prospectus :

« Le sieur Notrelle, perruquier des Menus Plaisirs du roi, a épuisé les ressources de son art pour
imiter les perruques des dieux, démons, héros,
bergers, tritons, cyclopes, naïades, furies. Quoique
ces êtres fictifs n'en aient pas connu l'usage, la
force de son imagination lui a fait deviner quel eût
été leur goût à cet égard. »

Les places des spectateurs étaient en nombre fixe
et sévèrement limité.

Ce théâtre s'ouvrit le 17 janvier 1747, par *Tartufe,* devant quatorze spectateurs, dont le roi. Le
maréchal de Noailles et le prince de Conti ne pu-
rent obtenir une entrée. M^mo de Pompadour joua

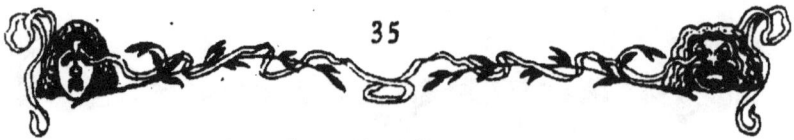
Dorine. Par la suite, elle plut beaucoup dans Co-
lette des *Trois Cousines* de Dancourt, dans Lise
de *L'enfant Prodigue*, dans Lucinde de *L'oracle*,
dans Herminie de *Tancrède*, etc.

Les programmes comportaient surtout des œu-

La marquise de Pompadour, d'après Latour.

vres du répertoire, tragédies, comédies de Boissy,
Dancourt, Dufresny, Gresset, Voltaire, opéras
même. « Mme de Pompadour, dit le duc de Luynes,
est la seule femme qui joue fort bien. » Comme il
écrivait ceci pour lui, il s'adressait à son bonnet,

selon le mot de Collé, on peut le croire; ce n'est
point mensonge de courtisan. Elle avait fait de
bonnes études de la scène avec La Noue (1).

Moncrif faisait les à-propos. Les comédies et
ballets composés exprès furent publiés en 1748,
et le marquis d'Argenson s'indigna :

« On vient d'imprimer un recueil fort ridicule
des divertissements du théâtre des Cabinets ou petits appartements de Sa Majesté, ouvrages lyriques,
misérables et flatteurs; on y lit les acteurs dansants
et chantants, des officiers généraux et des baladins,
des grandes dames de la cour et des filles de théâtre.
Le roi passe ses journées aujourd'hui à voir servir
la marquise et les autres personnages par tous ces
histrions. »

Le succès fut tel qu'il fallut agrandir la salle. On
construisit un théâtre neuf dans la cage du grand
escalier des ambassadeurs. Il coûta 75.000 livres,
environ 200.000 francs, et la vie de trois ouvriers
qui se tuèrent en tombant. On y joua l'opéra. Le
roi bâilla et dit :

« J'aime mieux la comédie. »

On lui donna une fort gaie parade chinoise qui
avait fait rire chez Mme de La Marck, l'*Opérateur
chinois* de Moncrif, avec danses acrobatiques. Cette
fois le roi fut ravi et déclara que Mme de Pompadour était « la plus charmante femme qu'il y eût
en France ».

Tout cela n'allait pas sans intrigues; la faveur où

---

(1) Campardon, *Histoire de Mme de Pompadour.*

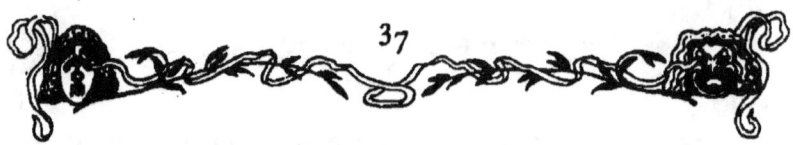

ces divertissements mettaient le duc de La Vallière lui suscitèrent la jalousie active du duc de Richelieu; il y eut cabale, insultes; le roi dut intervenir et menacer Richelieu, tandis que Mme de Pompadour faisait crier et vendre par les rues, pour qu'on se moquât de lui, des *Cheminées Popelinières*.

Les *Petites Vendanges* de Dancourt, le *Secret révélé* de Brueys, *Mignonnette* de Tribou, *Alzire* de Voltaire, firent de belles soirées dont enrageaient ceux qui n'y étaient pas. Aussi fulminaient-ils avec rage :

> La fureur du théâtre assassine la Cour.

La troupe des « petits cabinets » était de grande noblesse, et sévèrement réglementée; la machinerie fort belle, les décors dignes d'un grand théâtre; sept tailleurs costumiers, deux cents habits d'hommes, cent cinquante-trois habits de femmes, donnent une idée de l'importance de cette institution, qui fit maugréer.

Moufle d'Angerville se fait l'écho des protestations dans sa *Vie privée de Louis XV :*

« Mme de Pompadour jouait très bien la comédie. Il y avait fréquemment des spectacles aux petits appartements pour amuser le roi. C'est à elle qu'on doit le goût scénique qui s'est emparé généralement de toute la France, des princes, des grands, des bourgeois, qui a pénétré jusque dans

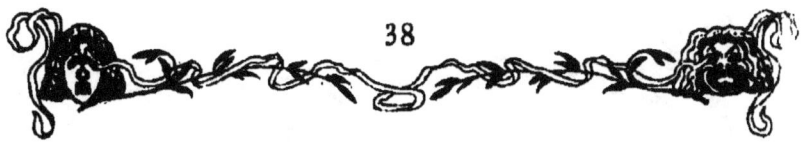

les couvents, et qui empoisonnant les mœurs de l'enfance par cette foule d'élèves dont ont besoin tant de spectacles, a porté la corruption à son comble. »

On lisait dans l'*École de l'Homme ou parallèle des portraits du siècle et des tableaux de l'Écriture Sainte :*

« Lindor trop gêné dans sa grandeur pour prendre une fille de coulisses se satisfait en prince de son rang; sa maîtresse devient danseuse. Le dernier des Gygès n'est pas mort en Lydie. »

Lindor fut blessé de tant d'échos. Il supprima le théâtre des Petits Cabinets en 1750, d'autant plus aisément que la Pompadour venait de faire bâtir Bellevue, où elle eut son théâtre à elle et chez elle. On l'inaugura en janvier 1751 par un ballet de circonstance, plein de maladresse et d'impairs, d'attaques, déplacées ici, contre les finances et les parvenues. C'était parler de corde dans la maison de la pendue.

On y joua beaucoup l'opéra, entre autres *Le Devin du Village,* après quoi Mme de Pompadour envoya 50 louis à J.-J. Rousseau, qui a conté cet épisode dans les *Confessions.*

En janvier 1751, ce fut *L'Homme de Fortune,* comédie en cinq actes et en vers de La Chaussée; mais les acteurs ne savaient pas leurs rôles; le duc de Chartres hésitait, la marquise elle-même trébuchait, le duc de La Vallière avait la tête à l'évent et personne n'était ferme sur les étriers. Des allusions déplacées aux parvenus firent qu'on s'étonna que

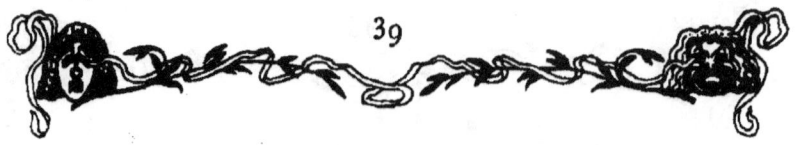
la Pompadour eût accepté une pièce où l'on pou-
vait sourire des allusions à son passé.

D'ailleurs ne souriait-on pas toujours? On accu-
sait la Pompadour de prodiguer l'argent du public
en poussant le roi à de folles bâtisses. Aussi des
regards malicieux furent-ils échangés entre les têtes
roses et poudrées de l'assistance, quand le ballet
L'Amour Architecte montra l'Amour, dans les Bois
de Meudon, apercevant la colline de Bellevue, et y
faisant surgir le château royal.

Les spectacles y étaient de conséquence; des
opéras de Lulli y figuraient, variés et suivis par des
ballets pittoresques. Tel Mardi gras, le théâtre
représentait la Porte Saint-Antoine où se rendaient
tous les masques du carnaval, et « le sujet du ballet
était les différentes mascarades des *chianlis* ».

Ces spectacles étaient fastueux. On a publié (1)
les notes détaillées du perruquier et du costumier;
elles sont aussi intéressantes pour l'histoire du costume scénique que pour l'histoire des finances publiques.

Le théâtre de Bellevue dura jusqu'en mars 1753.

Les acteurs licenciés furent récompensés de façon à réjouir plus tard Beaumarchais, qui a dû lire
les mémoires d'Argenson :

« Le gouvernement de la Marche a été donné au
marquis de La Salle. Des maréchaux de France et
quantité de plus anciens lieutenants généraux le

_____

(1) Ad. Julien, *Histoire du Théâtre de Mme de Pompadour*.
Baur, 1874.

demandaient, mais M. de La Salle chante supérieurement bien dans les opéras qui ont été donnés
dans les Petits Cabinets. »

Il fallait un calculateur; ce fut un chanteur qui
l'obtint.

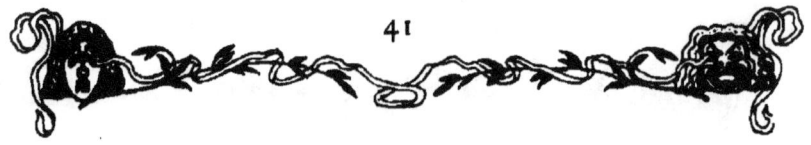

CHAPITRE III

THÉATRE DU MAINE A SCEAUX.

La duchesse du Maine. — Les Grandes Nuits de Sceaux. — Les fêtes de Châtenay. — La Mouche à Miel. — Marionnettes. — Théâtre de Clagny. — Voltaire à Sceaux. — Mort de la duchesse.

En 1700, la petite-fille du grand Condé, la duchesse du Maine, s'établit à Sceaux dans le beau château qu'avait embelli *Colbert*, grâce à *Perrault* pour l'architecture, à *Le Nôtre* pour le parc, à *Lebrun* pour les peintures, à *Puget* et *Girardon* pour les statues disposées dans les bosquets.

La duchesse du Maine était intelligente, vive, spirituelle, amusée. Tandis que son mari s'enfermait dans sa tour pour y faire de la géométrie, elle convoquait près d'elle sa cour galante, le duc de Bourbon, Mlle d'Enghien, le duc de Nevers, les duchesses de La Ferté, d'Albemarles, d'Estrées, Lauzun, Rohan, La Feuillade, de Coislin, de Mirepoix, le comte d'Harcourt, les dames d'Artagnan, de Chimay, de Croissy, de Livry, et les auteurs Mme de Staal Launay, MM. Hesnault, de Mesme, le président Destouches, La Motte Houdart, Fonte-

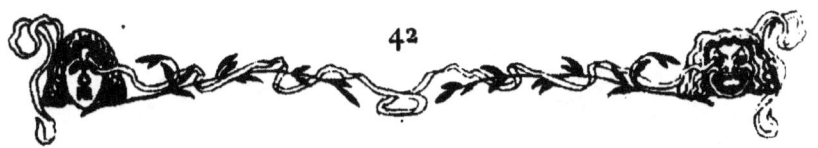

nelle, Voltaire, Danchet, La Fare, enfin nommez tout ce qu'il y avait de brillant, d'élégant, de joli, de célèbre, de spirituel, de distingué dans la société d'alors : vous avez la société de Sceaux.

L'âme des divertissements intellectuels offerts par cette cour était l'ancien précepteur du maître de la maison, M. de Malezieux. Il travaillait sur ces « galères du bel esprit ». L'abbé Genest et Mlle de Launay le secondaient de leur mieux.

D'après le duc de Luynes, la duchesse du Maine avait un esprit supérieur et universel; elle était éloquente, savante en physique, philosophie, astronomie; elle aimait les compliments, les fêtes en son honneur, le jeu, le biribi, la cavagnole, le théâtre. Sa compagnie était mêlée; des gens d'esprit pour la conversation; d'autres pour le jeu. Elle était extrêmement polie, et très coquette, très tyrannique pour ses invités qui ne devaient pas s'éloigner sans son agrément. Elle tenait très court ses *chevaliers* et ses *bergers*.

Mlle de Staal disait qu'à soixante ans, elle n'avait encore rien appris de l'expérience, et était « une enfant de beaucoup d'esprit ». Elle disait encore : « Elle croit en elle comme elle croit en Dieu et en Descartes, sans examen ni discussion. »

Très active et fiévreuse, elle dormait peu et mal. Que faire? On ne savait qu'inventer. Fontenelle avait beau dire : la différence entre une pendule et la duchesse du Maine est que la pendule marque les heures, tandis que la duchesse les fait oublier; la duchesse voulait qu'on veillât avec elle. On fit

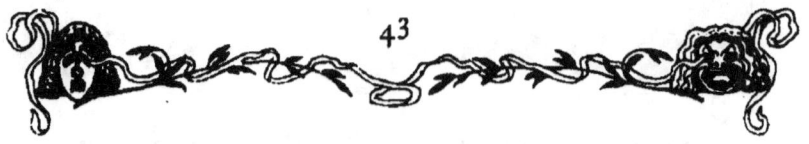

des impromptus dont les sujets furent tirés dans
un sac; on fit des énigmes, Voltaire prit l'oiseau
et rima :

> Cinq voyelles, une consonne
> En français composent mon nom,
> Et je porte sur ma personne
> De quoi l'écrire sans crayon.

On en vint vite aux distractions plus compli-
quées, mieux préparées, ballets, comédies. Ce furent *Les grandes Nuits de Sceaux* qui durèrent de
1714 à 1753, l'année de la mort de la duchesse.

La première fut une scène dans laquelle la Nuit
remerciait la duchesse — qui avait des insomnies
— de la préférence qu'elle lui accordait au détri-
ment du Jour.

Il y eut Grande Nuit tous les quinze jours. Cha-
cune était organisée par un Roi et une Reine dé-
signés, qui travaillaient à la fête et en payaient les
frais. Ce fut un rôle très recherché, et la rivalité
mena aux grosses dépenses. La Reine élue choisissait son roi ou bailleur de fonds, sinon d'idées.
On vit ainsi le ballet des *Quilles animées*, des
Groenlandais, le dialogue de l'Aurore et d'Hes-
pérus; et c'étaient des feux d'artifice, des distri-
butions de fleurs ou de bijoux par des déesses de
la mythologie.

Les fêtes avaient lieu dans ce pavillon de l'Aurore
qui est toujours debout, et pour la construction
duquel Colbert avait fait copier une tapisserie du

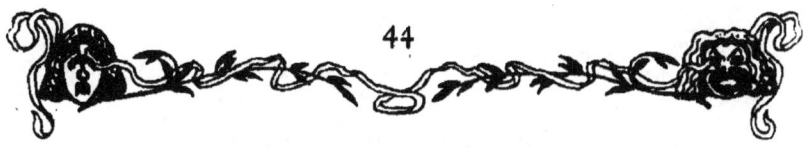

Palais Pitti, reconnue par le possesseur actuel
M. de Trévise.

Dans la troupe ducale, chacun avait son sobri-
quet. On disait : Malezieux le curé; Genest, l'abbé
Pegase ou l'abbé Rhinocéros; le duc du Maine, le
garçon; Mme d'Artagnan, la voisine; et l'on s'amusait.

Malezieux avait sa campagne à Châtenay. Il y
recevait le duc et la duchesse du Maine, et leur
offrait à leurs frais des fêtes pastorales avec feux
d'artifice, faunes, nymphes, violons; tantôt on
jouait le *Médecin malgré lui*, tantôt Malezieux
faisait une parade avec M. de Dampierre pour pitre;
et ils vendaient à la duchesse de l'eau de sympathie,
et Dampierre jouait de la viole, du cor, de la flûte
allemande, puis c'était l'opéra, le feu d'artifice, et
les poètes présents, comme Chaulieu, rimaient leur
enthousiasme.

En même temps (nous sommes en 1703), la
duchesse a créé un ordre et un signe de ralliement
pour tous ses amis, l'*Ordre de la Mouche à Miel*
avec une ruche pour insigne. Mlle de Nantes avait
appelé la duchesse, qui était fort petite, une « poupée du sang ». Le Poupée prit pour devise de son
ordre, au-dessus d'une abeille :

Piccola, si ma fa pur gravi le ferite, elle est petite, mais elle fait de grandes blessures.

Il y eut des statuts. Cette société prenait ainsi
des apparences d'académie fermée, avec quarante
membres. Les fêtes n'en furent que plus faciles à
organiser. Les comédies se jouaient dans une tente

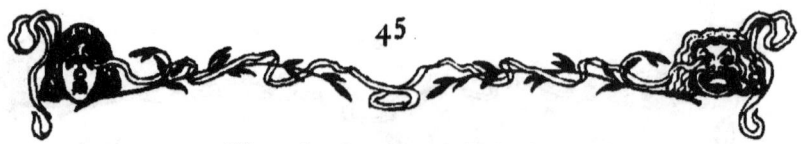

placée au milieu du jardin de M. de Malezieux et toute illuminée de bougies. On faisait des invitations; il y avait 300 places. Matho était le musicien attitré. Genest rimait les couplets, Malezieux écrivait les comédies, et l'on se demande quand il en trouvait le temps. D'ailleurs elles sont nulles. Ainsi, dans la *Tarentole*, un vieil avare veut marier sa fille avec un vieux riche; elle aime un jeune marquis pauvre. Les valets Crotesquas et Bruscambille, la soubrette Finemouche, sont de connivence avec les amoureux. De faux médecins, dont l'un est bègue et l'autre Turc, épouvantent les vieux qui sont entraînés dans une ronde générale.

Il y eut d'autres spectacles encore qui furent goûtés chez M. de Malezieux, comme *Les divertissements de Sceaux* de Dancourt ou *Les Importuns de Châtenay*. Après 1705, ce furent les Marionnettes qui firent fureur à Sceaux, où la duchesse était revenue après ses couches.

Les Marionnettes avaient la vogue. Il y en avait de célèbres au théâtre de la Foire. Lesage et Fuzelier ont écrit pour elles. Il y en eut à Versailles, à Marly, à Sceaux. Pour celles-ci, Malezieux fit les livrets, et mit dans la bouche de Polichinelle des obscénités, des injures contre l'Académie dont il était membre. Ce fut un scandale. Les Académiciens firent des épigrammes contre leur confrère penché sur de si infimes besognes. Le duc du Maine défendit son poète. Son frère le duc de Bourbon prit le même parti, et fit rejouer cette parade dans son hôtel de Tresme à Paris. La querelle fut vive,

3.

animée, et inutile. Les académiciens durent se
taire et sourire à Malezieux.

Châtenay, Sceaux, c'était trop peu. La duchesse
installa encore un autre théâtre à sa campagne de
Clagny-lès-Versailles, et y joua la mauvaise tragédie de Genest *Pénélope*. Les amateurs de la troupe
étaient encadrés par des professionnels, comme
Baron, Rozelli.

Ce fut une folie. Toute la Cour y venait. Saint-
Simon en enrageait, et il l'a dit assez souvent.

Cependant à Sceaux, aux *Grandes Nuits* (1), les
couples, reine et roi, continuaient à se dépenser
en imagination et en argent pour varier des programmes somptueux et fastidieux, *La Tour de
Babel* ou bien *Les Peuples Élémentaires*. A la
onzième Grande Nuit, le faste et le luxe étaient
montés au comble. On en jasait, on en grondait.
La duchesse crut prudent de supprimer les Royau-
tés des Noctambules, et elle donna un divertissement plus simple.

L'argent s'en allant, la bêtise diminua, et l'intérêt littéraire s'accrut. Une comédie ballet fut demandée à Destouches et à Mouret, pour la musique; ce fut *Les amours de Radegonde*, qui firent le
tour des théâtres de société; ce fut, par Lamotte et
Mouret, *Apollon et les Muses*, ballet pantomime,
l'un des premiers, avec la jolie Mlle Prevost pour
ballerine. La duchesse, qui jouait passablement,

(1) Ad. Julien, *La Comédie à la Cour*, Sceaux, Pompadour,
Trianon.

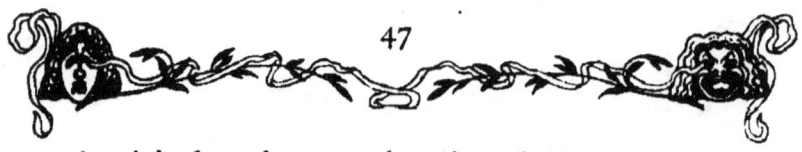

abordait les plus grands rôles, Iphigénie, Célimène, Laurette de *La Mère Coquette*. Elle jouait
les œuvres de Mlle de Launay, *La mode, L'Engouement,* malicieux tableaux des mœurs, et *La toilette,
Le Jeu, La Comédie*, intermèdes de la seizième et
dernière Grande Nuit en 1715. On y chantait, on
y jouait, on y voyait la duchesse cherchant « le
carré magique »; chacun faisait son propre personnage.

Mais Louis XIV était moribond.

Les Grandes Nuits cessèrent.

La politique brouilla tout. La mort de Louis XIV
ferma le théâtre de Sceaux pour trente années. La
duchesse fut exilée sous la Régence. Un long temps
se passe.

En 1747, la duchesse est veuve; Malezieux, Genest, Chaulieu, sont morts. Les *Oiseaux de Sceaux,*
les *Noctambules* sont disparus ou dispersés. Une
fois ou deux, à l'Arsenal, au Collège des Quatre
Nations, la duchesse a souri à la comédie d'amateurs. Elle n'y devait revenir qu'au jour où Voltaire et Mme du Châtelet arrivèrent chez elle à
Anet et lui apportèrent le manuscrit du *Comte de
Boursoufle ou Mlle de la Cochonnière.* La pièce
fut jouée, applaudie, volée même, et portée aux
Italiens qui la jouèrent pour le public malgré les
protestations et les dénégations de Voltaire, qui
reniait cette facétie indigne.

C'est un épisode piquant, celui du passage à
Anet, en 1747, de Voltaire et de son amie Mme du
Châtelet. Mlle de Launay l'a conté avec cet esprit

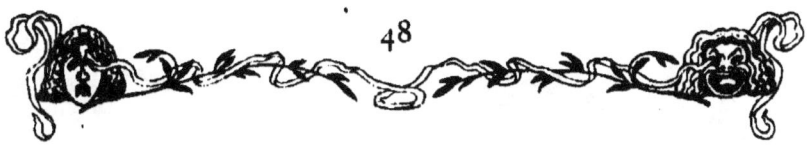

délié et souriant qui animait sa malice, et Mme du Deffand fit les délices de ses amis avec ces chroniques amusantes que lui envoyait son amie (1).

Voltaire avait apporté sa comédie *Le Comte de Boursoufle;* il la joua le jeudi; et le dimanche suivant, Mlle de Launay envoyait à Mme du Deffand le journal de la fête : « Je vous ai mandé jeudi que nos revenants partaient le lendemain et que la pièce se jouait le soir : tout cela s'est fait. Je ne puis vous rendre *Boursoufle* que mincement. Mlle de la Cochonnière a si parfaitement exécuté l'extravagance de son rôle que j'y ai pris un vrai plaisir, mais Venture n'a mis que sa propre fatuité au personnage de Boursoufle, qui demandait au delà; il a joué naturellement dans une pièce, où tout doit être aussi forcé que le sujet. Paris a joué en honnête homme le rôle de Miraudin, dont le nom exprime le caractère. Motel a bien fait le baron de la Cochonnière, d'Estillac un chevalier, Duplessis un valet. Tout cela n'a pas mal été et l'on peut dire que cette farce a été bien rendue; l'auteur l'a anoblie d'un prologue qu'il a joué lui-même, et très bien, avec notre Dufour, qui, sans cette action brillante, ne pouvait digérer d'être Mme Barbe; elle n'a pu se soumettre à la simplicité d'habillement qu'exigeait son rôle, non plus que la principale actrice qui, préférant les intérêts de sa figure à ceux de la pièce, a paru sur le théâtre avec tout l'éclat et l'élégante parure d'une dame de la cour : elle a

---

(1) Lettre du 15 août 1747.

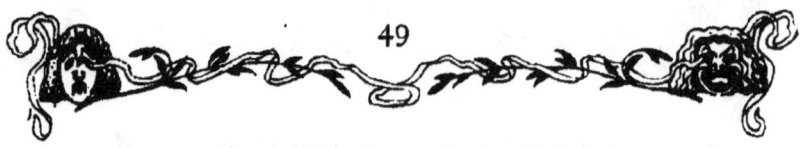

eu sur ce point maille à partir avec Voltaire; mais c'est la souveraine et lui l'esclave. »

Quelques jours plus tard, elle complète sa relation par ce détail du départ du grand homme, qu'elle admire, et de son amie, qu'elle poursuit de ses quolibets : que n'a-t-elle pas fait ! Elle a démeublé la maison pour meubler sa chambre; on y a retrouvé six ou sept tables : il lui en faut de toutes les grandeurs, d'immenses pour étaler ses papiers, de solides pour soutenir son nécessaire, de plus légères pour les pompons, pour les bijoux...

Le théâtre resta ouvert après le départ de Voltaire. Il fallut le fermer à la mort de la duchesse d'Estrées, l'amie intime de la duchesse du Maine : elle se sentit mal à l'aise un soir; on la monta dans sa chambre; toute la compagnie y alla, en robe ouverte, tenant encore à la main les dés, les cornets et les cartes : et ce fut devant cette galerie mondaine et frivole qu'elle expira.

Le théâtre reprit un mois après. Voltaire, poursuivi pour sa légèreté de langage à Fontainebleau, s'était réfugié à Sceaux. Quand le danger fut conjuré, Mᵐᵉ du Châtelet vint le retrouver, et ce furent de nouveau les bals, comédie, opéra, concerts, dans le théâtre, installé au premier étage, où la Guimard débuta à treize ans, — si Longchamp, le secrétaire de Voltaire, ne s'est pas trompé. Et pour chaque fête, Voltaire rimait des prologues et des compliments. Mais il eut l'indiscrétion d'inviter lui-même qui il voulut, sans prévenir la duchesse, qui, surprise par une affluence gênante, voulut

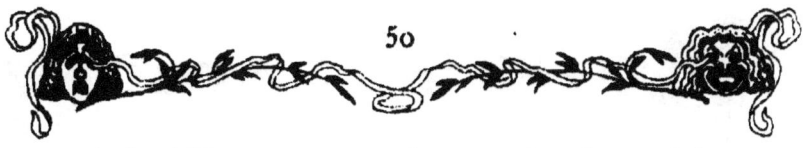
voir les billets, et connut le sans-gêne de son hôte.

Elle le mit dehors.

Deux ans après, la duchesse et Voltaire se récon-
cilièrent sur les mânes de *Catilina* et de Cicéron,
que la duchesse estimait fort. Ces brouilles mondaines ne s'éternisent pas. Mme du Châtelet n'était
plus de ce monde. Voltaire arriva avec le manuscrit
de sa tragédie, la joua, y fit Cicéron, 1750. Il organisait lui-même, et chez lui et à Sceaux, ces représentations que la Comédie Française lui mar-
chandait. « Il fait, disait La Chaussée, comme les
pâtissiers qui mangent leurs pâtés, quand ils ne
peuvent les vendre. » Il dut refondre sa pièce avant
de la faire admettre, en 1752, au Théâtre des Comédiens Français.

Lekain a conté ces soirées romaines : « Je lui
ai vu faire un nouveau rôle de Cicéron, dans le
quatrième acte de *Rome sauvée*, lorsque nous
jouâmes cette pièce au mois d'Auguste 1750, sur le
théâtre de Mme la duchesse du Maine, au château
de Sceaux. Je ne crois pas qu'il soit possible de
rien entendre de plus vrai, de plus pathétique et
de plus enthousiaste que M. de Voltaire dans ce rôle.
C'était, en vérité, Cicéron lui-même tonnant de la
tribune aux harangues sur le destructeur de la pa-
trie, des lois, des mœurs et de la religion. Je me
souviendrai toujours que Mme la duchesse du
Maine, après lui avoir témoigné son étonnement et
son admiration sur ce nouveau rôle, qu'il venait de
composer, lui demanda quel était celui qui avait joué
le rôle de Lentulus Sura, et que M. de Voltaire lui

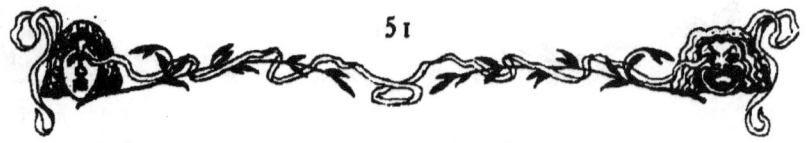

répondit : Madame, c'est le meilleur de tous. Ce pauvre hère qu'il traitait avec tant de bonté, c'était moi-même; ce n'était pas ce qui flatta le plus les marquis, les comtes et les chevaliers dont j'étais alors le camarade. »

C'était la fin de Sceaux. Mme de Staal était morte en 1750.

En 1753 mourait cette étonnante petite duchesse, vive, active, égoïste, avide d'hommages, pleurant si un partenaire était en retard d'un quart d'heure au jeu, mais apprenant sa mort sans sourciller; d'humeur inégale, de sentiments faibles, bruyante, affairée, raisonneuse par écho plus que par étude ou conviction, occupée, absorbée par elle-même, audacieuse, despotique, avec beaucoup de relations et pas d'amies. Le rideau tomba tristement sur son théâtre abandonné, et sur la comédie de sa vie aux bougies.

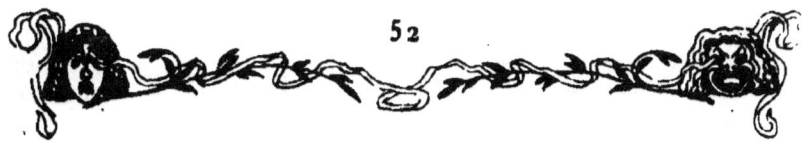
CHAPITRE IV

TRIANON.

Jeunesse de Marie-Antoinette. — Théâtre volant. — Théâtre de Choisy. — Trianon. — La salle et l'organisation. — Les représentations. — Mauvaise volonté du Roi. — Théâtre de M. de Vaudreuil. — La fin de Trianon.

Un joli tableau de Watteau est au musée de Valenciennes. On y voit Marie-Antoinette au milieu de la troupe de son théâtre de Trianon, avec le duc d'Orléans, le comte d'Artois, le comte d'Adhémar, le comte de Vaudreuil, etc.

Ce goût du théâtre, elle l'eut de bonne heure. Toute jeune, Marie-Antoinette figura dans les ballets et comédies de la cour. Sa mère Marie-Thérèse la pourvut des meilleurs maîtres. Il y a au Petit Trianon un autre tableau bien connu. C'est dans le Parc de Schœnbrunn : Marie-Antoinette, près de ses frères Ferdinand et Maximilien, entourée des petits d'Auesberg et de Clary, danse, en grand panier, la tête oblique, les bras étendus.

Metastase, Gluck, Noverre, présidaient à son éducation artistique.

A Versailles, n'étant encore que la femme du

Dauphin, elle s'ennuya d'abord. Elle se lia avec ses belles-sœurs, la comtesse de Provence et la comtesse d'Artois.

Les trois jeunes femmes ne se quittaient plus, faisaient servir leurs repas à la même table, s'ennuyaient ensemble; de là à jouer la comédie, il n'y avait que l'épaisseur d'un rideau. On chargea Campan de l'installer.

Le Dauphin fit, à lui seul, le public, mais il fallait jouer en catimini, avec un matériel volant qu'on pliait et cachait à la moindre alarme.

On riait, on s'amusait des costumes et des déguisements, du secret dans lequel on devait jouer; car il ne fallait pas que le Roi sût rien. Le théâtre pouvait tout entier disparaître à la moindre alerte dans une armoire; mais un jour M. Campan, qui jouait Crispin, fut aperçu dans un corridor par un valet qui fut épouvanté et hurla. La troupe prit peur, et les amusements cessèrent. C'était dans l'hiver de 1773.

En mai 1774, Louis XV mourut. La Dauphine fut Reine. Elle hésita à reprendre un divertissement qui l'attirait. Elle commença par faire jouer des comédies; une actrice sans emploi, la Montansier, fut chargée de l'organisation de ces spectacles, pour lesquels fut construit en 1775 le théâtre des Réservoirs, à Versailles. Le roi assista à ces représentations confiées à des professionnels; la reine choisissait les œuvres, ce qui n'empêchait pas le roi, quand il s'ennuyait, de faire baisser la toile au milieu d'un acte. La Guimard ajoutait

souvent à ces séances. le charme étrange de « sa maigreur extrême et de sa voix rauque ». Les programmes comportaient des parodies, des farces du genre poissard, et on faisait venir pour les répétitions des poissardes des Halles, qui ensuite réclamèrent une pension. Le roi aimait les plaisanteries grasses et épaisses. On les lui servit dans les divers théâtres de Société qu'il visita, à Choisy et chez le comte d'Artois, au Bois de Boulogne et à Marly.

La Reine avait la nostalgie des planches. Elle avait étudié avec Dugazon ; elle aimait ces divertissements dramatiques ; elle put enfin réaliser ses rêves d'autrefois, quand elle disait : « Oh! plus tard! »

Elle eut un théâtre à Choisy, et quand elle y allait, il y avait deux représentations par jour, du classique à quatre heures, et des folies à onze. Mais elle ne jouait pas encore elle-même. Elle ne tarda plus. Quand elle s'installa à Trianon, elle s'empressa de remonter sur les planches, le bal et le jeu ne lui suffisant plus. Elle débuta le 1ᵉʳ août 1780. La troupe ne comptait comme acteur que le comte d'Artois. Dans la salle, une quarantaine de personnes, pas plus. Caillot et Dazincourt dirigeaient les études. Les rôles d'amoureux, quand la reine était l'ingénue, étaient donnés au vieux d'Adhémar, pour que le Roi ne trouvât pas à dire. Il y eut querelle à cause des prétentions du duc de Fronsac-Richelieu au rôle de souffleur, qu'il prétendait ravir à M. Campan en sa qualité de premier gentilhomme de la Chambre.

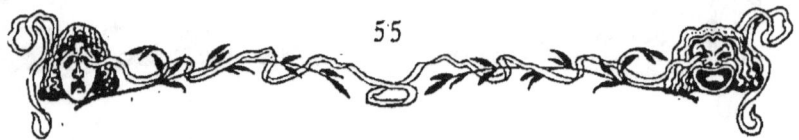
Le théâtre était d'une décoration gracieuse, avec ses colonnes ioniennes, ses Amours à lyres, sa salle blanc et or, ses peaux de lion branchagées de chêne,

Marie-Antoinette, par M^mo Vigée Lebrun. (Cliché Neurdein frères.)

et les nuages ouatés de son plafond, peint par La-grenée.

Les places, en nombre fort limité, étaient très

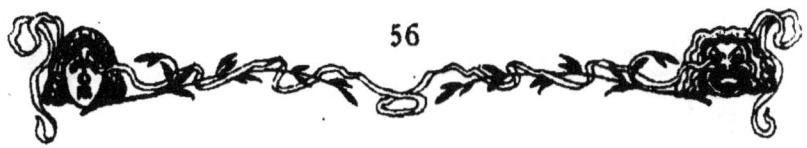

recherchées; leur distribution ne faisait que des mécontents, et parmi ceux qui n'entraient pas, et parmi ceux qui, une fois entrés, se trouvaient mal placés eu égard à leur mérite. Aux fauteuils d'honneur, on réunissait les privilégiés, les de Coigny, de Chalons, de Guines, d'Esterhazy, d'Adhémar, de Crussol, de Besenval, de Polignac, de Vaudreuil, etc.

Sedaine eut les honneurs de l'inauguration; on donna *Le Roi et le Fermier* et la *Gageure imprévue*. La Reine jouait. Une affiche à la main annonçait :

LES COMÉDIENS ORDINAIRES DU ROI

LE ROI ET LE FERMIER.

Le Roi, . . . le comte d'Adhémar.
Richard, . . . le comte de Vaudreuil.
Un garde, . . le comte d'Artois.
Jenny, ... la Reine.
Betzy, ... la duchesse de Guiche.
La Mère, . . Diane de Polignac.

Le comte d'Artois était désolant; il ne savait jamais ses rôles, et il improvisait de façon fâcheuse.

Grimm y était : il fut ravi du talent de ces illustres amateurs.

Quand Marie-Thérèse d'Autriche apprit ces divertissements par les lettres secretissimes de son agent Mercy d'Argenteau, elle en fut fort troublée :

— « Cela finira par des galanteries et quelque intrigue d'amour, » dit-elle.

Et elle souhaitait la fin de ces périlleuses répétitions. En vain. Cela continua, dix jours après, par *Les Fausses infidélités* de Barthe et *On ne s'avise jamais de tout* de Sedaine et Monsigny.

Mais l'opéra, la musique aidant, donnait de meilleurs résultats.

Les répétiteurs étaient pour l'opéra Caillot et Richer, pour la comédie Dazincourt, Préville et Fleury.

La reine était d'une grâce parfaite. Il était impossible de porter avec plus de charme la cruche de lait de Perrette dans *Les Deux Chasseurs et la Laitière*. Elle était bonne fille, riait de ses erreurs, et recommençait autant de reprises qu'en exigeait la répétition. Le roi exigea seulement qu'on n'embrassât jamais la reine, fût-ce dans le texte.

Le public, d'abord constitué par le Roi seul, devint plus nombreux; il y eut quarante places, puis cent; les officiers des Gardes du Corps, les écuyers, des grands, des dames, furent admis. L'entrée fut toujours très fermée et très surveillée; en dehors de la Cour, la ville était proscrite. Mercier ne put entrer, et il écrivait :

« La reine de France joue la comédie. N'ayant pas eu l'honneur de la voir, je n'en puis rien dire. »

Les spectacles continuèrent, plus espacés, mais réguliers : le *Devin du village,* en septembre 1780, plut beaucoup, avec la Reine dans le rôle de Colette, M. de Vaudreuil et M. d'Adhémar (Colin). La Reine avait la voix agréable, juste, le maintien noble et gracieux; le Roi fut content d'elle.

La mort de la Mère, Marie-Thérèse, qui grom-
melait de ces exercices malsains, délivra Marie-Antoinette d'une entrave, et elle voulut étendre son
champ ; elle fit remplir la salle, et s'offrit un public
plus nombreux qu'indulgent ; car il répéta que la
reine jouait royalement mal.

La grossesse de Marie-Antoinette et ses couches
interrompirent les jeux. La Comédie Française
et l'Opéra-Comique prirent la place de la royale
troupe, jusqu'en 1782. La Reine revint alors avec
passion à son plaisir favori, joua, chanta les opéras
comiques à la mode, de Sedaine, d'Anseaume, de
Favart.

Tantôt la fête était dans le Parc, qui représentait une foire, avec théâtre et parades ; et la reine
« tenait café comme limonadière ».

Le Roi n'aimait pas fort ces goûts dramatiques.
On conte qu'à une représentation, il se baissa et
se cacha pour siffler sa femme sans qu'on le vît.

Les représentations à Trianon durèrent de 1780
à 1785. Le dernier rôle de la Reine y fut Rosine
du *Barbier de Séville.* Ce fut la soirée la plus éclatante, celle du mois d'Août 1785. On vit une
Reine, des princes du sang, des grands seigneurs
jouer la pièce incendiaire et révolutionnaire de
Beaumarchais ; et l'auteur fut invité. Était-ce in-
conscience ou calcul politique ? Les victimes de
demain jouaient avec la torche, pour se persuader
qu'elle ne brûlait pas.

Ce fut le dernier Trianon. La Reine était lasse de
ce séjour qui l'avait trop longtemps amusée. Elle

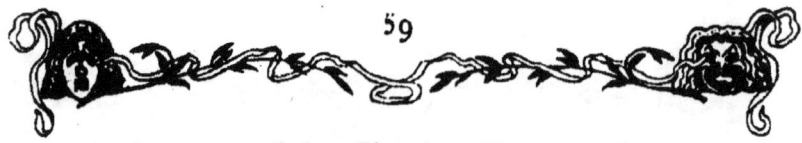

le quitta pour Saint-Cloud et Fontainebleau, où
l'étiquette reprenant tous ses droits, il ne fut plus
question de comédie. Le rideau allait maintenant
se lever sur la tragédie ; et la Reine allait y tenir
un des premiers rôles.

Ajoutez que M. de Vaudreuil, tout en étant le
grand Ordonnateur des spectacles de Trianon,
avait chez lui, à Gennevilliers, un théâtre qui eut
l'honneur d'offrir à ses invités l'une des premières
représentations du *Mariage de Figaro* en avril
1784. Figaro s'y fit beaucoup d'amis, et ne trouva
qu'un grand seigneur clairvoyant et inquiet, pour
désapprouver l'envoi de ce brandon dans la foule :
ce fut le baron de Besenval.

Au total, les distractions de reine qui bâille
étaient très impopulaires. Le peuple veut que les
souverains sachent s'ennuyer.

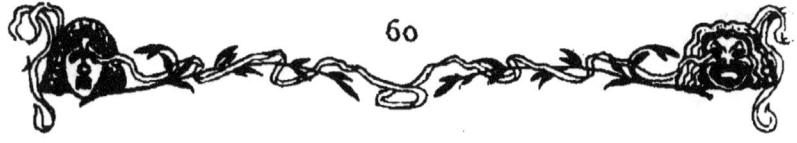

CHAPITRE V

LES THÉATRES DU DUC D'ORLÉANS.

Allons de ce pas chez d'Orléans, un des plus
fameux amateurs du xviii° siècle. Le duc d'Orléans
était le petit-fils du Régent.

Il avait épousé Henriette de Bourbon Conti.
Elle était fille du prince Armand de Conti et de
Mlle de Blois; elle défraya les Ana et les sottisiers
de son temps, fit et dit cent folies, et mourut en
riant aux éclats, et en donnant à la marquise de
Polignac une chanson obscène de dix-sept couplets qui furent ses *ultima verba*.

Quant au duc, c'était une bonne pâte d'homme

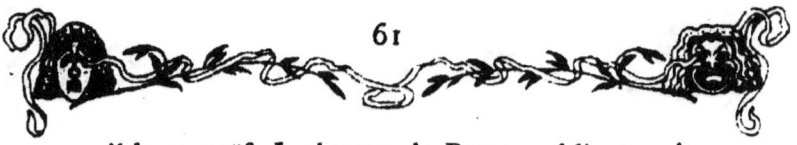
sensible et naïf. Le baron de Buzenval l'a vu pleu-
rer de ce qu'il n'avait pas de vrais amis, et Collé
rima la chose.

Il aima fort le théâtre, eut plusieurs scènes à lui,
et fit travailler spécialement pour ses menus plaisirs dramatiques le chansonnier Collé et le poète
Laujon, ses auteurs à gages. Il jouait volontiers lui-
même.

· Le prince, né bonhomme et naïf, réussissait dans
les rôles où il fallait du naturel, Fortis des *Dehors
trompeurs*, ou Fruport de *L'Écossaise*. « Il jouait,
dit Mercier, avec facilité et rondeur. »

Les autres acteurs étaient le vicomte de Gand,
M. de Ségur, le comte d'Ornesan, la comtesse de
La Marck, la marquise de Crest.

En janvier 1754, le duc d'Orléans acheta une
petite maison, faubourg Saint-Martin, vis-à-vis la
porte de la Foire Saint-Laurent. Il y fit construire
un théâtre qui ne fut achevé qu'en mars. M. Pierre,
premier peintre du duc, en fit les plans. Il en avait
un aussi rue Cadet, qui servit en attendant que
celui du faubourg fût achevé.

Ce dernier fut inauguré le 4 mars avec *Isabelle
Précepteur*. Les rôles furent mal sus. Mais la
Gaussin sauva la mise, et les peintures neuves furent trouvées « charmantes ». Le succès fut pour des
couplets de Collé sur le dix-septième jour de la petite vérole de la duchesse d'Orléans, hors de danger
depuis le neuvième jour, mais elle se grattait beaucoup et s'arrachait tant qu'elle pouvait : on chan-
sonna cette *gratterie*. On riait de tout, en vérité.

4

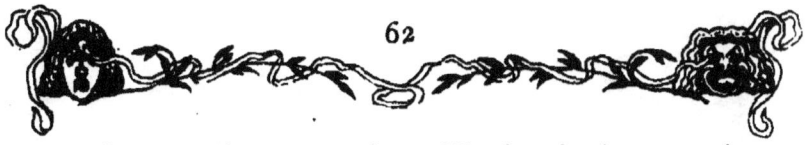
Le 4 avril 1754, on joue *Nicaise;* le duc ne sait pas son rôle; la Gaussin, la Fovel sont divines; M. Danezan est froid; MM. de Montauban, le vicomte de La Tour du Pin, Saint-Martin ont de petits rôles de garçons de la noce. Collé, au lever du rideau, s'est avancé tout tremblant, vêtu en beau Nicolas, et a lu un boniment.

La parade *Léandre Etalon* fit long feu, bien qu'elle ne fût pas moins inconvenante que *Nicaise.*

Le duc d'Orléans fit et chanta des annonces, dont l'une allude à un curieux divertissement qui fit alors fureur chez les dames : il consistait à creuser un navet, à y mettre un oignon de jacinthe avec de l'eau : la jacinthe poussait des fleurs, et le navet étalait ses feuilles au dehors. Cette mode fut une ère, une hégire; on data : L'An III des Navets. Le duc d'Orléans chanta sur son théâtre :

> Pour faire un bouquet à Climène,
> J'apprends que le printemps ramène
> Les dons que Flore réservait;
> Car présenter une jacinthe
> Le cul trempé dans un navet,
> C'est la nature trop contrainte.

La vogue allait surtout aux parades en style poissard et amphigourique, dont Collé fut un des propagandistes. Il en a fait un traité.

Un document assez important, publié dans les *Parades inédites* (1), et fort instructif, est la *Magnière de Discours approfondi superficiellement*

(1) Hambourg, 1864.

*de l'origine originale et cocasse de la Nature Dé-
naturée de la Parade* par Collé. C'est la théorie et
l'application dans toute leur naïve bêtise et leur
impudeur.

Collé prenait lui-même le béguin de Gilles pour
débiter ses parades et chanter ses vaudevilles, soit
au théâtre du faubourg Saint-Martin, soit au château de Bagnolet où le duc et la duchesse avaient
aussi théâtre. On y donna la drôlerie de *Targi-
flasque* en 1754 devant la duchesse d'Orléans et
les dames de sa Cour (1).

Nous avons déjà vu le théâtre de la rue Cadet,
celui du faubourg Saint-Martin, celui de Bagnolet,
tous au duc d'Orléans. Il en avait un autre encore,
au faubourg du Roule. Il fut inauguré le 7 février 1755. La salle, construite et peinte par les
ordres et sur les plans de M. Pierre, son premier
peintre, imitait la ruine d'un amphithéâtre romain.

« C'est un cadre trop noble, disait-on, pour le
genre de vaudevilles qui y figurera.

— C'est taillé trop dans le grand. »

Et M. Pierre répondait :

« J'ai travaillé pour mon maître, et non pour
les farces qui viendront là. »

C'est égal, à en juger par le programme de la
soirée d'ouverture, il dut être plaisant de voir jouer
dans ce Colisée *Nicaise* et *L'Amant Poussif* et le
Prologue chanté par quatre Gilles béquillards (2).

En mars 1755 Collé s'alarme; le duc d'Orléans

(1) Collé.
(2) Collé, février 1755.

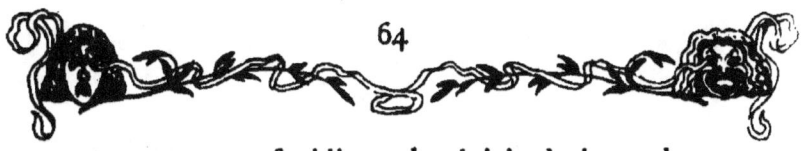

est « un peu refroidi sur le plaisir de jouer la comédie ».

Il y a arrêt. Ce n'est pas pour longtemps. Le duc, veuf, a pris une maîtresse qui remet en honneur le petit théâtre. C'est Marquise.

Mlle Le Marquis, par des fortunes diverses, fut d'abord écaillère d'huîtres, puis danseuse aux Italiens de 1764 à 1769, puis maîtresse du marquis de Villeroy, qui la céda au duc. Son hôtel porte aujourd'hui le numéro 27 de la rue de Grammont. Le duc raffola d'elle et le théâtre repartit. Elle aima à la fureur la comédie, et Collé note sur ses calepins, en poète pratique :

« Je tâcherai de tirer parti de cette circonstance pour m'attacher à d'Orléans. »

Le mois suivant, le duc a fait faire pour Marquise un théâtre neuf à Bagnolet. On l'inaugura le jour de Noël 1759. Les premiers spectacles furent *Les Deux Gilles*, *Le Remède à la Mode*, *Joconde*, comédie de Collé, où le duc joua Blaise et eut des absences de mémoire. Marquise eut du naturel et de la finesse. Collé observe :

« Cette petite créature a vraiment du talent pour jouer la comédie; et si elle le cultivait et y était forcée par la nécessité, j'imagine qu'elle pourrait devenir un jour une excellente suivante; mais malheureusement sa jolie figure et la fortune qu'elle fait avec M. le duc d'Orléans, lui firent enfouir ce talent-là » (fév. 1760).

Le vicomte de La Tour du Pin enrichit son rôle de quelques improvisations qui firent rire; M. de

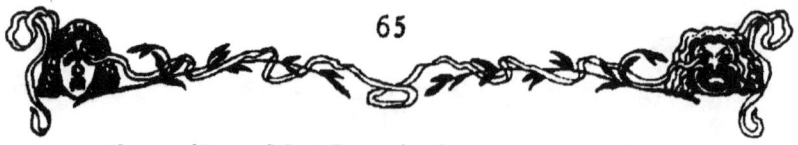

La Vaupalière, Mme Drouin furent appréciés. Collé est perplexe sur le succès de son œuvre.

A-t-elle réussi? Il le lui semble, mais il ajoute sagement :

« Les auteurs sont comme les cocus', ils sont toujours les derniers à apprendre leur histoire. »

Et l'on jouait, et l'on chantait; il fallait des pièces à couplets; c'était la vogue. On ne voulait que canons à quatre ou huit, ariettes, vocalises, flonflons, fredons, *doubles*; Lesage s'en moque dans *Le Monde renversé*.

La *gale* des pièces à ariettes sévissait, selon le mot de Collé. Et les parades amphigouriques et poissardes faisaient florès. En voulez-vous voir une? Entrons à Bagnolet le premier mai 1760. Une guinguette est établie sous des feuillages, les tables sont occupées par des consommateurs et des dames peu prudes. Collé, l'auteur, gémit bien un peu de ce que « Mlle Marquise a voulu aller à l'épargne »; il manque sept ou huit violons, une dizaine de figurants, et nombre de quinquets; les costumes ne sont pas assez variés. Mais vaille que vaille, la mise en scène est pittoresque, et l'on s'amuse de ce tableau de taverne avec chœur des clients en canon à huit :

> Point tant d'étalage,
> Sers-nous du fromage;
> Hé, garçon! hé, garçon!
> Du fromage, du fromage;
> Ou bien du jambon,
> Et buvons du bon.

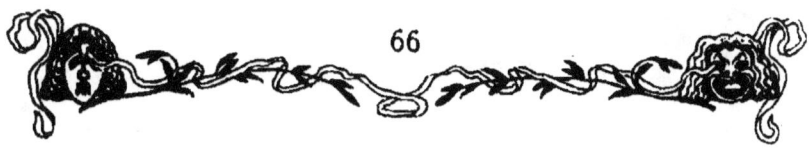

Laujon fait Ramponneau, et Marquise fait sa fille, Mlle Ramponneau, qui chante des louanges au duc d'Orléans. Puis Collé, poète de guinguette, se fait prier pour lire à l'assemblée le contenu de quelques feuillets épars sur sa table devant lui; et je vous épargne ce qui avait le don de dérider ces seigneuriales assistances, et celles-ci n'étaient ni fort délicates ni fort difficiles, à en juger par ces billevesées fades dont on régalait leurs oreilles (1).

Alors vint la parade, et celle-ci fut plus plaisante.

Une fille et un abbé sont assis à une des tables de la guinguette devant un plat de crème, des biscuits et des fruits. A côté, un seau à rafraîchir le vin. Les autres tables sont toutes occupées. Arrive un garçon coiffeur; il porte un tabouret à la main, va de droite à gauche pour trouver une place vacante, et finit par s'asseoir auprès de l'abbé et de Tonton :

— Monsieur l'abbé veut-il bien permettre?

(Il s'attable à côté d'eux.)

L'ABBÉ.

Comment, monsieur? Que nous voulez-vous?

LE PERRUQUIER.

Je veux, monsieur le prieur, vous demander la grâce d'être à votre écot.

(1) Collé, 21 avril 1760.

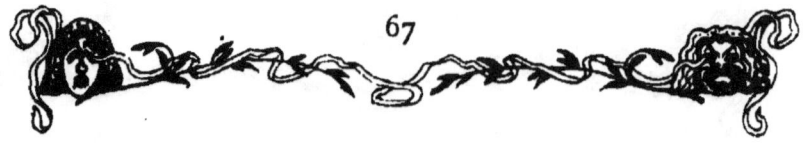

L'ABBÉ.

Il y a d'autres tables, monsieur. Il est singulier...

LE PERRUQUIER.

Vous voyez bien vous-même qu'elles sont toutes
occupées...

L'ABBÉ.

Eh bien, faites-vous-en apporter une.

TONTON.

Les garçons sont faits pour ça, monsieur.

L'ABBÉ.

Voulez-vous, monsieur, qu'on appelle le maître
et ses garçons pour vous faire retirer?

LE PERRUQUIER.

Me faire retirer? Avez-vous peur que je ne vous
souffle Mademoiselle!

TONTON, à l'abbé.

Mon oncle, que veut donc dire cet homme?

L'ABBÉ.

Vous vous figurez sans doute, mon cher monsieur, que Mademoiselle n'est pas ma nièce.

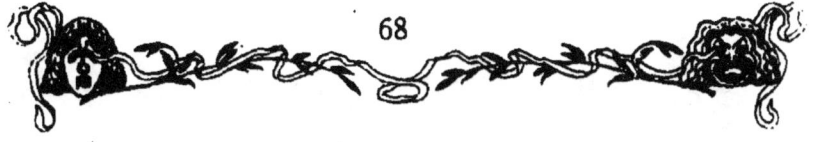

LE PERRUQUIER.

Ah! ouiche! Votre nièce à la mode des Porcherons.

TONTON.

Que veut-il dire avec ses Porcherons? Sacredié!
pour qui me prend-il donc?

L'ABBÉ.

Monsieur, laissez-nous tranquilles; j'ai l'honneur
de vous le dire très sérieusement.

LE PERRUQUIER, ricanant.

Mademoiselle votre nièce vient de lâcher un petit
sacredié qui m'en empêche, mon très cher sacris-
tain. Ce *sacredié*-là n'est pas de paille au moins;
il décèle ce qu'elle est...

TONTON.

Ce que je suis? En tout cas, je ne suis pas ce que
je suis pour toi, toujours...

(La bataille s'anime.)

TONTON.

Mais qui diable nous a chié un homme aussi
grossier et aussi incivil? Est-ce que vous n'avez
jamais été à une guinguette, monsieur, que vous y
êtes aussi impoli?

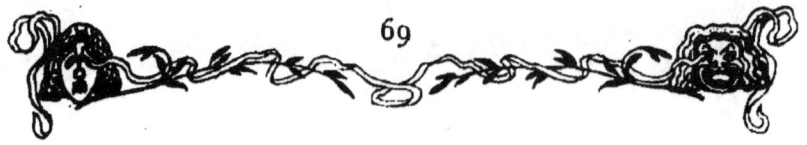

LE PERRUQUIER, prenant l'abbé par le bras.

Allons, grand vicaire des marionnettes! vite, dé-
logez, et laissez-moi cette princesse.

L'ABBÉ, le battant.

·Qu'est-ce que c'est donc que ce merlan-là? Va-t'en
poudrer tes perruques!

LE PERRUQUIER, battant l'abbé.

Avant de te poudrer, toi, je m'en vais te peigner!

L'ABBÉ se débarrasse et lui jette son seau à rafraîchir.

Et moi, je vais te baigner.

TONTON, cherchant à les séparer.

Ah! le chien! le coquin! Sainte Vierge! quel
gueux! Ah! mon doux Jésus! Quel brutal!

LE PERRUQUIER.

Tiens, vilain prêtre : mets cette calotte-là sur
ta tonsure...

(Il lui plante sur la tête le bassin de crème. C'est un bassin de
bois léger, arrangé de façon que le tour puisse s'en détacher et
servir de collet à l'abbé.)

Survient un soldat qui chasse à la fois l'abbé et
le Merlan, et garde la donzelle avec laquelle il s'attable.

Vous voyez le genre de ces divertissements sim-

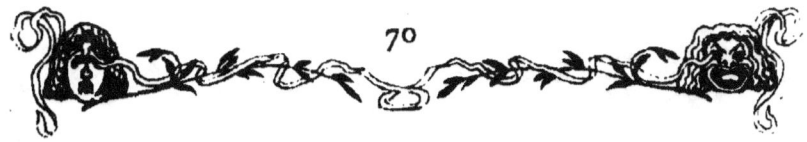

ples et de mauvais goût, dont on nous assure qu'ils plaisaient infiniment.

L'actualité inspirait à propos la verve des auteurs fournisseurs.

Marquise a-t-elle été faire un voyage en Hollande pendant que le duc d'Orléans est à Villers-Cotterets avec le duc de Chartres et des dames de sa cour? A son retour, elle trouve à Bagnolet le théâtre et la comédie, dont le divertissement a pour thème les Hollandaises (1763).

Le mérite littéraire de toutes ces fantaisies est nul, et peu importe.

On jouait après souper devant des gens animés, avinés, étourdis par les propos et les parfums des femmes en gaîté, et mal en passe d'écouter quelque œuvre de valeur.

Il n'y faut pas tant d'apprêt.

En avril 1763, sur cette même scène de Bagnolet, Collé et Laujon s'évertuent. Leur pièce est un démarquage de Dufresny.

C'est une troupe de Comédiens de province qui débarque dans un château; les actrices sont enveloppées de châles d'indienne et empilées sur une charrette encombrée de cordages, de vieux habits, de bonnets à plumes, de décors, d'un trône dédoré. En tête marchent le charretier, l'afficheur, les musiciens à ânes; l'un de ces quadrupèdes se cabre, jette à terre et blesse M. de Vierville qui le montait : cela ajouta au comique. Les châtelains demandent alors aux acteurs ce qu'ils savent, et la troupe joue à titre de spécimen des fragments de

son répertoire, une scène de *La Joueuse* de Dufresny, souvent attribué à faux à Fagan, et *Le
Monde renversé* de Lesage.

En dépit de la frivolité, c'était une affaire de conséquence pour les Auteurs de se faire jouer devant
ces spectateurs de marque. Il y allait de l'Académie. Quand Collé y songea, si vous saviez sa fureur
de voir que M. le duc de Choiseul a manqué par
deux fois de venir à Bagnolet voir son *Henri IV*
admirablement joué par le vicomte de La Tour du
Pin, M. de Barbentane, le marquis de Villeroy, le
vicomte de Polignac, Marquise, Mme Drouin, le
duc d'Orléans! Mais Voisenon est candidat acadé-
mique et créature du duc de Choiseul, et il a empêché son patron d'aller voir *Henri IV*, pour ne
pas disperser son attention et sa bienveillance sur
un rival qui eût pu l'intéresser : et en effet, huit
jours après, Voisenon était de l'Académie, et Collé
se consolait en écrivant pour lui-même, parlant à
son bonnet, son propre plaidoyer (1) un peu jaune :

« Je ne voulais pas qu'on dise de moi : *Pourquoi est-il de l'Académie?* J'ai mieux aimé qu'on
dise : *Pourquoi n'en est-il pas?* si on l'a dit. »

On ne l'a point dit.

C'est chez le duc d'Orléans que fut jouée d'a-
bord, pour faire ensuite le tour de tous les théâtres
de société, la pièce de Collé *La Partie de chasse de
Henri IV*, interdite et pour la trop grande familiarité avec laquelle le bon roi Henri est traité, et

---

(1) Collé, 1763.

aussi par la crainte qu'eut Louis XV d'un parallèle entre le Navarrais et lui.

Le mois de décembre 1763 semble marquer la fin de la carrière théâtrale du duc d'Orléans, qui maria son fils et ferma Bagnolet. Il n'en fut rien, et si le 30 avril 1764, un lundi, veille de Saint-Philippe, vous fussiez allé à Bagnolet, c'était fête, représentation de *L'amour d'autrefois* et de la *Tête à Perruque;* et comme le 1er mai marque le jour fixé par Clémence Isaure pour la tenue des Jeux Floraux, les organisateurs, Collé et Laujon, ont fait peindre sur la toile de fond le tombeau de Clémence Isaure. On voyait cette femme illustre assise sur son sépulcre, appuyée contre une pyramide, au-dessus de laquelle le cheval Pégase s'enlevait dans un nuage. En bas le petit génie de la comédie se jouait avec un masque, près d'un autre petit génie qui portait les attributs des arts, musique, poésie, peinture.

Cependant un nouveau théâtre s'était fondé dans la nouvelle résidence du duc d'Orléans, à Villers-Cotterets, où *La Partie de chasse de Henri IV* est jouée par le vicomte de La Tour du Pin, le chevalier de Clermont d'Amboise, le vicomte de Rochechouart, M. d'Albaret, le duc de Chartres, fils du duc d'Orléans, « qui n'a aucun talent », la comtesse d'Usson, la marquise de Ségur, Mme de Montesson.

Retenez ce nom nouveau. C'est la nouvelle favorite, Marquise ayant cessé de plaire.

En novembre 1766 Mme la Dauphine crache le

sang tout clair. Le duc prit ce prétexte pour ne pas jouer et éloigner sa maîtresse.

A ce moment, l'étoile de Marquise a pâli. Collé a terminé sa comédie de *L'Ile sonnante,* et il raconte la substitution de la nouvelle Esther à l'ancienne Vasthi, habilement combinée avec la complicité du fils et des dames du monde, toutes heureuses et fières que le duc ait cette fois une maîtresse prises « parmi elles », et qu'à l'âge de quarante ans, il mette cette « décence » dans sa conduite, et cette « dignité » dans ses mœurs. Voilà à quoi tenaient la dignité et la décence d'alors.

Qu'était cette nouvelle venue? La marquise de Montesson, née en 1737, épousa fort jeune un vieillard qui la retint en province jusqu'en 1769, l'année où elle devint veuve. Elle était jolie, aimable, souriante, spirituelle, aimait les arts et la Comédie. Elle fut remarquée à la Cour, entre autres par le duc d'Orléans, qui l'épousa en secret en 1773.

Elle était la tante de Mme de Genlis.

Elle mourut en 1806, la même année que sa rivale délaissée, la pauvre Marquise.

Elle forma une troupe d'amateurs, fit jouer et joua des pièces de sa composition, qu'elle a publiées, et qui sont d'un mince intérêt. Elle donna en présent les douze exemplaires qui constituent toute l'édition de son théâtre, à ses amis : aujourd'hui, ils atteignent d'assez bons prix, trois cents, quatre cents francs, quand ils passent en vente; il en reste huit en tout.

Quant à Marquise, elle disparut et fut désinté-
ressée par son protecteur.

Elle fut regrettée par les amis. Elle était franche, serviable, « la meilleure enfant du monde »,
avec de l'esprit naturel, du goût, du tact; elle fut
neuf ans maîtresse de Monseigneur dont elle eut
une fille et deux garçons, Mlle de Villemonble et les
abbés de Saint-Farre et de Saint-Albin, frères ju-
meaux.

Bagnolet fut fermé. Les spectacles furent d'abord
des *Fêtes Chamberlanes,* c'est-à-dire de chambre,
et eurent lieu dans les petits appartements au Palais
Royal, le duc d'Orléans ne voulant pas que son
fils sût qu'il jouait la comédie avec sa maîtresse; il
désirait aussi restreindre la dépense.

L'abbé de Breteuil le sermonnait. Au reste, le
fils, le duc de Chartres, n'ignorait rien de tout ce
manège.

Le règne de la nouvelle duchesse fit changer le
ton et les manières de ce milieu. Le théâtre de Bagnolet « en a dans l'aile », et celui de Villers-Cotterets l'emporte. Il n'y a plus là des actrices, des
maîtresses vulgaires, comme Marquise, mais des
dames de cour, le ton y est plus soutenu et la tenue
meilleure. Collé déclare :

« Là, la pédante décence me rend froid comme
un landier. »

On y donna des spectacles variés, comédie et musique.

L'opéra-comique de Monsigny, *L'Ile Sonnante,*
tombe à plat. Les acteurs jouent sans gaîté et à

contresens ; M. de Vaudreuil est si enroué qu'on
ne l'entend pas ; ces dames de la Cour ne sont pas
très fines. Collé regrette les soirées sans façons et
les belles petites d'autrefois.

On donna, en juin 1767, *Le Joueur* de Saurin,
traduit de l'anglais. A ce propos, Saurin fut appelé
et il y eut un incident, dont Collé est tout boule-
versé, et qui jette un jour curieux sur la situation
subalterne alors faite aux gens de lettres. Saurin
fut relégué à la table du maître d'hôtel, et ne dîna
point avec le Duc.

Ce fut une affaire. Des incidents de ce genre ar-
rivaient souvent. A Bagnolet où il était venu faire
répéter, le compositeur Monsigny refusa de manger avec les musiciens de son orchestre. Collé s'attable avec lui pour éviter un éclat, tout en décla-
rant qu'il préférerait aller manger ailleurs, que de
n'être pas à la table ducale chez le duc. Les ques-
tions de préséance chatouillaient l'irritable vanité
des comédiens et des auteurs, qui enrageaient d'être
relégués avec le gouverneur, le précepteur et le
maître d'hôtel, tandis que le gouverneur persuadait
à son maître que c'étaient trop petites gens pour
les admettre à l'honneur des commensaux.

Mme de Montesson prit un grand ascendant sur le
cœur et sur l'esprit du duc d'Orléans. Celui-ci
voulut la remercier de ses conseils en l'épousant.
Louis XV s'y opposa. Le mariage fut fait secrète-
ment à Saint-Eustache, par l'abbé Poupart, en présence de M. de Beaumont.

Elle était passionnée de théâtre. Il y avait une

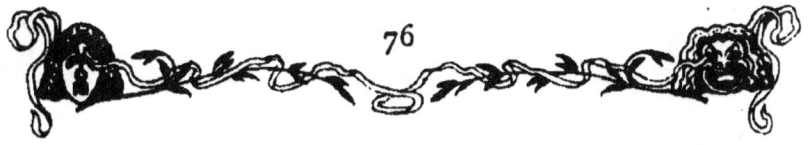

salle et une scène dans son hôtel de la rue d'Antin, dans cet hôtel qui devait avoir un si affreux spectacle après tant de spectacles si gracieux. Après Mme de Montesson, l'hôtel fut l'ambassade d'Autriche. Lors du mariage de Napoléon Ier et de Marie-Louise, l'ambassadeur, prince Schwartzemberg, donna une grande fête à laquelle assista l'Emperepereur, avec l'Impératrice et toute la cour. Pendant le bal, une bougie mit le feu aux voiles de gaze ou de tulle, et fit un incendie terrible. Il y eut beaucoup de victimes. La princesse de Schwartzemberg fut retrouvée carbonisée. La princesse de Leyen aussi ; son diadème d'or avait rougi dans le feu et tracé sur son front un horrible sillon. Cet hôtel n'existe plus ; la rue Lafayette et la cité d'Antin passent sur son emplacement.

Mme de Montesson tenait les rôles d'amoureuses et de bergères, mais de bergères trop bien nourries. Elle était très forte, et son embonpoint gênait un peu son jeu et ses grâces. Le prince en badinait :

« Vous voyez que l'air de la campagne est excellent pour ma bergère. »

Quand se déclara la rivalité entre le théâtre de la Chaussée d'Antin et celui de Trianon, dans la petite guerre d'épigrammes qui amusa Paris de ses fusées, les charmes opulents de la Montesson furent souvent visés. Le comte d'Adhémar l'appelait l'*in-folio Philis.*

Et Philis se vengeait comme elle pouvait, en se rappelant que dans *Le Devin du village,* le comte d'Adhémar portait un habit de berger qui le faisait

ressembler à un laquais. Et elle l'appelait *Tircis-Laflèche.*

Le Théâtre Montesson fut le premier de Paris par son éclat, la noblesse et le mérite de ses interprètes, de 1770 à 1780. Les invitations étaient rares.

La direction et l'instruction de la troupe étaient confiées à Mme Drouin, de la Comédie Française, où elle joua de 1742 à 1780. C'était une femme intelligente. capable d'enseigner.

En 1778, la Montesson eut la joie et l'orgueil de recevoir son illustre confrère Voltaire, alors à la fin de sa carrière. Le vieillard s'agenouilla devant le prince d'Orléans qui vint le recevoir dans sa loge. Mme de Montesson s'empressa de le relever et de l'embrasser en s'écriant :

« Voilà le plus beau jour de, mon heureuse vie ! »

Les seigneurs présents étaient attendris. La dame du logis eut la satisfaction de jouer ses propres œuvres devant Voltaire, *La Femme Sincère,* comédie sensible, et *L'Amant Romanesque,* du genre gai. Le comte d'Ornesan eut la plus grosse part du succès dans un rôle de vieux domestique.

Les autres rôles de Mme de Montesson, où elle plut davantage, furent, dans *Zémire et Azor, la Belle Arsène, Aline,* la *Servante Maîtresse,* le *Jugement de Midas* de Hales, avec la musique de Grétry, dont la première eut lieu là avant d'aller aux Italiens.

On y joua une *Marianne* tirée par le duc d'Or-

léans du roman de Marivaux, *L'Homme Impassible* et *La Fausse Vertu*, deux comédies en vers de Mᵐᵉ de Montesson, et la tragédie de Sedaine *Les Maillotins.*

L'ambition vint à la poétesse. Elle conçut l'ambition d'affronter le grand public. La Comédie Française joua d'elle la *Comtesse de Chazelles,* pièce tirée des *Liaisons dangereuses* de Laclos et de *Clarisse* de Richardson.

Le soir de la première, quelques sifflets se mêlèrent aux applaudissements de commande. Après la représentation, une ouvreuse trouva un sifflet à soufflet, qu'on manœuvrait avec le pied, oublié dans une loge, dont les titulaires avaient semblé applaudir avec suite, comme il convenait à des amis du duc d'Orléans.

Le duc fit acheter l'instrument, et le suspendit avec des rubans de soie dans le boudoir de son amie, entre la statue de l'Amitié et celle de la Bienfaisance.

Quand cette bonne et généreuse dame accordait trop à l'amitié, défendait un ami trop chaleureusement, niait l'ingratitude et avait des retours vers la gloire, le prince s'approchait du mur, appuyait de la main sur le soufflet, un petit sifflement interrompait la trop confiante femme, et, lui rappelant la perfidie de ses faux amis, qui avaient montré l'ostentation de leurs applaudissements feutrés, et dérobé la vilenie de leur trahison, lui disait qu'il ne faut se fier ni à l'amitié, ni à l'espoir, ni à la vanité, et elle souriait amèrement de la leçon que lui donnait ainsi

discrètement son ami, le philosophe résigné et perspicace dans sa bonhomie.

Plus tard le comte et la comtesse du Nord vinrent assister en 1782, au spectacle chez Mme de Montesson. Le souvenir le plus artistique qu'ils ont gardé de cette soirée fut qu'on servit au souper pour 1.800 francs de fraises. Mais déjà les grandes maisons se fermaient; le cercle aristocratique, brillant, mondain, se rétrécissait; il n'y avait plus à Paris que les vendredis de la duchesse de La Vallière, les dîners du maréchal de Biron, et les soirées dramatiques de l'hôtel où M. le duc d'Orléans n'était plus que M. de Montesson.

Un autre amateur, qui contribua autant que d'Orléans à l'éclat et à la vogue du genre, ce fut Clermont.

Le comte de Clermont, prince du sang (1709-1771), fils de Louis III, prince de Condé, et de Mlle de Nantes, abbé de Saint-Germain des Prés, oncle de Louis XV, après s'être fait remarquer par sa bravoure aux sièges de Menin, Ypres, Furnes, Anvers, Namur, fut écarté soudain en 1747, et remplacé dans son poste par M. de Lowendahl. La retraite lui pesait; pour s'occuper, il se livra à la comédie, et fit un théâtre dans son domaine de Berny.

Il invitait des savants, des lettrés, des artistes, et admettait tous les genres, opéra, opéra-comique, vaudeville ou parades. Un nombreux orchestre était attaché à sa maison. Laujon dirigeait, au grand dépit de Collé, qui déclare, sur le ton du renard

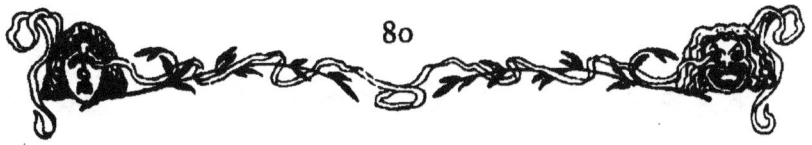

aux raisins, qu'il ne travaillera qu'au pis aller pour le comte de Clermont, si le duc d'Orléans le congédie, « il y a à la cour du comte de Clermont des dessous de cartes, des tracasseries ».

Il passa là au-dessus, car il fut trop heureux de s'y faire jouer. Le comte de Clermont donnait rue de la Roquette, le 19 novembre 1754, sur un petit théâtre « assez passable qu'il y a fait construire », *Les Amants Déguisés* de Collé avec *La Rancune officieuse* de La Chaussée, où un amant, voulant se faire aimer pour lui-même, cache sa condition.

Il y avait représentation les jours de fêtes et d'anniversaires du maître ou de la maîtresse de céans.

Le comte de Clermont s'appelait Louis. A sa fête, Laujon lui chanta :

> Au mois qui mûrit la moisson
> Rome donna le nom d'Auguste ;
> La France, au prince le plus juste,
> Dans ce mois choisit un patron.
> Sur les bords qu'arrose la Seine (Berny)
> Ainsi qu'au siècle des Césars
> Un même jour permet aux arts
> De fêter Auguste et Mécène.

Un ministre, arrivé peu d'heures avant la fête, crut que Laujon avait fait ce couplet pour lui, qui s'appelait aussi *Louis*, et qui avait des fonctions officielles pouvant servir à l'allusion du nom de Mécène ; il se jeta au cou du poète et le remercia de son impromptu. Le comte de Clermont, qui avait vu le geste sans en comprendre le sens, voulut savoir le motif de cette caresse ; Laujon le lui raconta naï-

vement. « Oh! garde-toi de le désabuser, dit le prince... Comment donc? Ce serait à moi de le remercier; il me laisse beaucoup plus qu'il ne m'ôte. »

Une autre fois, le prince joue avec Mlle Le Duc, sa maîtresse, une comédie *Barbarin ou Le Fourbe puni,* dont il est l'auteur, aidé sans doute de M. Rongoll, secrétaire des commandements du prince.

La Gaussin, Rozelly, le chevalier de Bonac en étaient. Le spectacle se continua par une pastorale sur les vendanges.

A Berny encore, on joua *Je vous prends sans verd* et l'on s'arrangea pour prendre en défaut le maître du lieu; *Gilles, garçon peintre,* parodie du *Peintre amoureux de son modèle; Zizabelle, commissaire et bouffon zitalien.*

Les troupes d'amateurs de Bagnolet et de Berny se réunissaient parfois pour jouer ensemble sur l'un de ces deux théâtres, avec Mlle Gaussin. Quelques années plus tard, ce fut la fin.

En janvier 1756, le comte de Clermont a fermé son théâtre, et renvoyé sa musique « pour arranger ses affaires ».

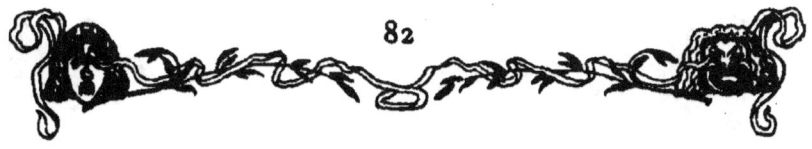

CHAPITRE VI

LES THÉATRES DE VOLTAIRE.

Voltaire acteur. — Théâtre de la rue Traversière. — Voltaire régisseur. — A Lausanne. — A Tournay. — A Ferney. — Souvenirs de John Moore. — Une bergerie de Florianet. — Mme Denis actrice. — La Clairon et Lekain. — Impressions du prince
de Ligne. — Notes de Chabanon. — Théâtre de Châtelaine. —
Voltaire joue en ville.

La paix de 1748, écrit Lekain, en rappelant les
plaisirs de tout genre dans la ville de Paris, devint
l'époque mémorable d'une nouvelle institution de
quelques sociétés bourgeoises, qui se réunirent
pour le seul plaisir de jouer la comédie.

« La première fut établie à l'hôtel de Soyecourt,
au faubourg Saint-Honoré; la seconde à l'hôtel de
Clermont-Tonnerre, au Marais; et la troisième à
l'hôtel de Jaback, rue Saint-Merry. C'est de ce
dernier théâtre que je suis fondateur. »

Il y eut fusion.

C'est dans la troupe de *Clermont-Tonnerre*,
réunie à celle de l'hôtel Jaback, rue Saint-Merry,
que Voltaire rencontra et devina Lekain en février
1750. — On donnait le *Mauvais Riche* de Bacu-

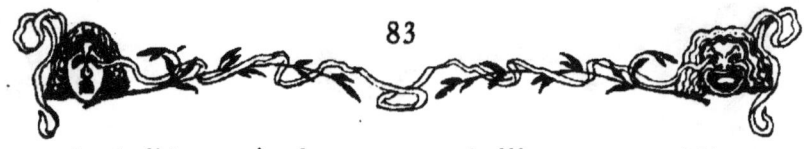

lard-d'Arnaud, devant une brillante assemblée. Voltaire se fit présenter le jeune acteur, lui adressa de chaudes félicitations, et, après avoir voulu inutilement le détourner de monter sur les planches en public, le voyant décidé, il le prit chez lui, éleva un théâtre au-dessus de son appartement, et l'y fit jouer avec ses nièces et la société de l'hôtel Jaback. C'était encore ainsi qu'il élevait « à la brochette » *le tyran* Paulin, qui ne lui fit pas tant d'honneur.

Voltaire était trop profondément possédé par le feu sacré du théâtre pour ne pas lui sacrifier beaucoup. Il eut au moins deux principaux théâtres, à Paris, rue Traversière, et à Ferney. Il y jouait en personne avec flamme, action et emphase. Il essayait là les pièces neuves; c'était son trébuchet. Il y faisait sonner les autres, pour renouveler à ses oreilles la musique délicieuse du triomphe.

C'était un diable enragé; il galvanisait les acteurs, et les répétitions avec lui étaient d'une vie intense et bruyante. Il surveillait, contrôlait, conseillait, rectifiait, apercevait tout à la fois.

Un jour, raconte Lekain, nous répétions chez lui, rue Traversière, la tragédie de *Mahomet* : je jouais Seïde. Une jeune demoiselle, fille d'un procureur au parlement de Paris (Mlle Baton), jouait le rôle de Palmire. Elle n'avait tout au plus que quinze ans; elle était très intéressante; elle était aussi fort éloignée d'exhaler les imprécations qu'elle vomit contre Mahomet, avec la force et l'énergie que la situation de son rôle exigeait.

M. de Voltaire, pour lui montrer combien elle

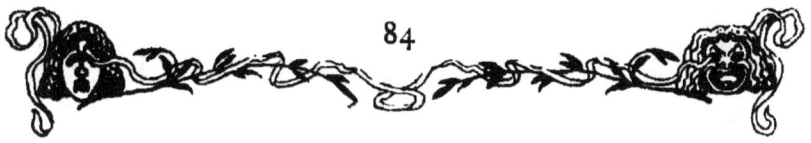
était éloignée du sens de ce rôle, lui dit avec dou-
ceur : « Mademoiselle, figurez-vous que Mahomet
est un imposteur, un fourbe, un scélérat, qui a fait
poignarder votre père, qui vient d'empoisonner
votre frère, et qui, pour couronner ses bonnes œuvres, veut absolument coucher avec vous. Si tout
ce petit manège vous fait un certain plaisir, vous
avez raison de le ménager comme vous faites ;
mais, si cela vous répugne à un certain point, voilà
comme il faut s'y prendre. » Alors M. de Voltaire,
joignant l'exemple au précepte, répète lui-même
cette imprécation et parvient à faire de cette demoiselle une actrice intelligente et très agréable.

Et ailleurs, lorsque à la répétition générale de *Mahomet,* il avait à peindre, au second acte, l'effet terrible que la présence de Mahomet avait imprimé au
sénat de la Mecque et au reste du peuple, et qu'il
terminait cette harangue en disant ces beaux vers :

> Mahomet marche en maître, et l'olive à la main ;
> La trève est publiée et le voici lui-même ;

le ton pusillanime et plat avec lequel Legrand pro-
férait ces deux vers lui valut cette apostrophe de
M. de Voltaire : « Oui, oui, Mahomet arrive ; c'est
comme si l'on disait : *Rangez-vous, voilà la vache.* »

Il était coutumier des extravagances à ses répétitions. Un jour à Potsdam, la Reine et les princesses assistaient à une répétition de *Catilina* ou
Rome sauvée.

Pour lui composer un sénat, on lui avait habillé
plusieurs tailleurs et ouvriers de l'Opéra ; un de

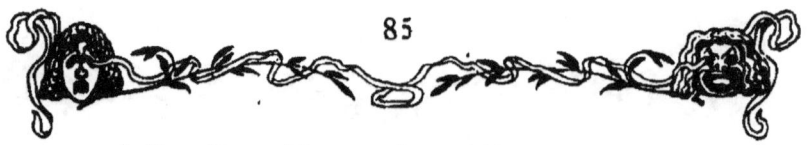

ces drôles-là, qui le voyait se démener comme un possédé, ne pouvant s'empêcher de rire, Voltaire lui dit en colère : *Mais f..., vous n'êtes pas ici pour rire! — Prenez donc garde*, lui dit quelqu'un, *vous êtes là devant la Reine! — Cela est vrai*, répondit-il, *je n'y ai pas pris garde; mais tout est de Carême prenant.*

C'était un metteur en scène endiablé, d'activité agitée et infatigable. La première représentation de *Rome sauvée* fut donnée rue Traversière le 8 juin 1750. Maudron faisait Cicéron; Lekain était César; Heurtaux était Catilina.

Dans la chambre il y avait peu de dames.

Parmi les invités on remarquait D'Alembert, Diderot, Marmontel, Hesnault, Voisenon, Raynal, Richelieu, La Vallière, le Père de la Tour, en sa qualité de Jésuite, auteur dramatique du Théâtre collégiaque.

Au retour de Potsdam, quand Voltaire s'installa sur la frontière franco-suisse, l'art dramatique le consola et l'occupa. Aux *Délices*, il joua, et Gibbon qui l'a entendu a noté ses impressions :

« Le plus grand agrément que je tirai du séjour de Voltaire à Lausanne fut la circonstance rare d'entendre un grand poète déclamer sur le théâtre ses propres ouvrages. Il avait formé une société d'hommes et de femmes, parmi lesquels il y en avait qui n'étaient pas dépourvus de talent. Un théâtre décent fut arrangé à *Mon-Repos*, maison de campagne à l'extrémité d'un faubourg; les habillements et les décorations faites aux dépens des

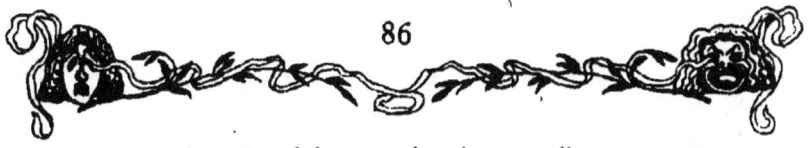

acteurs; les répétitions soignées par l'auteur, avec l'attention et le zèle de l'amour paternel. Deux hivers consécutifs, ses tragédies de *Zaïre*, d'*Alzire* et de *Zulime* et sa comédie sentimentale de *l'Enfant prodigue* furent représentées sur le théâtre de Mon-Repos. Voltaire jouait les rôles convenables à son âge, de Lusignan, Alvarès, Benassar, Euphémon. La déclamation était modelée d'après la pompe et la cadence de l'ancien théâtre, et respirait plus l'enthousiasme de la poésie qu'elle n'exprimait les sentiments de la nature. »

Voltaire habitait à ce moment, en 1750, à Lausanne, rue du Grand-Chêne. La société fit construire un théâtre dans la propriété du marquis de Gentil de Langallerie. Voltaire était à la fois le directeur et l'auteur. C'était une association d'actionnaires. Gibbon en constata l'heureux effet.

« L'esprit et la philosophie de Voltaire, sa table et son théâtre contribuèrent sensiblement à raffiner, à Lausanne, et à polir les manières. »

Il semble que cette vieille coutume du théâtre en Société ait duré et se soit implantée depuis dans la région. Il y en a un de même genre à Divonne (1). Voltaire en est peut-être le parrain lointain.

Marmontel aussi se rappelle avoir visité aux *Délices* Voltaire qui lui fit les honneurs de son théâtre de Tournay en 1760. Leur conversation fut assez plaisante et montre avec quelle fougue le grand homme se laissait emporter au jeu de l'illusion. Il

(1) Cf. p. 206.

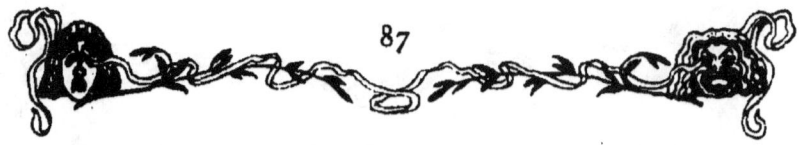

s'agissait de Mme de Pompadour, qui l'avait éloigné
comme trop familier.

  « M. de Voltaire voulut nous faire voir son château de Tournay où était son théâtre à un quart
de lieue de Genève. Ce fut, l'après-dînée, le but de
notre promenade en carrosse. Tournay était une
petite gentilhommière assez négligée, mais dont la
vue est admirable. Dans le vallon, le lac de Genève
bordé de maisons de plaisance, et terminé par deux
grandes villes ; au delà et dans le lointain, une
chaîne de montagnes de trente lieues d'étendue
et ce mont Blanc chargé de neiges et de glaces qui
ne fondent jamais : telle est la vue de Tournay.
Là, je vis ce petit théâtre qui tourmentait Rousseau, et où Voltaire se consolait de ne plus voir
celui qui était encore plein de sa gloire. L'idée
de cette privation injuste et tyrannique me saisit
de douleur et d'indignation. Peut-être qu'il s'en
aperçut : car plus d'une fois, par ses réflexions il
répondit à ma pensée ; et sur la route, en revenant,
il me parla de Versailles, du long séjour que j'y
avais fait, et des bontés que Mme de Pompadour
lui avait autrefois témoignées. « Elle vous aime
« encore, lui dis-je ; elle me l'a répété souvent. Mais
« elle est faible, et n'ose pas ou ne peut pas tout ce
« qu'elle veut, car la malheureuse n'est plus aimée,
« et peut-être elle porte envie au sort de Mme Denis
« et voudrait bien être aux *Délices*. — Qu'elle y
« vienne, dit-il avec transport, jouer avec nous la
« tragédie. Je lui ferai des rôles, et des rôles de
« reine. Elle est belle, elle doit connaître le jeu des

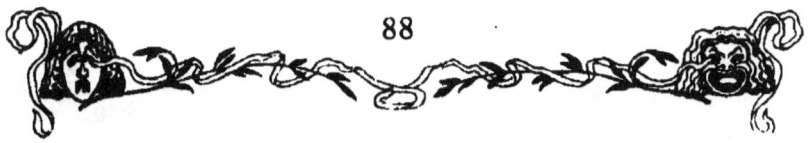

« passions. — Elle connaît aussi, lui-dis-je, les pro-
« fondes douleurs et les larmes amères. — Tant
« mieux; c'est là ce qu'il nous faut, » s'écria-t-il
comme enchanté d'avoir une nouvelle actrice. Et
en vérité l'on eût dit qu'il croyait la voir arriver.
« Puisqu'elle vous convient, lui dis-je, laissez faire,
« si le théâtre de Versailles lui manque, je lui dirai
« que le vôtre l'attend. »

Il la voyait déjà arrivée.

Mais c'est à Ferney que fut sa scène principale.

L'Anglais John Moore, quand il passa à Ferney
en 1776, à la fin de la vie de Voltaire, consigna
dans son livre *A View of society* ce court historique :

« Voltaire avait ci-devant un petit théâtre dans
son château, où les gens de sa société jouaient des
pièces de théâtre; lui-même se chargeait ordinairement d'un des principaux rôles; mais, suivant ce
qu'on m'en a dit, ce n'était pas là son talent, la
nature l'ayant doué de la faculté de peindre les sentiments des héros, et non de celle de les exprimer.
M. Cramer de Genève était ordinairement acteur
dans ces occasions. Je l'ai souvent vu jouer sur
un théâtre de société de cette ville avec un succès
mérité. Peu de ceux qui ont fait leur unique étude
du théâtre, et qui paraissent tous les jours en public, auraient été capables de jouer avec autant
d'énergie et de vérité que lui. La célèbre Clairon
même n'a pas dédaigné de monter sur le théâtre
de Voltaire, et d'y déployer à la fois le génie de
cet auteur et ses talents d'actrice. »

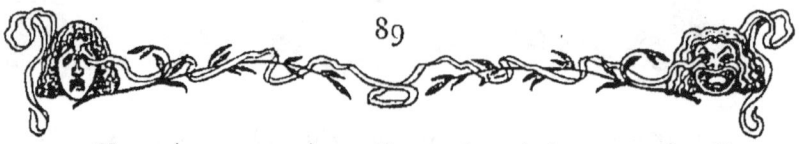

Une de ses actrices d'occasion lui ayant plu, il voulut lui témoigner sa joie en lui offrant ses œuvres. La petite personne était naïve, elle répondit : « Oh! monsieur, elles sont trop belles, je ne voudrais pas vous en priver. »

Château de Voltaire à Ferney (1).

C'est un des plus gracieux souvenirs de l'enfance de Florian que les spectacles de Ferney. Voltaire avait fait venir près de lui ce jeune neveu, qu'il appelait Florianet, et dont il fit l'éducation avec son aumônier, celui dont il disait : « Il s'appelle Adam, mais il n'est pas le premier homme du monde. » Un jour la Clairon arriva. Une fête fut improvisée; Florianet habillé en berger, accom-

(1) D'après le dessin de Boudier, publié dans « Le Dix-Huitième Siècle » (Hachette et Cie éditeurs).

pagné d'une bergère rose, portant une corbeille de fleurs, récita une bluette dialoguée. Ce fut sa première bergerie. Il ne devait pas en rester là.

La Clairon partit; ce furent des interprètes de moindre envergure qui l'entouraient; son premier sujet était sa nièce, Mme Denis. Il en était fort satisfait, à en juger par le curieux dialogue que Marmontel n'a eu garde d'oublier :

« Au retour de sa promenade, il fit quelques parties d'échecs avec M. Gaular, qui respectueusement le laissa gagner. Ensuite, il revint à parler du théâtre, de la révolution que Mlle Clairon y avait faite. « C'est donc, me dit-il, quelque chose de bien « prodigieux que le changement qui s'est fait en « elle? — C'est, lui dis-je, un talent nouveau; c'est la « perfection de l'art, ou plutôt c'est la nature même, « telle que l'imagination peut vous la peindre en « beau. » Alors exaltant ma pensée et mon expression pour lui faire entendre à quel point dans les divers caractères de ses rôles elle était avec vérité, et une vérité sublime, Camille, Roxane, Hermione, Ariane et surtoût Electre, j'épuisai le peu que j'avais d'éloquence à lui inspirer pour Clairon l'enthousiasme dont j'étais plein moi-même, et je jouissais, en lui parlant, de l'émotion que je lui causais; lorsque enfin prenant la parole : « Eh bien! mon « ami, me dit-il avec transport, c'est comme Mme De-« nis; elle a fait des progrès étonnants, incroya-« bles. Je voudrais que vous lui vissiez jouer Zaïre, « Alzire, Idamé? le talent ne va pas plus loin. » Mme Denis jouant Zaïre! Mme Denis comparée à

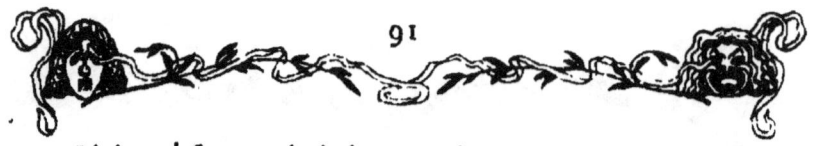

Clairon! Je tombai de mon haut : tant il est vrai que le goût s'accommode aux objets dont il peut jouir, et que cette sage maxime :

> Quand on n'a pas ce que l'on aime,
> Il faut aimer ce que l'on a,

est en effet non seulement une leçon de la nature, mais un moyen qu'elle se ménage pour nous procurer des plaisirs. »

Quand Lekain était là, c'était une recrue rare (1). Il vint à trois reprises, en 1762, en 1772, en 1776. Les autres acteurs n'étaient pas de même force. Lekain conte ce trait :

« Après mon départ de Ferney au mois d'avril 1762, M. de Voltaire eut la fantaisie de faire jouer sur son petit théâtre sa tragédie de l'*Orphelin de la Chine*. Le libraire Cramer s'était exercé avec M. le duc de Villars sur le rôle de Gengis. Il n'y a personne qui ne soit instruit de la prétention de ce grand seigneur pour bien enseigner à jouer la comédie : aussi fit-il de son élève Cramer un froid et plat déclamateur, et c'est ce dont M. de Voltaire ne tarda pas à s'apercevoir. Dès la première répétition, il sentit plus que jamais que l'on pouvait être en même temps duc, bel esprit, et le fils d'un grand seigneur; mais que ni l'un ni l'autre de ces titres ne donnait du talent pour exercer les beaux arts, des connaissances pour les approfondir, et du goût

---

(1) Voir Lekain, « Notes sur M. de Voltaire et faits particuliers concernant ce grand homme, recueillis par moi pour servir à son histoire », par M. l'abbé de Vernet.

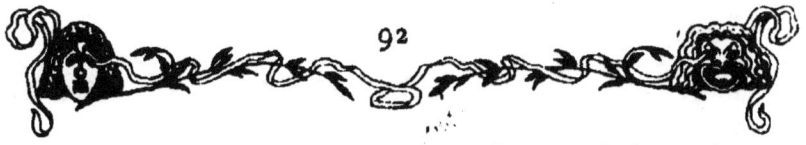

pour les bien juger. M. de Voltaire se mit à persi-
fler son Cramer, et promit de le tourmenter jusqu'à
ce qu'il eût changé sa diction. Le fidèle Genevois
fit des études incroyables pour oublier tout ce que
son maître lui avait appris, et revint au bout de
quinze jours à Ferney, pour répéter de nouveau
son rôle avec M. de Voltaire qui s'apercevant d'un
grand changement, s'écria avec joie à Mme Denis :
« Ma nièce, Dieu soit loué! Cramer a dégorgé son
« duc! »

C'était une fièvre, une ardeur non pareille. Voltaire se démenait, se multipliait, et les gens du
pays le voyaient aller et venir, et l'applaudissaient,
soit qu'il jouât lui-même, soit qu'il s'assît en spectateur sur la scène, dans le costume que le prince de
Ligne a soigneusement décrit :

« Il était toujours en souliers gris, bas gris de fer
roulés, grande veste de basin, longue jusqu'aux genoux, grande et longue perruque, et petit bonnet
de velours noir. Le dimanche, il mettait quelquefois un bel habit, mordoré, uni, veste et culotte de
même; mais la veste à grandes basques et galonnée
en or, à la bourgogne, galons festonnés et à lames,
avec de grandes manchettes à dentelles jusqu'aux
bouts des doigts, *car avec cela,* disait-il, on a *l'air
noble.* »

Le prince le raille un peu, le trouve « comique »
de faire le seigneur du village et de parler à ses manants comme à des princes de la Guerre de Troie,
c'est-à-dire poliment. Ce n'était pas encore l'habitude de considérer les manants comme des hommes.

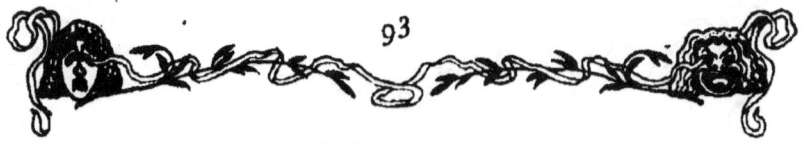

Le même prince de Ligne, quand il vint à Ferney en 1763, eut souvent l'occasion de voir jouer Voltaire. Tantôt c'étaient des représentations organisées, tantôt c'était une récitation impromptu, dans un coin du salon. La conversation est-elle sur Molière?

« Ma nièce, *Les Femmes savantes!* Nous venons de les jouer. »

Et à l'instant, on réunit les acteurs et la pièce marche. « Il fit Trissotin on ne peut plus mal, mais s'amusa beaucoup de ce rôle. Mlle Dupuis, belle-sœur de la Corneille, qui jouait Martine, me plaisait infiniment et me donnait quelquefois des distractions, lorsque ce grand homme parlait. Il n'aimait pas qu'on en eût. » Il mettait à la porte, en les saisissant par leur gorge nue, les servantes suissesses qui passaient des crèmes et intéressaient trop les messieurs. Il jouait mieux que ne dit de Ligne. Écoutez un autre témoin, Gui de Chabanon, qui fut à Ferney durant les années 1766-67.

« Durant les sept mois que je passai cette année à Ferney, nous ne cessâmes pas de jouer la tragédie devant Voltaire, et dans l'intention d'amuser ses loisirs par le spectacle de sa gloire. La première pièce que nous jouàmes fut les *Scythes*, qu'il avait nouvellement achevée. Il y joua un rôle. Je n'ai pu juger son talent d'acteur parce que, mon rôle me mettant toujours en scène avec lui, j'aurais craint de me distraire de mon personnage si j'eusse donné au sien un esprit d'observation. A l'une de nos répétitions seulement, je me permis de juger et d'écouter

le premier couplet qu'il avait à dire. Je me sentis fortement ému de sa déclamation, tout emphatique et cadencée qu'elle était. Cette sorte d'art était naturelle en lui. En déclamant, il était poète et comédien, il faisait sentir l'harmonie des vers et l'intérêt de la situation. Ce qu'on dit de la déclamation de Racine en donne une idée assez semblable. La première qualité du comédien, Voltaire l'avait : il sentait vivement ; aussi faisait-il beaucoup d'effet. Il pensait qu'un grand volume de voix et des inflexions fortes sont nécessaires pour émouvoir la multitude, pour ébranler cette masse inactive du public. Il n'a point exercé d'acteur tragique à qui il n'ait dit en plus d'un endroit : « Criez, criez ! — Point de grands effets sans cela, » me disait-il quelquefois. »

Il ajoute plus loin ces renseignements intéressants :

« Rien de si solennel que nos représentations. On y accourait de Genève, de la Suisse et de la Savoie. Tous les lieux circonvoisins étaient garnis de régiments français dont les officiers affluaient à notre théâtre. Nos habits étaient propres, magnifiques, conformes aux costumes des pièces que nous représentions. La salle était jolie, le théâtre susceptible de changements, et digne de rendre la pompe du spectacle et des prodiges de Sémiramis. Un jour, des grenadiers du régiment de Conti avaient servi de gardes à la représentation. Voltaire ordonna qu'on les fît souper à l'office, et qu'on leur donnât le salaire qu'ils demanderaient. L'un d'eux répon-

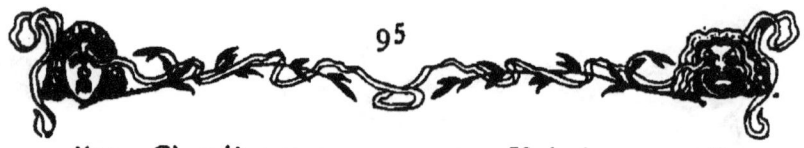

dit : « C'est là notre payement. » Voltaire entendit cette réponse ; il fut dans le ravissement. « O mes « braves grenadiers, s'écria-t-il, avec transport, ô « mes braves grenadiers ! » Il leur dit de venir manger au château tant qu'ils voudraient.....

« Chaque jour de représentation était au château jour de fête. Il restait soixante ou quatre-vingts personnes à souper, et l'on dansait toute la nuit. Voltaire ne faisait que paraître quelques moments au repas ou à la danse, et l'on se peint aisément l'effet que sa présence y produisait. Après avoir payé ce tribut à l'empressement de ceux qui le désiraient, il se retirait chez lui et travaillait ou s'endormait au son des violons, car sa chambre à coucher était voisine de l'antichambre où les domestiques dansaient. Ce bruit ne l'incommodait point, et il aimait à voir régner l'allégresse dans sa maison. »

Et c'est aussi l'Anglais John Moore qui raconte l'institution d'un théâtre public au hameau de Châtelaine, à l'imitation de celui de Ferney ; Genève n'en avait pas voulu ; il s'installa en territoire français ; Lekain y joua avec succès, et on venait surtout pour voir Voltaire, qui s'y exhibait avec complaisance.

Il ne jouait pas seulement sur ses théâtres à lui. Il portait ses talents chez ses amis. C'est ainsi que nous l'avons vu déjà au théâtre de la duchesse du Maine, à Sceaux, exercer à trois reprises ses talents indiscutés de comédien féru de son art. Je n'y reviendrai pas.

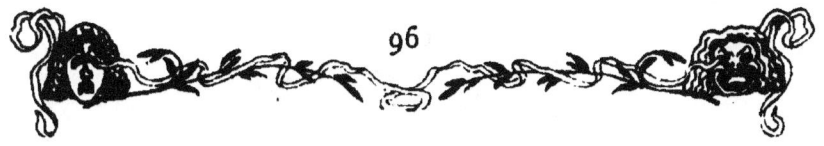
CHAPITRE VII

LE THÉATRE PRIVÉ DANS LA BOURGEOISIE
AU XVIIIᵉ SIÈCLE.

Théâtre de Mᵐᵉ Lejay. — Le Camus de Mézières. — Théâtre
Necker. — Président Hénault. — Le premier Legouvé. — Une
gaffe. — Le peuple. — Le clergé.

La noblesse n'avait pas le privilège des théâtres
privés. La magistrature, la bourgeoisie, le clergé,
le peuple, tous en étaient épris.

On allait rue Garancière chez la présidente
Lejay, voir la petite scène sur laquelle débuta
Adrienne Lecouvreur; à Charonne, chez M. Le Camus de Mézières, architecte du Roi, constructeur
de la Halle au Blé de Paris, qui donnait des comédies locales, *Les Dragons de Charonne* ou *Les
Laitières de Bagnolet;* chez Necker, à Saint-Ouen,
où les amis jouèrent un drame composé à douze
ans par la future Mᵐᵉ de Stael, *Les Inconvénients
de la vie de Paris :* Une mère a deux filles, dont
l'une a été élevée à la campagne; elle préfère l'autre, la citadine; mais quand elle vient à être ruinée,
elle reçoit de la campagnarde tant de preuves de

dévouement simple et touchant qu'elle reconnaît
son erreur; — à la Courneuve, près Pierrefitte,
chez M. de la Garde, maître des requêtes, frère du
fermier général, où le poète Quêtant dirigeait la
scène. La Dugazon, sœur de l'acteur Dugazon et
de la Vestris, y allait jouer *L'Embarras du Moment, Les Étrennes de la Cour Neuve pour l'année*
1774, *Le Voyage de Ragotin.*

Le Président Hénault fait représenter le 20 août
1740 *Le Jaloux de soi-même* dans la salle louée
des Porcherons, devant cinq spectateurs, sans plus,
la duchesse de Saint-Pierre, la maréchale de Villars, Mme de Flamarens, M. de Céreste, M. d'Argental. Rebel et Francœur sont, à eux deux, tout
l'orchestre. Après la comédie, ballet du marquis de
Clermont-d'Amboise, dansé par son fils et la duchesse de Luxembourg; puis parade par Mlle Qui-
nault, Pont de Veyle, d'Ussé, de Forcalquier. Il y
avait plus de monde sur la scène que dans la salle;
le vrai plaisir était de jouer.

Legouvé, le grand-père, qui fut sous Louis XV
un avocat distingué, qui se compromit par un mot
imprudent sur l'attentat de Damiens, et ne fut
sauvé que grâce à de hautes relations; qui fut le
père de l'auteur du *Mérite des Femmes,* écrivait
et jouait des œuvres dramatiques. Bachaumont
conte :

« Le sieur Legouvé, avocat célèbre, avait composé dans sa jeunesse une tragédie chrétienne, intitulée *Aurélie;* elle fut présentée alors aux comédiens qui la reçurent, mais firent, suivant leur

usage, languir l'auteur au désespoir. Dans cet intervalle, il déploya ses talents pour le barreau, se
livra à des occupations plus sérieuses. Encouragé
par ses succès dans cette carrière, il ne voulut point
essayer le danger d'une chute à la comédie et retira
sa pièce. La tendresse paternelle s'est réveillée depuis quelque temps, et, mettant de côté toutes ses
affaires, il s'est uniquement occupé de cette pro-
duction, et a voulu la faire jouer sur un théâtre de
Société. Il a choisi celui de M. le comte de Rohault, à Auteuil, qui est un magnifique théâtre
particulier; il a fait exécuter sa pièce en ce lieu,
hier jeudi, et y a joué lui-même un rôle. Quoique
ce ne fût point jour férié, beaucoup de ses confrères et même de graves magistrats, se sont rendus à
la représentation, ce qui a jeté un grand vide au
Palais. L'auteur n'a pas eu la gloire qu'il espérait.
On a trouvé sa tragédie très médiocre, et son jeu
détestable; ses vrais amis lui ont conseillé de faire
des plaidoyers préférablement à des pièces de
théâtre. »

Son petit-fils, Ernest Legouvé, l'auteur de l'*Histoire Morale des Femmes,* avait gardé de la tradition de famille cette plaisante anecdote :

« Il possédait, près de Paris, une jolie maison
de campagne, à Brévannes. Un jour, il imagina d'y
faire représenter, devant une nombreuse et élégante compagnie, une *Attilie* de sa façon en cinq
actes et en vers.

« Placé au parterre, confondu avec les spectateurs, il savourait avec grande satisfaction l'har-

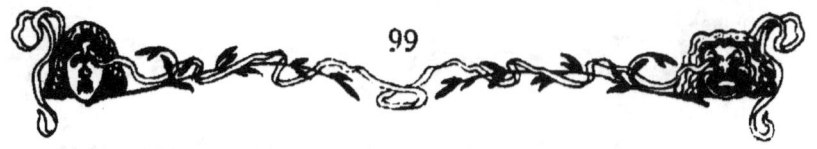

monie de ses hémistiches, quand son voisin, amené par une tierce personne et qui ne le connaissait pas, se pencha vers lui, et lui dit tout bas, confidentiellement : « Comprenez-vous, Monsieur, qu'un « homme de mérite rassemble tant d'honnêtes gens « pour leur faire entendre une platitude pareille? — Pardon, Monsieur, répondit mon grand-père, je « suis l'auteur. » L'autre, tombant en confusion, et balbutiant, lui dit : « Oh! Monsieur, je me suis mal « expliqué... Je ne parlais pas de la pièce... elle est « pleine de talent... Mais que pourrait devenir un « chef-d'œuvre même avec de tels interprètes?... « Connaissez-vous rien de plus comique que ce « beau rôle d'Attilie, joué par cette jolie petite « poupée? — C'est ma femme, Monsieur. — Ah! « ma foi, Monsieur, reprit le voisin, c'est trop « difficile à arranger, j'y renonce. » Sur quoi, mon grand-père éclatant de rire et lui tendant la main : « Monsieur, vous êtes un homme d'esprit... » Et à partir de ce jour, ils devinrent les meilleurs amis du monde. »

La province aussi donnait dans cet engouement.

Zénéide, de Cahusac, fut jouée en 1751 dans les salons du Havre, et ce serait une trop longue liste que celle des ouvrages qui furent interprétés de même ailleurs, *extra muros*.

Dans le peuple, demandez à Mercier si on aimait ces récréations :

« Ce goût est répandu depuis les plus hautes classes jusqu'aux dernières; il peut contribuer quel-

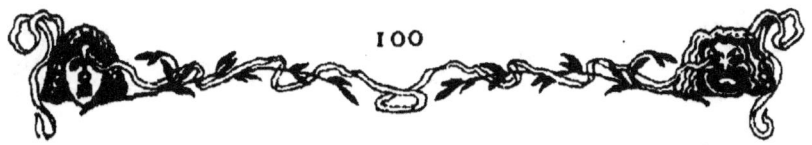

quefois à perfectionner l'éducation, ou à en réfor-
mer une mauvaise, parce qu'il corrige tout à la fois
l'accent, le maintien et l'élocution. Mais cet amusement ne convient qu'aux grandes villes, parce qu'il
suppose déjà un certain luxe et des mœurs peu ri-
gides. Gardez-vous toujours des représentations
théâtrales, petites et sages républiques, craignez les
spectacles : c'est un auteur dramatique qui vous
le dit. Parmi les anecdotes plaisantes que fournissent les amateurs bourgeois, dont la fureur est de
jouer la tragédie, je choisirai cette historiette, que
je trouve dans le *Babillard*. Un cordonnier habile
à chausser le pied mignon de toutes nos beautés,
et renommé dans sa profession, chaussait le co-
thurne tous les dimanches; il s'était brouillé avec
le décorateur. Celui-ci devait pourvoir la scène, au
cinquième acte, d'un poignard, et le poser sur l'au-
tel. Par une vengeance malicieuse, il y substitua
un tranchet; le prince, dans la chaleur de la déclamation. ne s'en aperçut pas; et voulant se donner
la mort à la fin de la pièce, il empoigna aux yeux
des spectateurs l'instrument bénin qui lui servait
à gagner sa vie. Qu'on juge des éclats de rire
qu'excita ce dénouement, qui ne parut pas tragique. »

On sait que les Jésuites accordaient au théâtre
une importance considérable, et il faudrait pour le
dire faire une histoire fort longue et intéressante,
celle du Théâtre de Collège.

Dans les monastères même, dans les couvents, on
se livrait à ces exercices.

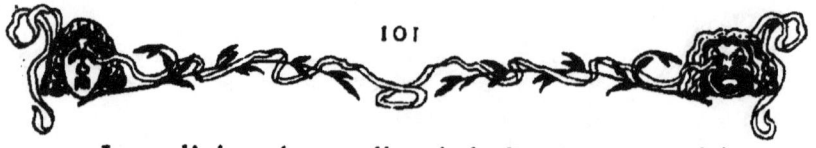

Les religieux bernardins de la Bresse construisirent un théâtre provisoire, pour y jouer la pièce interdite de Collé *La Partie de chasse de Henri IV*, avant qu'elle fût représentée en public.

———

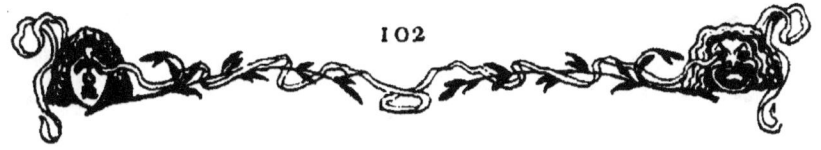

CHAPITRE VIII

LE MONDE GALANT.

Théâtre des demoiselles Verrières. — Colardeau et La Harpe. — Théâtre de la Guimard. — A Pantin. — Chaussée d'Antin. — Jean et Jeannette. — Mme de Meaux. — Mlle Dangeville. — Préville. — D'Auberval. — Maisons closes.

Le monde galant, les actrices, goûtaient fort ces divertissements si propices à la galanterie, aux exhibitions, aux rapprochements, aux invitations, au succès personnel.

Les demoiselles de Verrières, les hétaïres du siècle, aïeules de George Sand, avaient des théâtres très fréquentés.

« Les demoiselles Verrières, dit leur petite-nièce George Sand, vivaient ensemble dans l'aisance et menant même assez grand train. Celle qui fut mon arrière-grand'mère était la plus intelligente et la plus aimable. L'autre était superbe, on l'appelait La Belle et La Bête. »

C'étaient deux élégantes et fameuses demi-mondaines. L'aînée avait été la maîtresse de Maurice de Saxe, du duc de Bouillon, du prince de Turenne. Elles tenaient le haut rang parmi les filles entrete-

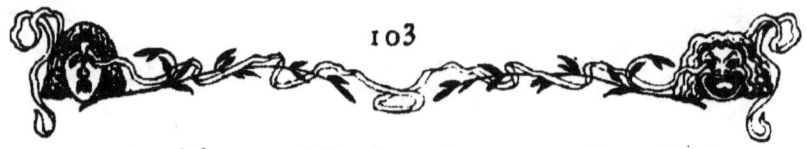
nues parisiennes. Elles logeaient ensemble, à Paris,
à la Chaussée d'Antin, et à la campagne, à Auteuil. Leurs deux demeures étaient somptueuses,
il y avait un théâtre dans l'une et dans l'autre.

Celui de Paris était vaste, bien orné; il y avait
sept loges ornées, en baldaquin, richement tendues,
et des loges grillées pour les dames du monde qui
voulaient voir sans être vues. La musique était
brillante, et l'assistance toujours fort nombreuse.

Colardeau et La Harpe, qui travaillaient pour
elles, jouaient eux-mêmes avec les amis de ces
demoiselles, des seigneurs, un magistrat, et avec,
aussi, des actrices des Français, des Italiens, et
même les danseuses de l'Opéra.

On y donnait le meilleur répertoire des Français
et des Italiens. Les deux amants des donzelles dirigeaient la scène. C'étaient Colardeau et La Harpe.
Marivaux écrivit spécialement pour le théâtre de
ces « deux Aspasies du siècle ». Dupin de Francueil, l'amant de Mme d'Epinay, y apportait de la
musique, et M. d'Epinay jouait dans les opéras de
celui qui fut à la fois son coadjuteur et sa victime.
Une des plus jolies actrices était la fille de la maison, la fille de la Verrières aînée et de Maurice de
Saxe, mariée au comte de Horn, la belle Aurore,
« beauté angélique, intelligence supérieure », assure
George Sand.

Buffon était un spectateur assidu, et Aurore se
plaisait dans sa conversation.

La Harpe jouait souvent et mettait dans sa mémoire, pour les réciter, des vers ineptes d'auteurs

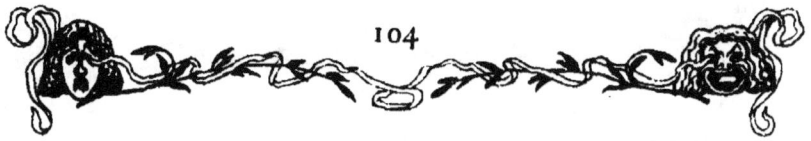

inconnus, amants de céans; son jugement devait répudier sévèrement les paroles que prononçaient ses lèvres d'acteur complaisant et de critique musélé par l'amour. Son collègue Colardeau avait

Geneviève de Verrières (1).

quitté la maison, s'était brouillé avec sa Verrières, était entré à l'Académie, s'était lié avec une riche veuve; il mourut jeune, « d'un souvenir amer que

(1) Gravures extraites de l'ouvrage de M. Gaston Maugras, *les Demoiselles de Verrières* (Plon, Nourrit et Cie, éditeurs).

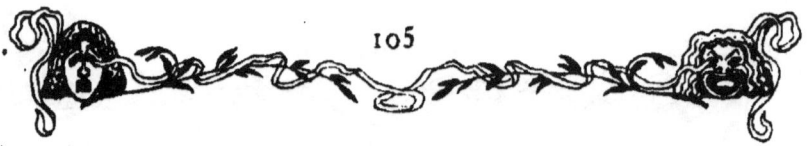

la Verrières lui avait laissé de ses embrassements »,
assure Bachaumont.

La sœur aînée s'assit un soir en se plaignant du
froid aux pieds, devant le feu. La cameriste lui fit

Marie de Verrières.

chauffer ses pantoufles : au moment de les lui
chausser, elle vit que sa maîtresse ne bougeait plus.
Elle avait trépassé le plus doucement du monde,
comme elle avait vécu.

Sa fille Aurore, devenue veuve, épousa Dupin de

Francueil; il leur naquit un fils, Maurice Dupin, qui devait être le père de George Sand, et celle-ci fut directrice du théâtre de Nohant, pour perpétuer une tradition de famille.

Et le théâtre de la Guimard(1)! si frais, si élégant, temple de la beauté, de la sensualité et de l'esprit!

C'étaient des fêtes, des orgies, des tableaux dévêtus, des priapées que l'archevêque de Paris dut faire interdire.

Bachaumont a narré ces soirées :

« On parle beaucoup des spectacles magnifiques que donne, à sa superbe maison de Pantin, mademoiselle Guimard, la première danseuse de l'Opéra, très renommée par l'élégance de son goût, par son luxe nouveau, et par les philosophes, les beaux esprits, les artistes, les gens à talents de toute espèce, qui composent sa cour et la rendent l'admiration du siècle. M. Marmontel n'a point craint de dégrader ses talents académiques et la hauteur de son âme, en adressant à cette courtisane une Épître, si répandue il y a un an. M. Collé semble avoir consacré son *Théâtre de Société* à être joué chez elle, M. de Carmontelle a fait un recueil de *Proverbes dramatiques* destinés au même effet. Ils ont été mis en musique par M. de la Borde, cet amateur qui ne croit pouvoir mieux employer ses connaissances que pour l'amusement de la moderne Terpsichore. Les acteurs de différents spectacles se dérobent, quand ils le peuvent, à leurs occupations, et viennent jouer à sa maison de plaisance. Jeudi 7,

(1) 1743-1816.

fête de la Vierge, on a représenté la *Partie de chasse de Henri IV*, avec un proverbe des auteurs dont on vient de parler, pour petite pièce. Le public brigue l'honneur d'être admis à ces spectacles, et c'est toujours un concours prodigieux. M. le maréchal, prince de Soubise les honore souvent de sa présence, et ne contribue pas peu à soutenir cette dépense fastueuse. Mlle Guimard y joue quelquefois, mais son organe sépulcral ne répond pas à ses autres talents. »

La Guimard avait deux théâtres, l'un dans sa villa de Pantin, l'autre dans son bel hôtel de la Chaussée d'Antin, — une salle délicieuse, d'un goût riche et soyeux, où des tentures de taffetas rose relevées d'un galon d'argent, animaient aux mille feux des lumières, les loges, les toilettes et les jolis visages.

Fragonard y avait semé les peintures exquises, où la déesse du lieu était mille fois reproduite sous les traits de Terpsichore.

Pendant l'entr'acte, on se promenait dans le jardin d'hiver, tous les élégants croisaient et accostaient les belles très humaines; il venait même des femmes du monde, mais elles entraient par l'escalier dérobé, et ne sortaient pas des baignoires grillées, d'où elles voyaient les princes du sang, les seigneurs de la Cour, les présidents au Parlement, se carrer dans les fauteuils près des piquantes amies de la maison.

La Guimard jouait elle-même; elle avait la voix rauque, mais beaucoup de grâce. Ses camarades de

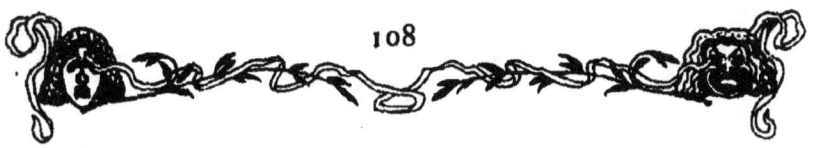

l'Opéra et de la Comédie Française la secondaient.

Elle fut divine dans le joli personnage de Victo-rine du *Philosophe sans le savoir*.

Elle était plutôt laide, noiraude, grêlée; mais elle était endiablée et séduisante, intelligente et ·vibrante. Joseph II l'ayant entendue disait :

« Il est étonnant qu'on puisse tirer un si grand parti d'un asthme. »

Vous rappelez-vous *Jean et Jeannette* de Théo-phile Gautier, le souper chez la Guimard, présidé par cette menue et sémillante créature.

« Sa maigreur célèbre s'expliquait par l'entraî-nement de la danseuse, qui avait bien voulu sacri-fier quelques-unes des rondeurs de la femme à la légèreté de son art : cette maigreur, qui n'avait rien de désagréable, ne se traduisait que par des élé-gances, des grâces et des finesses. Sa taille dégagée d'appas superflus, s'enchâssait naturellement dans un corsage fluet comme le corps d'un papillon, dont sa jupe étincelante semblait former les ailes. Sa main frêle et diaphane se jouait dans des bagues de diamants qu'une petite fille de dix ans n'eût pu mettre à son doigt. Sa poitrine, intrépidement dé-colletée, étalait les plus délicieux néants, et l'on peut dire que jamais le rien ne fut plus joli. Son col mince et blanc avait beaucoup de noblesse et lui faisait porter la tête comme un oiseau ou comme une fleur. »

On s'amusait fort chez elle. Elle avait tant d'es-prit !

Elle demeura quelque temps fidèle au chevalier

de Boufflers; et comme on s'étonnait de cette fidélité, elle disait :

« C'est une vraie friandise, c'est du fruit défendu. »

Son théâtre participait au succès de sa petite personne.

Chez Mlle Contat, au château d'Ivry, une fort belle salle de comédie servait à des représentations brillantes, dans lesquelles la troupe se composait d'amateurs et de comédiens mêlés, Mlle Mars, Mlles Contat et Fleury, parmi des marquis et des ducs, à qui on fit jouer *Tartufe* (1).

On se portait aussi chez Mme de Meaux, fille du comédien Dufresne et de Mlle Seine, actrice, mariée par le duc de Nevers à un sous-fermier, « ce qui vaut mieux pour elle que d'être comédienne ».

M. de Romgold, M. de Mondorge, M. Coqueley, Crébillon fils, M. Pallu, conseiller d'État, la couturière et la femme de chambre, constituaient une troupe panachée, mais habile. Quand M. Pallu jouait, le secret était demandé, et il n'y avait guère dans la salle que M. de Meaux, Dufresne, Mlle Jouvenot, un M. Jouan, et un vieux chevalier de Saint-Louis.

On donna ainsi *La Vérité dans le Vin,* mais Crébillon ne savait pas contrefaire l'homme ivre, il ne savait que l'être. Quant à Pallu, il joua indignement à la représentation; « il avait oublié, et fut d'un froid à glacer. Je sens bien qu'il faut passer quelque chose à un conseiller d'État qui a soixante-

---

(1) Cf. Sophie Gay, *Salons célèbres.*

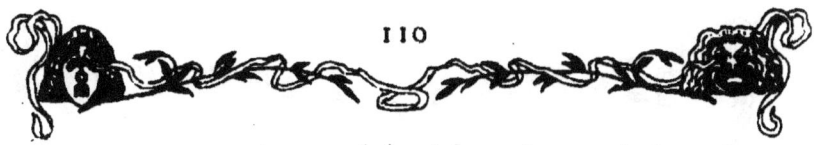

sept ans, et qui pour plaire à la maîtresse de la maison, dont il se croit amoureux, et dont il est réellement maltraité, prend un rôle dans une comédie de société qu'elle veut jouer » (Collé).

En avril 1759, une autre comédie de Collé fut représentée et l'auteur en fut ravi.

Un couplet annonçait le spectacle suivant :

> Messieurs, si vous demandez qu'est-ce
> Qu'on donnera dans le mois qui
> Vient, nous vous annoncerons qu'on
> Jouèra la *Veuve Philosophe.*

Et cela ne tombait pas dans des oreilles de sourds, car on se précipitait pour revenir la fois suivante.

Et c'était encore chez Mlle Dangeville, chez l'acteur Préville, à Fontenay-sous-Bois (1), chez le danseur d'Auberval, dont le salon, par un mécanisme, se changeait instantanément en salle de spectacle à l'usage des grandes dames et des seigneurs qui venaient s'exercer et apprendre leur art; et je ne parle pas ici des maisons tout à fait équivoques, où c'était la mode de faire représenter des pornographies (2), comme chez la Lacroix, abbesse d'un couvent profane aux Porcherons, où on jouait des pièces obscènes qui attiraient une nombreuse clientèle, comme *Paris f... tant,* ballet (1741) interprété par Mlles Petit, Lesueur, Duplessis, Rosette, Mouton, Lempereur, filles galantes alors très en renom.

(1) Cf. Collé, août 1769.
(2) G. Capon, *Les maisons closes au XVIIIe siècle.*

CHAPITRE IX

LE XIX⁰ SIÈCLE.

Causes de la décadence du genre à la fin du xviiiᵉ siècle. — La
licence. — La jalousie des professionnels. — Avilissement de ce
divertissement. — *Zaïre* chez un cordonnier. — Le Théâtre
Doyen. — La tragédie dans une étable. — Le costumier Babin.
— Tas de costumes. — Édit de Napoléon I. — Théâtre de l'Impératrice Joséphine. — La Malmaison. — Cambacérès. — Murat
et autres. — Mᵐᵉ de Staël actrice. — Mᵐᵉ de Rémusat. — Théâtre
de Mᵐᵉ Labriche. - Le duc de Maillé. — Au château de Mellol.
— La comtesse Dash. — Berryer. — Comte de Falloux. — Un
cuisinier qui manque ses entrées. — A Royaumont. — Théâtre
de l'Hôtel Castellane. — Divers. — Gromaire.

Le Second Empire. — Les Compiègnes. — Mot de Nadaud. —
Les Portraits de la Marquise. — Octave Feuillet et Ponsard. —
Legouvé. — *Le Diable à Quatre.* — Camille Doucet régisseur. —
La succession Bonnet. — *Les Dadas favoris.* — Le marquis de
Massa. — *Les Commentaires de César.* - Le lieutenant-colonel
de Gallifet et le général Mellinet. — *Barbe-Bleue.* — Pierre de
Bourgoing. — Dix ans après. — Les pruneaux de M. Rouher. — Le
grand Théâtre. — A Fontainebleau. — Tableaux vivants. — Les
beautés de l'Empire. — Louis de Bavière. — Le général Frossard et *La Grammaire* de Labiche. — Aux Tuileries. — A Biarritz. — Chez la Princesse Mathilde. — *Le Maître d'École.* —
Princesse Beauvau. — Cham et Daumier. — Au château de Mouchy. — Arsène Houssaye. — Chez Théophile Gautier. — Les
frères de Goncourt. — *Les Cascades de Mouchy*, etc...

**Les Émigrés n'abandonnaient pas leur plaisir
favori. A Londres, chez Mᵐᵉ de Viguier, chez le**

vicomte de Serrant ; à Odessa, chez le comte de Rochechouart ; en Allemagne, partout, ils jouaient et importaient la Comédie parisienne.

En France, trois causes amenèrent la décadence du genre à la fin du siècle.

D'abord, l'abus et l'excès de la liberté dans le langage, l'expression et l'invention. De galant, ce théâtre devint libre, de libre il devint grivois, de grivois il devint ordurier et populacier, pour égayer la plus haute noblesse avide de canaillerie. « Je vais m'*enducailler*, » disait Collé quand il se rendait aux spectacles du duc d'Orléans, par un néologisme ingénieux qui signifiait s'encanailler ducalement.

« Depuis cinq ou six mois, écrit en 1782 Mme de Genlis, les soupers sont suivis d'un colin-maillard ou d'un traîne-ballet et finissent par *une polissonnerie générale*. » On y invite les gens quinze jours d'avance. « Cette fois, on renversa les tables, les meubles ; on jeta dans la chambre vingt carafes d'eau ; enfin je me retirai à une heure et demie, excédée de fatigue, assommée de coups de mouchoir, et laissant Mme de Clarence avec une extinction de voix, une robe déchirée en mille morceaux, une écorchure au bras, une contusion à la tête, mais s'applaudissant d'avoir donné un souper d'une telle gaieté et se flattant qu'il ferait la nouvelle du lendemain. » Voilà où conduit le besoin d'amusement. Sous sa pression, comme sous le doigt d'un sculpteur, le masque du siècle se transforme par degrés, et perd insensiblement son sé-

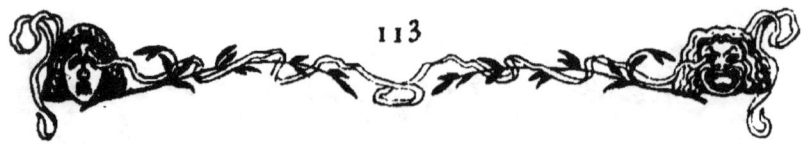

rieux : la figure compassée du courtisan devient d'abord la physionomie enjouée du mondain; puis, sur cette bouche souriante dont les contours s'altèrent, on voit éclater le rire effronté et débridé du gamin.

Mercier, l'observateur, s'était réjoui d'abord; il avait loué cet « amusement fort répandu, qui forme la mémoire, développe le maintien, apprend à parler, meuble la tête de beaux vers, et qui suppose quelques études. Ce passe-temps vaut mieux que la fréquentation du café, l'insipide jeu de cartes, et l'oisiveté absolue ».

Puis il déchanta et dut dire avec de grands bras : « Voilà donc les *atellanes* naturalisées parmi nous; elles ne se présentent point sur les théâtres publics. Tout à la fois licencieuses et impudentes, elles ne sont dans l'ombre que pour exciter plus vivement la curiosité. Les lois ne peuvent les interdire; c'est une jouissance pour ces êtres blasés, qui croient aviver ainsi leur âme abâtardie. Mais, malgré tant d'efforts, le rire du libertinage ou celui de la méchanceté ne sera jamais le bon rire. J'en préviens les auteurs et les auditeurs. » Et il s'expliquait :

« Je ne parlerai pas ici des farces irreligieuses où une jeunesse indévote se permet des gaietés très indiscrètes; où l'on voit le prêtre disant la messe, qui va cherchant l'hostie que la souris a emportée pendant le *Dominus vobiscum*, et déjà à demi croquée. Je ne répéterai point le dialogue de l'abbesse se confessant au cordelier; il faut laisser

ces bouffonneries sous le voile qui les couvre. Je dois parler de certaines petites pièces libres et voluptueuses qu'on vient d'accueillir en secret, comme infiniment propres à débarrasser les femmes de ce reste de pudeur qui les fatigue. Là, Thalie, comme on l'a tant de fois reproché aux dramatistes, n'est plus une régente, le théâtre n'est plus une école ; on en chasse toute morale ; ce n'est point l'esprit assommant de Dorat ; ce n'est point le jargon quintessencié de la comédie moderne, c'est la peinture aisée d'un riant et facile libertinage ; ce sont les caractères à la mode, le goût du jour, le ton nouveau d'une débauche raisonnée et qu'on appelle décente. »

Sur ce terrain le progrès est limité et l'arrêt s'impose vite. On ne peut s'enfoncer indéfiniment vers les bas-fonds ; on touche vite le fond. Rien n'est si borné que la licence.

Une autre cause fut que les mondains furent abandonnés par les professionnels, et laissés à leurs propres et faibles ressources. Les acteurs finirent par s'apercevoir que les comédies de salon étaient une concurrence, et que les spectateurs qu'elles retenaient étaient autant de clients perdus. Fleury, l'acteur, en gémissait et maudissait les amateurs :

« Rivaux redoutables ou illustres, ils nous dérobaient la meilleure partie de notre public, notre public des places supérieures. Nous en étions réduits au parterre dans sa plus simple expression, et nos loges officielles étaient vides quand le beau monde affluait dans les loges de riches et puissants amateurs. »

Il fallut y mettre ordre. Bachaumont constate dès 1768 les inconvénients de ces réjouissances qui désorganisaient d'ailleurs le service régulier des troupes de comédiens.

« Une défense de M. de Richelieu, aux comédiens du roi des deux troupes, de jouer ailleurs que sur leur théâtre sans la permission de Sa Majesté, a arrêté le cours de ces divertissements. On applaudit fort à cette prohibition. Les absences fréquentes des meilleurs acteurs, et la liberté qu'ils prenaient de se consacrer à l'amusement de quelques particuliers, leur ont mérité à juste titre l'animadversion des gentilshommes de la Chambre. »

Enfin une troisième cause fut que ce théâtre mondain, après s'être encanaillé par sa forme, se démocratisa en fait et perdit tout son prestige. La haute société dédaigna un plaisir qui s'avilissait et qu'elle partageait avec la populace.

De 1798 à 1806, Brazier compte plus de deux cents théâtres bourgeois à Paris, dans tous les quartiers, dans toutes les rues, dans toutes les maisons : théâtre de l'Estrapade, de la Montagne-Sainte-Geneviève, de la Boule Rouge, de la Rue Montmartre, de la rue Saint-Sauveur, du cul de sac des Peintres, de la rue Saint-Denis, du faubourg Saint-Martin, de la rue des Amandiers, de la rue du Grenier Saint-Lazare. On jouait la comédie dans la boutique des marchands de vin, dans les cafés, dans les caves, dans les greniers, dans les écuries, sous des hangars. La fureur du théâtre s'était emparée de toutes les petites classes de la société; cela se gagnait, c'était épidémique, « une influenza, une grippe, un choléra dramatique. Toutes les petites boutiquières abandonnaient leur comptoir pour jouer la comédie, les grisettes, les modistes, les couturières, les cuisinières même laissaient brûler le rôt pour aller à une répétition; toutes perdaient leur temps à apprendre des rôles qu'elles ne savaient jamais. J'ai connu des maris, des pères et mères bien malheureux de voir leurs femmes, leurs fils, leurs filles négliger leur ménage ou leur commerce pour monter ce qu'on appelle en style de coulisses des parties. De la petite bourgeoisie ce goût était descendu jusque chez les ouvriers. Les Compagnons serruriers, les étaliers bouchers, les ferblantiers, les boisseliers quittaient leurs forges, leurs étaux, leurs marteaux pour courir chez le directeur ou le costumier; ils perdaient souvent un ou deux jours de la semaine, sans compter l'argent qu'ils dépensaient, pour avoir le triste plaisir d'amuser à leurs dépens. Que j'ai vu de choses bouffonnes dans ces malheureux endroits! J'ai vu des Agamemnons aux mains calleuses, des Iphigénies avec des engelures aux doigts, des Célimènes en bas troués ».

Le Commerce enrichi n'avait garde de négliger ce luxe. Le type accompli de cette catégorie fut le riche cordonnier charpentier qui donne assez bien l'idée d'un M. Jourdain, avec ses habits trop riches, ses domestiques trop voyants, ses intrigues trop bruyantes, ses maîtresses trop banales et son Théâtre de société trop doré. Il eut le front de faire

jouer *Zaïre* sur son théâtre privé ; le duc de Chartres, par dérision, se rendit à six chevaux à cette « parade », par moquerie et dépit.

Et le théâtre Doyen ?

Doyen avait fondé à la Révolution un théâtre de société qui a eu une grande réputation durant un demi-siècle. Ancien peintre décorateur, il avait connu Molé, Fleury, Vanhove, et il ouvrit en 1795 un petit spectacle bourgeois rue N.-D. de Nazareth. Il le transféra rue Transnonain sur l'emplacement de l'ancien cimetière Saint-Nicolas. Samson a débuté là, et aussi Ligier, Boccage, Beauvalet, Mᴵˡᵉ Brohan, et Bouffé, et Arnal. Plus tard quand on parlait à Doyen d'un acteur célèbre, il disait avec orgueil : « Je crois bien, c'est un de mes enfants ; c'est chez moi qu'il a commencé ; il ne savait ni parler ni marcher. »

En 1801, il y avait rue Montmartre, vis-à-vis le passage du Saumon, un de ces théâtres qui était voisin de l'étable d'un nourrisseur. La tragédie y était gênée et interrompue par les braiments des ânesses.

De 1811 à 1815 florissait la Société Dramatico-Littéraire dont firent partie Deneux, Honoré Guillot, Saget dit le Poète Hydrophore de la Butte des Moulins (il était porteur d'eau), le coutelier Présole, puis, vers 1824, Anquebec, marchand de pains à cacheter. Voilà en quelles mains Thalie était tombée. Puis ce fut la Société des Ménestrels de Belleville, chez le traiteur Chevry, sous la présidence du sieur Duverger, tourneur en nacre.

Ces petits théâtres se fournissaient chez le costu-

mier Babin, qui entassait des hardes dans une sou-
pente. La femme les recousait. Ils étaient à terre
en tas, pêle-mêle ; Babin les remuait avec une four-
che en bois devant le client qui choisissait. Ces
spectacles furent d'abord gratis ; puis on paya
quatre sous. En 1807, l'Empereur estima que
c'était pour son peuple perdre son temps que d'aller
là, et il les fit fermer.

Il édicta que ce genre de divertissement demeu-
rerait aristocratique, et il le réserva à ses invités,
à sa femme.

Joséphine eut son théâtre à Saint-Cloud. Les
princes et les maréchaux jouaient dans les grandes
pièces ; les dames d'honneur, les chambellans, les
auditeurs du Conseil d'État, la racaille enfin, suffisait pour les vaudevilles. On dit que l'Empereur
s'offrit le luxe de siffler l'Impératrice comme
Louis XVI avait fait pour Marie-Antoinette. Il
crut que c'était le grand genre.

Il y eut théâtre à la Malmaison, où jouaient la
reine Hortense, le prince Eugène, la duchesse
d'Abrantès.

A Plessis-Chamans près Senlis, chez Lucien Bo-
naparte, Hortense et Caroline, Murat, Lannes, Junot, dans l'emploi d'ivrogne, suivaient les énergi-
ques conseils de leur maître Dugazon qui leur
criait :

« Lâchez tout, Messieurs, grondait-il ; lâchez
tout, Mesdames ; lâchez donc tout, sinon, j'aurai
beau faire, vous ne serez que des mijaurées et des
mirliflores. »

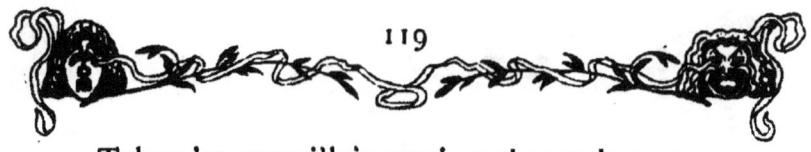
Talma les conseillait aussi, moins rudement.

Cambacérès avait un théâtre chez lui. Murat en eut un en son château de Neuilly.

Il y en eut un aussi dans l'ancienne abbaye de Val, chez le comte Regnault de Saint-Jean d'Angely, pour qui Desaugiers composa avec Arnault *Cadet Roussel Esturgeon.*

Et c'était encore chez M. Foriée, administrateur des Postes, rue Pigalle, où l'on vit *La Nièce supposée* de Planard qu'il jouait avec sa famille, et M. de Moncy, quand il ne donnait pas les proverbes de Musson le mystificateur, ou les comédies de Brazier. Dans la salle, le duc de Gaète, le comte de La Valette, directeur des Postes, M. de Bourienne, le maréchal Kellermann, l'abbé Maury formaient un brillant auditoire.

Mme de Staël avait une grande mémoire et une belle aisance, du feu, de l'action, de la sincérité.

Mme de Rémusat adorait la comédie et y réussissait.

Mais déjà, nous sommes à la Restauration. Ce sont alors les scènes privées du duc de Maillé qui, au château de Lormois, donne le grand répertoire avec le marquis de Seignelay, le comte de Theimes, le comte Alfred de Maussion, la duchesse de Maillé, la comtesse d'Audenarde, la marquise de Crillon et M. Mennechet, excellent comédien, remarquable dans Tartufe ; de la baronne de La Bouillerie, où l'on entendait la baronne d'Egvilly et Mme Orfila ; du château de Mello, près Creil, chez M. de Bordesoulle, auteur.

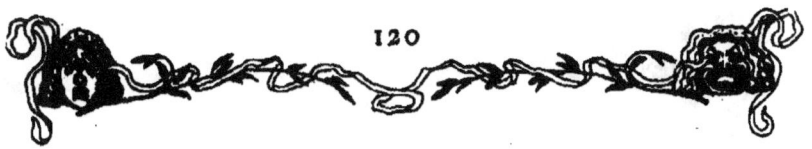

Vers 1831, le Scribe était à la mode dans les salons et les châteaux. On le jouait beaucoup, s'il en faut croire la comtesse Dash dans ses *Mémoires des Autres* :

« Nous donnâmes deux représentations. La première se composa du *Mariage de Raison* et des *Premières Amours*. Le rôle de Suzette fut joué à merveille par la baronne de M. qui avait bien les plus beaux yeux du monde, des yeux de velours. Ma cousine fut charmante dans Mme Pinchon. La seconde fois on joua *Malvina* et *Heur et Malheur*. Mme A. de V. était une Malvina presque aussi passionnée, aussi complète que Léontine Fay. Vous voyez combien Scribe était à la mode dans les salons : sur quatre pièces que nous choisîmes, trois étaient de lui. Mme de V. était de sa connaissance, il l'avait fait répéter. M. de Morny, qui débutait dans le monde, devait jouer dans *Les Premières Amours* le rôle de Gonthier. »

Brazier comptait vers 1840 vingt théâtres à Paris et une demi-douzaine dans la Banlieue. Berryer à Augerville, donnait le spectacle; il excellait dans le rôle de Chrysale.

Le comte de Falloux avait aussi ce talent, et beaucoup d'à-propos.

Dans *Vatel*, qu'il joua devant le comte de Chambord, il était en scène, et l'acteur chargé d'un rôle de marmiton — était-ce le marquis de Miramon, ou la comtesse Egglofstein? — manqua son entrée. Falloux allongeait son monologue : enfin l'autre parut.

« Malheureux ! tu veux être *cuisinier* et tu manques tes *entrées !* »

A Royaumont, chez le marquis de Bellisen, on donnait l'Opéra italien avec chœurs et orchestre. Mme Desforges, femme du vaudevilliste, faisait applaudir sa jolie voix auprès de MM. de Bordesoulle et Panelle ; ou bien c'était aussi le théâtre de la rue Popincourt, où l'on acclamait la jeune marquise de Folleville et sa sœur. Plus tard, le Théâtre Castellane marqua sa place avec éclat dans les annales de ces théâtres privés. Il survécut à la monarchie.

Louis-Philippe aima faire jouer le spectacle au Théâtre des Tuileries, mais les acteurs étaient des professionnels. Napoléon III aussi y donnera des représentations, et la salle était restée la même. Les journaux illustrés coupèrent et remplacèrent le bas des gravures représentant le théâtre de Louis-Philippe pour figurer les soirées dramatiques du second Empire : les spectateurs des fauteuils avaient seuls changé.

On lit dans l'*Indépendance Belge* de février 1851 :

« L'événement mondain de la semaine, Monsieur, a été la soirée théâtrale à l'hôtel de Castellane, au faubourg Saint-Honoré. Il y a plus de quinze ans que M. le comte Jules de Castellane est réputé dans la Société européenne pour ses goûts d'hospitalité artistique. L'*architecture*, la *statuaire*, la *peinture*, lui ont servi à ouvrir un asile exquis à leurs sœurs en Apollon, la *musique* et la *poésie*. Vous voyez, Monsieur, que ce noble Mécène a le culte des plus

particulièrement charmantes entre les muses. Et j'oubliais Terpsichore! Souvent, le spectacle fini, l'on danse. »

Ce furent d'abord Mᵐᵉ Sophie Gay, mère de Mᵐᵉ de Girardin, et la duchesse d'Abrantès, veuve de Junot, qui dirigèrent le théâtre du comte Jules de Castellane; puis ce soin regarda sa femme, la fille du général de Villoutreys, qui fit jouer *Le Misanthrope*, en 1846, avec M. de Rémusat dans le rôle d'Alceste.

Après la révolution de 1848, ces salons, un instant fermés, rouvrirent pour *Le Caprice* de Musset, qu'accompagnait une comédie inédite écrite par Augustine Brohan.

L'hôtel était superbe. Le vicomte de Beaumont Vassy en a noté les splendeurs.

Le comte Jules de Castellane avait fait construire un théâtre dans son hôtel du Faubourg Saint-Honoré, au milieu du jardin; il était relié par une galerie avec les salons de réception.

Ce fut là qu'on entendit à Paris pour la première fois de la musique de Flotow, dans son petit opéra *Alice*, paroles d'Honoré de Bussy.

C'était une salle très bien aménagée, de quatre cents places, avec fauteuils d'orchestre, loges, rideau, souffleur, beaux décors, costumes de Huzel. Les journaux du temps rapportent :

« L'hôtel Castellane, que les cochers de fiacre de Paris appellent *la Maison du Mouleur*, à cause des nombreuses statues médiocrement marmoréennes qui en peuplent l'extérieur, est, la porte

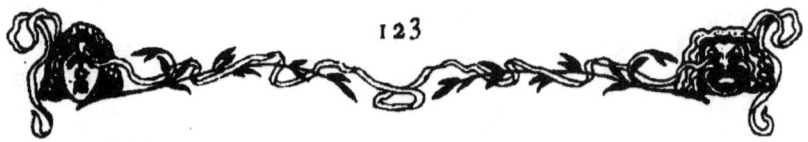

franchie, une des plus somptueuses résidences de la
capitale. C'est une enfilade de pièces ne formant
en quelque façon qu'une seule galerie, par les lar-
ges baies des portes, et les cheminées à panneaux
ouverts. Des lambris sculptés et dorés, des pla-
fonds peints par des maîtres, d'immenses vases du
Japon portant les torchères, des bronzes d'art, des
porcelaines précieuses, des étoffes magnifiques,
tout fait, de cette demeure, une résidence princière. Des galeries de tableaux et d'objets de curiosité relient à ces salons, ici, les petits appartements,
là, le théâtre. La salle à manger présente un spectacle bizarre et charmant. Deux fenêtres ovales,
garnies d'immenses glaces non étamées, y font
comme l'office de tableaux imprévus. Par l'une, le
regard pénètre dans une écurie où l'on aperçoit,
sellés et bridés dans le goût de diverses époques
historiques, tous les chevaux de l'hôtel. Et comme
la glace reflète vaguement la salle même, ces pale-
frois semblent ainsi placés au milieu des lambris
dorés et des éclatantes draperies. Par l'autre ovale,
une sorte de panorama très ingénieusement com-
biné montre le château des Aygalades, domaine réputé de la famille, dont les jardins sont baignés
par les flots de la Méditerranée. »

Brazier atteste :

« Le noble comte veille à tout, préside à tout
avec une politesse, une urbanité, une fleur de
vieille chevalerie. »

Il y avait deux troupes, l'une sous la direction
de Mme Sophie Gay qui écrivait des Comédies,

l'autre sous la direction de la duchesse d'Abrantès.

On y montait des pièces nouvelles, comédies, opéras. Mlle Brohan écrivait des proverbes pour cette scène brillante. De la troupe étaient la du-chesse d'Abrantès, Mmes Antonina Lambert, De-forges, MM. Ternaux, de Bordesoulle, Mennechet etc. On y jouait l'opéra, la comédie, le vaude-ville. Alexandre Dumas fils, Arsène Houssaye, Jules Lecomte, écrivaient spécialement pour cette petite scène, dont la comtesse faisait agréablement. les honneurs.

Parmi les invités, le corps diplomatique, et les notabilités du parti légitimiste : M. Berryer, le mar-quis de Barthélemy, M. Béchard, le prince de Mouléar, M. Greffulhe, le général Piat, M. de Ram-buteau, M. Ach. Fould; et, pour le monde des let-tres et des arts, MM. de Nieuwerkerke, d'Arlin-court, Hippolyte Rolle, Arsène Houssaye, Jules Lecomte, Théophile Gautier, etc.

Des ouvrages importants y furent représentés avant qu'ils eussent paru au Théâtre Français ou à l'Opéra-Comique.

Jacques Offenbach y jouait du violoncelle.

Ciceri avait brossé le décor. La troupe se com-posait d'amateurs comme le chevalier Cuchelet, attaché à la duchesse de Berry, et de professionnels comme Got, qui faisait un « Jeannot amoureux ».

On donnait quelquefois la comédie sur une scène improvisée dans les salons littéraires, chez le comte Jules de Rességuier, chez Mme d'Arbouville, chez la comtesse Samoyloff, chez Mme d'Osmond, chez

Mᵐᵉ de Pontalba, chez Mᵐᵉ Orfila qui chantait avec son mari, le docteur Orfila, des duos bouffes de Rossini, chez Mᵐᵉ Schickler, chez Mᵐᵉ Clifton,

Représentation d'un Proverbe de Mˡˡᵉ Brohan dans la salle de l'hôtel de M. le comte J. de Castellane. (D'après une gravure du temps.)

dans les salons ministériels et officiels, chez M. Sauzet, Guizot, Duchâtel, comte Molé, le prince de Talleyrand, de Valençay, Mᵐᵉ de Courbonne.

La bourgeoisie s'adonnait aussi à ce passetemps. Gromaire, ancien machiniste de l'Opéra, louait à des sociétés sa scène de la rue Chantereine, comme aussi faisait Genart, rue de Lancry, où eurent lieu les débuts de Mˡˡᵉ Plessis dans *La Fille d'Honneur* et *L'Hôtel garni.*

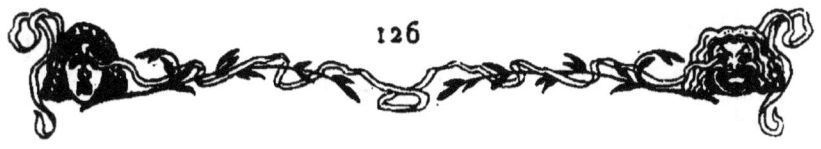

Les élèves du Conservatoire s'exerçaient sur un théâtre monté dans la Rotonde du Bal du Ranelagh.

Le règne de Napoléon III fut la renaissance de la Thalie Intime. On joua à la cour, à la ville, à l'armée.

A. Villemot en chroniquait joliment :

« Paris, en attendant le printemps, est possédé, en ce moment, d'une maladie intermittente qu'on appelle la *comédie de société*. Dans les salons, vous ne rencontrez que paravents, et quelquefois un petit théâtre qu'un amateur se plaît à monter et à démonter chez toutes les personnes qui veulent bien l'honorer de leur confiance. Les hommes et les femmes prennent un singulier plaisir à ces jeux, il faudrait dire à ces joujoux, de la scène. On retrouve en miniature, dans les coulisses de la comédie de société, toutes les intrigues et toutes les variétés des théâtres subventionnés. Les rôles jeunes sont recherchés par les femmes mûres; les rôles marqués seraient répudiés par tout le monde, si les jeunes gens ne s'en chargeaient volontiers. On se farcit la mémoire des pièces que l'on a vu représenter cent fois aux Français et au Gymnase; on collationne, on répète, on essaie des costumes, et on occupe ainsi la vie oisive, si difficile à dépenser quand on a un hôtel, des chevaux et pas d'emploi sérieux dans le monde... »

Les *Compiègnes* furent fameux. Chaque année, la Cour passait l'automne à Compiègne. L'Empereur y avait des séries d'invités, — une centaine

par semaine. On était prié pour huit jours ; chacun avait son appartement ; on donnait deux cents
francs pour les domestiques. Un train spécial prenait et ramenait la fournée à Paris.

L'Empereur recevait ses hôtes une demi-heure
avant le dîner, et il les mettait aussitôt à l'aise par
son amabilité. C'est à l'une de ces présentations
qu'il dit à Gustave Nadaud le chansonnier :

« Vous serez ici comme chez vous, monsieur Nadaud.

— Sire, j'avais osé espérer que j'y serais mieux. »

L'après-midi, la chasse à courre, la promenade
en forêt, ou à Pierrefonds, occupaient les loisirs.

Le soir, il y avait spectacle. Une fois par semaine,
des acteurs de Paris venaient jouer la pièce en vogue dans le grand théâtre du Palais.

Les autres jours, c'était la comédie de société
improvisée dans un salon, ou dans une galerie du
rez-de-chaussée, sur un petit théâtre démontable,
devant les seuls invités de la série.

Ainsi fut jouée la comédie d'Octave Feuillet *Les
Portraits de la Marquise,* dont l'Impératrice tint
le principal rôle, en 1859. L'auteur en garda ce
souvenir :

« Quant à l'Impératrice, ce soir-là, c'était une
déesse descendue de l'Olympe. Elle avait une robe
de tulle bleu semé de nœuds de velours noir, qui
retenaient des épis de diamants. Sur la tête une ai-
grette de diamants ; au cou, les plus beaux diamants de la couronne. Sa beauté n'avait rien d'hu-
main dans ce cadre écrasant ; on eût dit une fille

de roi, sortant d'un palais des Mille et une Nuits,
et traînant après elle les merveilles du Bosphore. »

D'Octave Feuillet aussi, ces échos sur une charade de lui, jouée en 1862 :

« Le succès a été énorme, absurde... L'Empereur riait comme un bienheureux devant une casquette d'or. J'avais eu l'idée de me faire par-dessus
le marché deux bracelets de grelots qui m'entouraient la cheville du pied, et qui, avec les castagnet-
tes de d'Arjuzon, complétaient la symphonie. On
m'a fait aussi répéter la sérénade avec délire, on cas-
sait les banquettes... La princesse de Bauffremont
et Mme Raimbeaux étincelaient sur leur balcon à
tentures rouges, comme deux châsses. La princesse
couverte de diamants, les cheveux pleins de diamants, le cou ruisselant de diamants, la robe con-
stellée de diamants. La soubrette avait une longue
robe vénitienne à ramages, et un immense collier
de grosses perles d'or tombant en triple étage sur
la poitrine. Mme de Bauffremont n'était pas moins
éclatante dans son costume de fée, et Mme de Va-
try, en paysanne Louis XV, était aussi fort ave-
nante. Le dernier tableau n'était pas de moi; je n'y
avais contribué en rien. C'était la tentation de saint
Antoine... Après avoir changé des pieds à la tête,
je suis rentré dans le salon pour voir le tableau; j'ai
été salué par des salves insensées. Enfin la toile
s'est levée et on a vu saint Antoine représenté par
M. Nieuwerkerke avec Mmes de Morny et de Girardin en diablesses entourées de petits diablotins.
M. de Nieuwerkerke s'en est tiré très spirituelle-

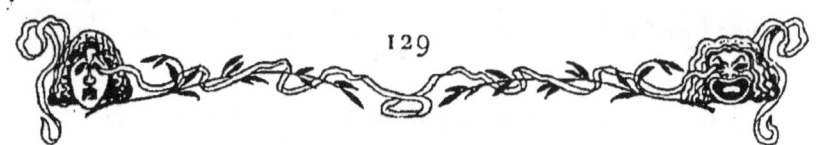
ment... Ceux et celles qui doivent figurer demain
dans la charade de Ponsard faisaient des mines
plaisantes de consternation; quelques-uns remet-
taient leur rôle à Ponsard, qui, lui, brave et honnête

LA SAINTE-EUGÉNIE A COMPIÈGNE. — Charade jouée sur le théâtre de salon
en présence de Leurs Majestés. (D'après une grav. du temps.)

cœur, se désespérait au point de se trouver mal.
C'était une lutte sourde et effroyable entre acteurs
et actrices des deux charades. Cette lutte ne m'a
pas empêché de dormir. »

La charade de Ponsard réussit fort bien; le mot
était *Harmonie* (Arme au Nid).

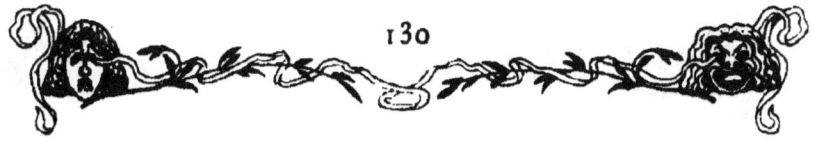
Premier Tableau.

Arme. — Un chevalier arme un néophyte.

Deuxième Tableau.

Au Nid. — L'Amour au nid.

Les nymphes s'approchent du buisson d'églantines dans lequel est le nid de l'Amour; elles ont à la fois la peur et le désir de connaître l'Amour; l'une d'elles pousse le cri d'alarme :

> Sauvons-nous! Pour moi, je me cache;
> N'éveillons pas l'Amour qui dort!

Une autre, plus hardie, se risque, jette son filet sur l'Amour :

> Fils d'Aphrodite,
> Je t'ai pris. — Ne pique pas.

Troisième Tableau.

HARMONIE

PERSONNAGES.

La Muse — Mme la princesse de Bauffremont.

Tous les personnages des deux premiers tableaux sont groupés autour de la Muse. — Celle-ci chante. — Chœur général.

Le Prince Impérial, la duchesse de Morny, la duchesse d'Isly, la duchesse de Bauffremont, Mme Émile de Girardin en furent les principaux interprètes.

Là fut aussi représentée la jolie charade de Legouvé, *Anniversaire,* pour la Sainte-Eugénie. La duchesse de Tarente, en jouant, perdit son soulier de satin, et Legouvé le lui rendit avec cet impromptu :

Vénus perdit un jour son soulier amarante,
Si petit, si coquet, qu'il était à croquer.
« Qui donc, demanda-t-elle, osa me l'escroquer? »
L'Amour lui répondit : « Madame de Tarente. »

En novembre 1861, le roi Guillaume de Prusse est à Compiègne; c'est la fête de l'Impératrice. Et l'on fait cette surprise aux Souverains de leur offrir un ballet qui a été réglé par le Maître des ballets de l'Opéra, et qui est dansé par le marquis de Caux, par Mᵐᵉ de Metternich et d'autres dames du monde. Elles jouent une pantomime, *Le Diable à quatre.* Le régisseur est Camille Doucet.

Après la représentation, qui eut un grand succès, on dansa dans le salon, et les ballerines se mêlèrent aux valses dans leur accoutrement, en tutu, les jambes prises dans le maillot rose.

En 1862, le duc de Morny écrivit pour les Compiègnes une comédie, *La succession Bonnet,* dont les rôles furent confiés à Mᵐᵉ Barrachin, MM. Mérimée, Viollet-le-Duc, marquis de Massa, Delessert, Saulcy. A la demande de l'Empereur, le spectacle fut corsé par une saynète que le duc de Morny écrivit en quelques heures, une sorte d'Impromptu de Compiègne, *La Corde sensible* ou *les Dadas favoris,* revue gaie et toute d'allusions : Delessert, administrateur de la Compagnie des

Petites Voitures, crut prédire des folies en parlant de « fiacres automobiles ». M. de Massa a noté de mémoire ces scènes aujourd'hui introuvables.

Le personnage boudeur et hostile au gouvernement, c'était Mérimée se refusant à suivre, *même de loin*, une des chasses de la vénerie.

« C'est vrai, disait l'amphitryon, j'oubliais que vous êtes passé à l'opposition... Et peut-on savoir à la suite de quel froissement?

— Oh! je ne m'en cache pas, répondait l'auteur de *Colomba.*

— Eh bien! dites...

— Voilà. J'habite, au boulevard Haussmann, le premier étage d'une grande maison de rapport dont tous les locataires sont décorés, excepté moi, qui paie pourtant les plus fortes contributions. Alors, vous comprenez, n'est-ce pas?

— Oui, c'est humiliant! Mais quels étaient d'ailleurs vos titres à la croix?

— Mon Dieu! faisait Mérimée en allongeant les lèvres, je l'avais demandée...

— Et on vous l'a refusée! C'est fort injuste. Heureusement, tout n'est peut-être pas désespéré, car voici Monsieur, qui passe à bon droit pour être très influent et qui, grâce à la faveur dont il jouit, pourra peut-être vous faire donner satisfaction... N'est-il pas vrai, Monsieur?

— Sans doute, car je suis de ces personnes à qui on ne saurait rien refuser... Mais un peu plus tard... vu les nombreuses obsessions dont je suis en ce moment l'objet. »

Or, ce monsieur si bien en Cour, c'était Viollet-le-Duc, un des autres collaborateurs de Napoléon III à la *Vie de César,* et, depuis lors,
conseiller municipal radical de la Ville de Paris,
sous la République. Le hasard a de ces ma-
lices.

L'antiquaire, enfin, c'était Saulcy, un savant
doublé d'un homme d'infiniment d'esprit.

« Mon héros préféré, disait-il à son tour, c'est
Vercingétorix.

— Allons bon! s'écriaient en chœur les autres
acteurs, le voilà parti sur son dada favori.

— Pourquoi pas? ajoutait Delessert, le monsieur
bien informé. Est-ce que tout le monde n'a pas
son dada, ici-bas, même l'Empereur?

— L'Empereur aussi? interrogeait Mérimée, le
personnage boudeur. Ah! tant mieux. Je ne serais
pas fâché de savoir lequel...

— Il est bien connu, lui répondait Morny.
Ainsi vous, par exemple, il vous plairait de vous
réconcilier et de causer avec lui de politique trans-
cendante? Sans doute l'Empereur vous entendrait
par devoir professionnel, mais sans passion. Tandis que si vous lui apportiez quelque vieux mor-
ceau de fer rouillé, soi-disant trouvé dans une
fouille quelconque, oh! alors, sa physionomie
s'éclairerait aussitôt, les yeux pétilleraient d'aise
et il vous écouterait avec une bonté gallo-romaine
qui achèverait de vous désarmer tout à fait.

— Vraiment? Et si, une fois la paix faite, il me
proposait de me présenter à l'Impératrice, que me

Gouache de E. Lami : Personnages des *Commentaires de César* (app. à la Comtesse Edm. de Pourtalès). - Gravure extraite de *l'Art du Théâtre*.

conseilleriez-vous de lui dire à elle, pour flatter son dada?

— Si vous lui disiez qu'elle est belle, spirituelle, charitable, il est probable qu'elle ne vous répondrait même pas.

— Bon. J'aurais soin de m'en abstenir.

— Mais si vous lui juriez que pas un tapissier ne s'y entend comme elle pour choisir des meubles, assortir des étoffes et décorer un salon...

— Elle me ferait peut-être *décorer* aussi? S'il en était ainsi, je n'hésiterais pas à me rallier à l'instant même. »

En l'automne de 1865, le premier volume de l'*Histoire de César* par Napoléon III parut. On joua aux Compiègnes une revue du marquis de Massa, *Les Commentaires de César,* qui ne comporte pas moins de trente rôles. La princesse de Metternich était l'étoile de la troupe, qui comptait aussi la comtesse de Pourtalès, la marquise de Gallifet, la baronne de Poilly, Mᵐᵉ Bartholoni. Le compère était le baron Lambert, lieutenant des chasses à courre.

Le Prince Impérial faisait un grenadier. Les autres interprètes étaient le comte de Solms, le comte Davilliers, le marquis de Caux, le vicomte Aguado, A. Blount, marquis de Las Marismas, général Mellinet, marquis de Gallifet, prince de Reuss, comte de Pourtalès, vicomte de Fitz-James, vicomte d'Espeuilles, Louis Conneau.

L'orchestre était tenu par le prince de Metternich, incomparable pour ramener dans le ton une voix égarée, et suivre les déraillements.

Le souffleur était Viollet-le-Duc. Costumiers :
Marcelin et Émile Perrin, directeur de l'Opéra.
Les répétitions avaient lieu après onze heures du
soir, quand Leurs Majestés s'étaient retirées ; car
l'Empereur ne voulait pas que le personnel des
comédies fît bande à part.

Le premier acte était au Champ de Mars.

Un talus du Champ de Mars ; l'École militaire
au fond. Musique militaire et tambour dans la
coulisse. — Avant le lever du rideau, l'orchestre
joue les airs militaires *Aux Champs*, *la Reine
Hortense*, la *marche de cavalerie*, d'abord successivement, puis tous à la fois, de façon à imiter
la cacophonie qui se produit lorsque l'Empereur
débouche du pont d'Iéna pour une revue.

L'acte II se passe dans les Champs-Élysées.

A distance, le souvenir de ces actualités loin-
taines a son charme, et fait revivre le Paris de
1865. C'est l'Ane Rétif du Cirque d'été ; sous le
pelage en carcasse, le jeune Conneau et le jeune
Pierre de Bourgoing étaient chargés d'animer
et de diriger le récalcitrant quadrupède ; c'est le
marchand de coco, la marchande de plaisirs, la
rivalité de Trouville contre Deauville, *Vieille
Roche* d'Edmond About, l'armoire des frères Da-
venport, *Madame Bovary*, la naissance du mot
bock, *La femme à Barbe*, le succès du jour, la
Vénus aux carottes, *l'Africaine*, la grève des musiciens (déjà !), la victoire de Gladiateur, l'amitié
de la France et de l'Angleterre chantée sur le re-
frain :

Ayez toujours du canon dans vos poches.
On ne sait pas ce qui peut arriver.

M. de Massa conte à ce propos ce piquant souvenir :

« L'Angleterre était représentée par Mme Bartholoni ; la France impériale, par Mme de Pourtalès, la première accompagnée d'un matelot-vétéran et d'un soldat en habit rouge ; la seconde d'un invalide médaillé de Sainte-Hélène, et d'un jeune fantassin du 99° de ligne, régiment qui avait participé à la prise de Puebla. Ces deux derniers figurants avaient été recrutés par moi avec la certitude que leur personnalité produirait quelque sensation. L'un et l'autre attendaient leur tour dans le salon attenant à la scène, qui servait de foyer aux acteurs, quand l'Empereur y vint faire un tour pendant qu'on changeait le décor entre les deux actes.

« Occupés chacun à rajuster sa jugulaire devant une glace, mes deux figurants, vus de dos, n'aperçurent pas, ou plutôt feignirent de ne pas apercevoir l'arrivée de l'auguste visiteur.

— « Qui est-ce ? me demanda celui-ci à l'oreille.

— « Un homme de troupe et un invalide que j'ai été autorisé à employer pour représenter deux personnages muets. Ils viennent d'arriver de Paris.

— « A-t-on eu soin de les faire dîner, au moins ?

— « Je le pense, Sire.

« Pour s'en assurer, Napoléon III, avec sa bonté habituelle, s'approcha doucement du fantassin, qui se trouvait le plus à sa portée, mais au moment où il allait lui adresser la parole, celui-ci se fit

8.

aussitôt reconnaître à l'aide d'un demi-tour par principes, et en saluant militairement.

— « Oh! oh! Gallifet! s'exclama l'Empereur avec ce bon rire que provoquait toujours chez lui une amusante surprise, car ce fusilier de circonstance était en réalité lieutenant-colonel de cavalerie...

— « Et celui-ci? demanda-t-il ensuite en se dirigeant vers l'invalide toujours immobile, à qui il dut frapper sur l'épaule pour l'obliger à se retourner.

— « Oh! Oh! Mellinet! s'écria-t-il avec une nouvelle surprise, en reconnaissant, sous cet habit d'emprunt, le brave général à la joue fracassée.

— « Deux glorieux blessés! ajouta l'Empereur, en leur serrant la main tour à tour.

« Puis, se tournant vers moi :

— « Je vous fais mon compliment. Vous choisissez bien vos comparses. »

Le Prince Impérial, en grenadier, avait à chanter d'une voix timide :

Un grenadier, c'est une rose.

Un autre soir, c'était l'opérette, et la comtesse de la Poëze, dame d'honneur de l'Impératrice, se rappelle avoir figuré dans le groupe des femmes défuntes de *Barbe-Bleue*. Les figurantes étaient juchées sur des colonnes que masquait une tenture, et elles semblaient être dans le vide, pendues, pâles et inanimées, comprimant mal des accès de fou rire.

On faisait venir de Paris les accessoires utiles, et les préparatifs étaient très rapides. Comme on

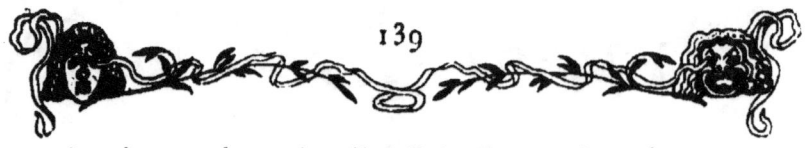
jouait tous les soirs, il fallait chaque jour impro-
viser promptement le spectacle.

Il y avait une émulation entre les séries succes-
sives.

Jamais on n'avait vu réuni un pareil essaim de
jolies femmes, depuis les princesses du sang impérial, la princesse Mathilde, la princesse Clotilde,
Mme Lucien Murat, Altesse Impériale, sa fille la duchesse de Mouchy, sa bru la princesse Joachim
Murat, née de Wagram; la comtesse Charlotte
Napoléon Primoli, la comtesse de Roccagiovine, la
princesse Gabrielli, et les beautés cosmopolites,
Mme de Metternich, l'amie intime de l'Impératrice,
qui lui suggère toutes les audaces, toutes les excen-
tricités, et qui imite Thérésa; Mme de Castiglione,
l'amie intime de l'Empereur. Ajoutez nos belles
dames françaises, la comtesse Fleury, la duchesse
d'Isly, la maréchale Canrobert, la baronne de
Bourgoing, Mme de Gallifet, Mme de Pourtalès, la
princesse Bibesco.

Le baron Pierre de Bourgoing, ami d'enfance du
Prince Impérial, a noté ses souvenirs d'alors qui
sont d'une précision pittoresque :

« A six heures, nous dînions. Le menu était
peu varié : des côtelettes ou des viandes grillées,
du poulet rôti et toujours les rafraîchissants épi-
nards. A sept heures moins un quart, nous nous
rendions chez l'Impératrice qui terminait sa toilette. J'ai bien souvent vu Leroy, le coiffeur, placer la dernière parure dans ses beaux cheveux. J'ad-
mirais les bijoux dans le coffre où je fouillais

à pleines mains. Lorsque l'Impératrice était prête, nous l'accompagnions chez l'Empereur; puis, précédées d'un des préfets du Palais, Leurs Majestés entraient dans le salon des Cartes, où se tenaient les invités formant un grand cercle. Le Prince donnait la main à l'Empereur; je tenais la main du Prince, et ma mère et mon père ouvraient de grands yeux en me faisant signe de me tenir droit. On passait alors dans la salle à manger entre deux rangs de cent-gardes. Là, chacun prenait place à sa fantaisie, excepté les personnes désignées pour la droite et la gauche de Leurs Majestés. Ces personnes variaient chaque jour, à moins qu'un membre de la famille Impériale ne fît partie de la série, auquel cas il occupait toujours la droite du souverain. Notre apparition à dîner était généralement courte. L'Impératrice prenait quelque dessert, des bonbons enveloppés dans du papier doré et découpé, alors à la mode, nous les donnait et nous embrassant affectueusement, nous disait d'aller nous coucher. Si, le soir, il y avait charade ou théâtre, nous assistions au commencement de la représentation. C'est ainsi que j'ai vu donner une charade dont le mot était « Adieu », mot de circonstance, puisque la représentation avait lieu la veille du départ de la série. La syllabe A se trouvait renfermée dans un petit acte de comédie écrit à la hâte par le marquis de Massa, appris à la hâte, aussi, par Mmes Barrachin, Raimbeaux, le baron Lambert. Pour le mot « Dieu », on avait représenté l'Olympe. Le comte Aguado était Jupiter, et,

groupées autour de lui, se tenaient Mlle Haussmann, en Junon; la princesse Anna Murat, en
Aurore; Mlle Magnan, en Pomone; ma mère, en
Diane, portant dans les cheveux le grand croissant
en diamants de l'Impératrice. La belle Mme Léo-
pold Magnan avait un délicieux costume d'amour,
et la duchesse de Morny représentait Vénus. Pour
le mot « adieu », M. de Massa avait composé de
jolis vers que récita le baron Lambert.

« Dans une autre charade, dont le mot était « Exposition », et qui fut jouée en 1866, le « Tout »
figurait les cinq parties du monde. M. Milne-
Edwards avait bien voulu faire venir du Muséum
des oiseaux empaillés comme accessoires pour les
représentants de l'Afrique et de l'Océanie. Il y en
avait une énorme caisse, et, parmi ces oiseaux, un
paon superbe faisait la roue. A force de passer de
mains en mains, et surtout par celles des enfants,
la belle roue n'exista plus. Pour réparer le dommage, on la reconstruisit, bien fragile, avec les
épingles à cheveux de ces dames, en riant de la
stupéfaction des employés du Muséum lorsqu'ils
reverraient leur paon en si piteux état. »

Il faut compléter ces notes par ces souvenirs du
même Pierre de Bourgoing, quand, après 1870, il
allait retrouver aux vacances, dans l'exil, son malheureux ami d'enfance :

« C'est au château d'Arenenberg, ancienne propriété de la reine Hortense, bâti sur la rive gauche
du lac de Constance inférieur, que le Prince Impérial passait, presque chaque année, ses mois de

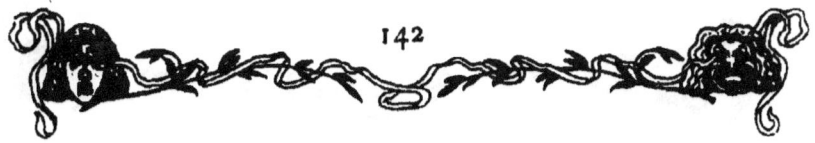

congé, d'abord à la fin des cours de l'école de
Woolwich, puis, après les manœuvres d'Aldershot
pendant lesquelles il exerçait dans l'artillerie les
fonctions de son grade.

« Il faisait à ses compagnons d'enfance le grand
honneur de les appeler auprès de lui à l'époque de
leurs vacances. Les enfants avaient grandi depuis
1870! Les plus jeunes se préparaient à Saint-Cyr;
les grands y étaient élèves ou venaient de recevoir
l'épaulette de sous-lieutenant. »

Et comme à Compiègne, la comédie interrompue
par le drame, reprenait ses droits, avec les débris
de son ancienne troupe :

« Pour égayer les soirées, nous dansions aux
sons d'un piano mécanique, comme à Compiègne,
ou nous jouions la comédie sur un théâtre improvisé dans le salon avec quelques arbustes et
des paravents. Les costumes, en général, étaient
ceux qui avaient servi du temps de la reine Hortense.

« Une année, nous avons représenté « Télémaque », de Verconsin, pièce en vers! Les rôles de
femmes étaient joués par la marquise de X...,
dont l'accent étranger augmentait le charme, et
par Mlle de Y..., délicieuse en nymphe Eucharis.
Le comte Primoli était un excellent Mentor; Conneau un superbe Télémaque; moi... j'étais un très
bon souffleur.

« Le même soir, le Prince et moi, nous devions
jouer « Après minuit »; mais nous savions si peu
nos rôles que, d'un commun accord, nous prîmes

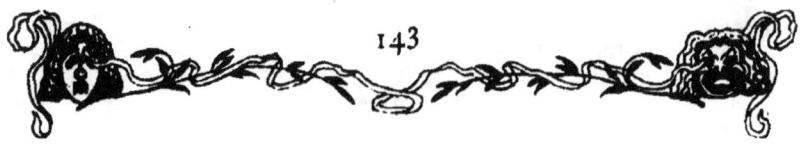
le parti de nous abstenir. Heureusement, quelque temps après, nous nous rattrapions dans l'« Eté de la Saint-Martin ».

Mais revenons à Compiègne avant la guerre : il y fait plus gai, car ce petit théâtre manqué d'Arenenberg a des tristesses et des défaillances découragées.

La vie était agrémentée d'incidents parmi tant de personnages divers :

« Voici le peintre Couture, auquel l'Impératrice, le lendemain de son arrivée, demande comment il se trouve à Compiègne. « Je me trouve d'autant « mieux, madame, que ma chambre me rappelle la « mansarde où j'ai fait mes débuts artistiques »; le sac rempli de grenouilles qui se répandent la nuit, dans la chambre où une dame avait remplacé Pasteur; la méprise de la comtesse de la Bedoyère qui, causant dans un groupe où se trouvait M. Rouher, avise soudain une femme petite, brune, et interroge machinalement : « Qui est donc ce « *petit pruneau?* » Rouher s'incline, et, souriant; « Madame, c'est ma femme. » Mme de la Bedoyère, tout effarée, s'approche d'autres amis, leur raconte son impair : « Il vient de m'arriver la chose la plus « désobligeante du monde. Je causais avec M. Rou- « her, et, en voyant entrer cette petite dame que je « ne connaissais pas, je m'écrie : Qui est donc ce « petit pruneau? » Mais la même voix retentit à son oreille : « Et j'ai eu l'honneur de vous répondre : « C'est ma femme. » M. Rouher avait suivi la comtesse pour s'amuser de son embarras. « Eh bien,

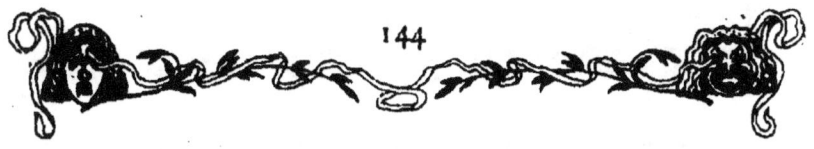
» je ne m'en dédis pas, reprit-elle bravement; les
« pruneaux ont du bon » (Du Bled).

Deux fois par semaine, la troupe d'amateurs
s'effaçait devant une troupe de Paris, appelée par
l'Empereur de quelque théâtre régulier pour jouer
à Compiègne le succès du jour, non plus dans les
salons, mais dans le petit théâtre attenant. La no-
menclature des œuvres qui furent ainsi représentées
a été publiée patiemment par M. A. Leveaux, ce
collaborateur de Labiche qui signa d'un autre
nom que le sien, pour éviter cette bizarre asso-
nance : *Labiche et Leveaux.*

A Compiègne, la charade et la comédie de paravent triomphaient. A Fontainebleau la liberté
met l'étiquette à la porte. A l'une des premières
villégiatures, en 1860, le ton fut donné sans dé-
tour. L'Empereur demanda à Alberic Second d'é-
crire une saynète gaie pour inaugurer le théâtre.
Le duc de Morny fit un impromptu qui plut fort.
Mais le théâtre donnait fort peu ; ce n'était pas la
saison ; les journées étaient chaudes et longues.
Le théâtre de la cour du Cheval Blanc servit rarement. On jouait entre soi, entre amateurs, « sur le
pouce », dans un salon. Octave Feuillet écrivait.
On représenta ainsi *Le Cas de Conscience.* Mme de
Parabère de Sancy, Mme de Toledo, Octave Feuillet, *lurent* les rôles, la brochure à la main. Ou
bien c'étaient ces fameux tableaux vivants, dont on
parle encore, et qui prêtaient aux plus luxurieux
dévêtements, parmi les étoffes luxueuses.

On mit la Fable et l'Histoire en tableaux vivants.

On vit Diane chasseresse entourée de ses nymphes vêtues de feuillages, et Vénus sortant de l'onde, et Phryné parut devant ses juges, vêtue de sa beauté.

Les cinq Parties du Monde semblèrent poser pour la fontaine de Carpeaux : elles soutenaient une sphère lumineuse ; des naïades demi-nues étaient étendues à leurs pieds ; on admira les Éléments, l'Air, la Terre, l'Eau, le Feu, femmes très belles, en maillot. L'Impératrice ne figura pas dans ces exhibitions.

Dans le Ballet des Abeilles, dansé aux Tuileries, la comtesse Molitor, la princesse Troubetzkoï, Mmes Magnan, de Lostende, de Lepine, furent amenées en scène, enfermées dans des ruches de paille dorée ; elles en sortirent ensemble, très décolletées, le corsage flamboyant d'or, les jambes prises dans des maillots fauves.

Dans les mascarades, il fallait voir encore madame de Castiglione en religieuse, — et ce fut une déception, car on avait annoncé qu'elle paraîtrait à demi nue, — en romaine, en dame de cour ; ou l'Impératrice en dogaresse, en bohémienne ; Mme de Pourtalès en almée ; Mme Gorschakoff en Salammbô très dévêtue et très belle. Elle était la rivale de Mme de Castiglione, qui réussit à la faire exclure des salons de la princesse de Metternich ; Mme de Gallifet en ange ; Mme Bartholoni en Judith. Il fallait entendre Mme de Metternich en cocher de fiacre, chanter en imitant Thérésa :

Parfois en modeste toilette,
Je conduis, d'assez grand matin,
De belles dames en cachette,
Dont le but paraît incertain.
Tantôt sur la place on m'arrète,
Et je charge un couple amoureux,
La dame a la jambe bien faite,
Le monsieur paraît fort heureux.
« Monsieur, Madame, à quel endroit? »
Du coin de l'œil on se concerte.
« Allons où la campagne est verte,
Allons où la fougère croît. »

Et quel papillonnement de beautés, d'élégances luxueuses, d'hommes d'esprit et de galanterie : Caro, amoureux de l'Impératrice; Gallifet l'enfant gâté, le « gosse », le pousse-cailloux, le « gavroche » aventureux des Tuileries (1), qui disait :

« Oui, j'aime parader. Qu'il y ait du monde pour me regarder, et je me fiche à bas des tours de Notre-Dame ».

C'était bien la note de cette société, folle de représentation et de cabotinage, et si brillante, avec MM. de Caux, Bocher, Raymond Seillière, de Sagan, du Lau, comte Davilliers, duc de Montmorency, d'Espeuilles, de Soubeyran, Arsène Houssaye, duc de Gramont-Caderousse, Ismaïl Pacha, Mmes de Canisy, Aguado, princesse Bibesco, Mmes Ypsilanty, de Mouchy, de Persigny, Canrobert, Malakoff, de la Poëze, de la Moskowa, Drouyn de Lhuys, Walewska, de Morny, de Montebello!

(1) P. de Lano.

Et faites passer à travers ces groupes folâtres des figures de nobles étrangers, des princes lointains, sans oublier la silhouette pâle de ce prince Louis de Bavière, insensible, impassible et fatal, qui surexcite ces dames, et elles se disputent l'honneur de le dégeler.

A l'une d'elles, qui l'avait entrepris derrière un bosquet du parc, il répondit :

« Non, madame, je n'aimerai qu'une femme blanche et froide comme cette statue de marbre.

— Faut-il donc mourir ?

— Oui, » dit le prince d'une voix étrange et terrible.

La dame eut peur d'être assassinée, et ramena vivement dans les salons ce prince à qui il fallait des femmes de pierre. Il était mal tombé aux Tuileries. Elle conclut :

« C'est un fou. »

Il y avait du vrai.

Un des derniers spectacles privés de l'Empire fut donné aux Tuileries, le mardi gras 1870. On joua *La Grammaire* de Labiche. Le prince avait douze ans. Il faisait Poitrinas. M. l'abbé Misset possède une curieuse note relative à cette représentation. Elle est de la main du général Frossard, précepteur du Prince.

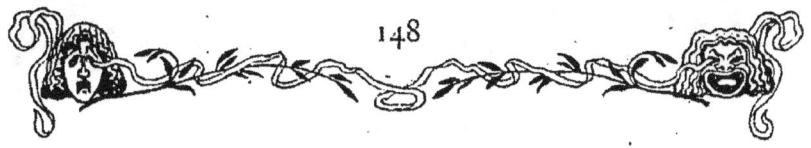
FÊTE DONNÉE AUX TUILERIES, LE MARDI GRAS, 1870.

La Grammaire de Labiche

Le Prince jouait Poitrinas.

Memento pour la musique (de la main du général Frossard).

Représentation intime donnée par le Prince Impérial,
dans son appartement privé aux Tuileries. (D'après une grav. du temps.)

POITRINAS (LE PRINCE).

... Tenez, je vais vous raconter ce qui m'est arrivé il n'y
a pas longtemps.

Couplet de POITRINAS.

A la suite, couplet de CABOUSSAT (ESPINASSE).

A l'Académie ainsi qu'à la Chambre
Je parlerai peu, j'écrirai rar'ment.

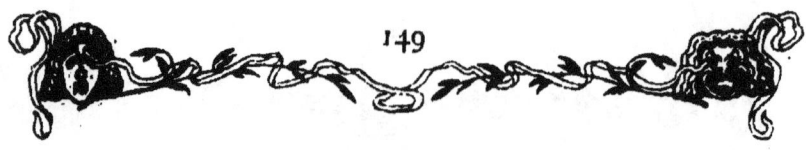

Il s'interrompt après ces deux vers.

Il reprend le couplet entier après avoir dit : *Je recommence.*

A la suite, couplet de JEAN (BOURGOING).

A la suite, couplet de MACHU (CONNEAU).

Dans un vieux château de l'Andalousie...

Il s'interrompt après ce premier vers.

Il reprend plus loin son couplet entier, après avoir dit : « Il faut que je modifie mon couplet, essayons. »

A la suite, couplet de POLITE (le petit CORVISART).

POITRINAS.

... et vous, Mademoiselle, il faut vous calmer ; chantez-nous quelque chose, « cela vous remettra ».

Couplet de BLANCHE (MAXIME).

A la suite, couplet final de POITRINAS.

Ce couplet débutait par les deux vers suivants :

On n'a pas toujours un si beau parterre,
On n'a pas toujours maman et papa.

(Coll. de M. l'abbé Misset.)

Offenbach avait raison de s'étonner des divertissements mondains et frivoles de ces hommes de Mars, et on ne peut s'empêcher de penser que régler les couplets de Poitrinas était une occupation étrangère aux soucis normaux d'un général. Victor Hugo dans ses heures de gauloiserie joviale disait :

« La langue française a des expressions si im-

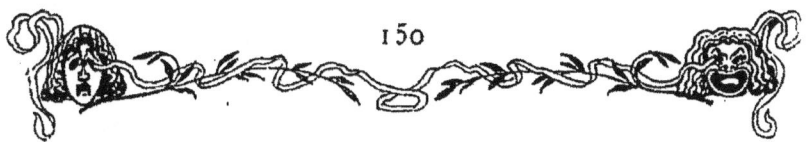

propres qu'elles en sont malpropres. Quand on dit
d'un général « essuyer des revers », il semble que le
mot s'appliquerait mieux à une bonne d'enfant. »

Frossard a été père nourricier et général malheureux. Moins d'un an après le carnaval pendant

Représentation théâtrale donnée chez S. A. I. la princesse Mathilde en
présence de S. M. l'Impératrice et du Prince Impérial, à l'occasion de
l'anniversaire} de la naissance du Prince. (D'après une estampe du
temps.)

lequel il prodiguait ses soins à son alumne, For-
bach le balayait, et il était emmené prisonnier en
Allemagne.

C'est la morale de l'Histoire!

Aux Tuileries, le soir, quand l'Empereur était
remonté chez lui, on jouait à saute mouton, peut-
être au jeu de bougies, au jeu de coq, aux quatre

Programme du Théâtre de la Princesse Mathilde. Aquarelle de Giraut, 15 mars 1865
(appartient à M. l'abbé Misset). Gravure extraite de *l'Art du Théâtre*.

mouchoirs, au jeu de la cuvette, et sûrement, les lundis de l'Impératrice, aux charades. Elles furent également très vives dans leurs paroles comme dans leurs déguisements souvent merveilleux. L'une d'elles — pour ne citer qu'un exemple — dont le mot était : *Mirliton*, donna lieu à une scène fort audacieuse lorsqu'il s'agit d'interpréter la syllabe : li (lit).

Cette même charade fut répétée à Champrosay, mais avec une variante plus modérée, devant le prince Napoléon; et le maréchal Pélissier, lui-même, qui était à la veille de son mariage, y occupa un emploi.

A Biarritz, pas de théâtre. — Les dames passaient le temps à chatouiller les passants, avec de fines baguettes de coudrier.

Le Théâtre Privé avait d'autres assises que la Cour.

La Princesse Mathilde donna chez elle, rue de Courcelles, en 1865, sur une scène improvisée, une représentation sensationnelle, dont voici le programme :

LE MAITRE D'ÉCOLE

Vaudeville en un acte

par M. Lockroy

Personnages

Legras,   maître d'école.............   Joseph Primoli.
Charlotte,   sa fille ....   Marguerite du Sommerard.
Grivet,   adjoint au Maire....   Jules Espinasse.

Scipion Grivet, son fils............	Napoléon Primoli.	
La veuve Chamouillard............	Ninette Vimercati.	
Loulou Chamouillard, son fils......	Louis Primoli.	
Jean Leblanc, garçon boulanger....	Albert Roccaggiovine.	
Friteau, conseiller de département..	Maurice-Bernardin-Bougenel.	
Faucheux, écolier de la grande classe.	Emmanuel Jadin.	
Fouyou, écolier de la petite classe...	Léonie du Sommerard.	

Plumichon. \
Galuchet. \
Baptiste Éloi.   }   Écoliers.   {   Grenadiers au 1er \
Écoliers /   Régiment de la garde.

Le succès fut tel qu'il fallut recommencer trois fois. Cette petite troupe d'enfants du monde amusa et joua bien. Mlle Ninette Vimercati, aujourd'hui Mme Ganderax, la femme de notre distingué confrère, se rappelle ce mot de l'ambassadeur d'Angleterre :

« Il n'y a qu'en France qu'on a de ces bonnes idées. C'est un excellent exercice pour tous ces enfants d'acteurs. »

Il avait pris ces jeunes amateurs de marque pour de petits cabotins, et le salon de la Princesse Mathilde pour un Théâtre d'Application.

Giraud a fait de cette soirée une aquarelle exquise, où figurent les portraits de tous ces petits interprètes. Elle appartient à l'abbé Misset qui a bien voulu en autoriser ici la reproduction.

La Princesse de Beauvau organisa et dirigea une des troupes d'amateurs les plus brillantes par la perfection et la vogue. On se disputait les invitations pour les représentations du Manège Seillière, où l'on admirait dans leurs rôles la princesse de Beauvau, la comtesse de Pourtalès, Mme Abeille,

MM. de Magnieux, Maurice Cottier, A. Blount, Edmond de Lagrenée, Raynald de Choiseul, le comte de Mornay, etc.

Parmi les théâtres privés, celui d'Émile de Girardin, le théâtre Marbeuf, fut célèbre. Il était installé dans cette habitation fameuse en forme de temple grec, rue Marbeuf, où le confortable le cé-

Théâtre Marbeuf. (D'après une estampe du temps.)

dait trop à la curiosité. Balzac y arriva un jour de novembre en visite, et à peine entré, il se leva pour sortir.

« Comment, vous nous quittez déjà? fit Mme de Girardin.

— Oui, je vais me réchauffer dans la rue. »

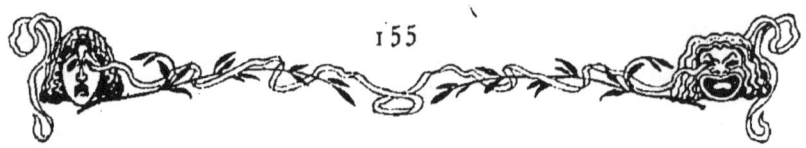
L'antique était à la mode. La même année
(1861), l'Empereur faisait jouer le *Joueur de Flûte*
d'Augier dans sa Maison de Pompéi de l'avenue
Montaigne; et Boulanger en fit une de ses meil-
leures toiles.

On allait aussi, vers 1868, chez M. Poisot, et

Répétition du *Joueur de Flûte* dans l'atrium de S. A. I. le prince
Napoléon tableau de G. Boulanger. (D'après *l'Illustration*.)

chez la marquise de Beaumont, voir et entendre
l'opérette *Rosa la Rose*. A ce moment la théâtro-
manie faisait rage à Paris. Il y paraît aux journaux du temps; les caricatures nous racontent
quelle fureur saisit les particuliers qui, incités par
l'exemple de Compiègne, se ruaient dans la dra-
maturgie. Reportez-vous à la collection des seize

fameuses pages que Daumier donna au *Charivari*
en 1859 : Quelle verve ! quelle fantaisie, quel art de
condenser toute une vie et toute une âme dans le

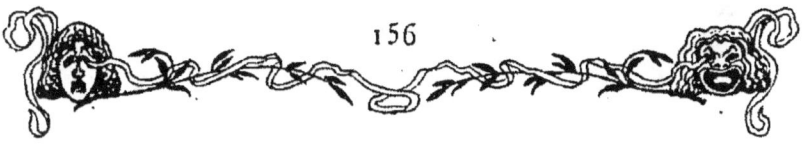

LES COMÉDIENS DE SOCIÉTÉ

Une maîtresse de maison du marais qui a tenu absolûment à faire concurrence au théâtre Français.....
rien n'a été négligé pour la mise en scène !.....

(D'après un dessin de Daumier.)

cerné épais d'un profil ridicule ! Ici, un mari
trouve que sa femme a trop souvent besoin d'être
embrassée par le jeune premier ; à côté, une femme
à genoux s'écrie, les bras en l'air :

« Mon Dieu ! pardonnez-moi ! j'ai trompé mon
mari ! »

Le mari la regarde, et se dit béatement :

« Elle répète un rôle. »

Qu'ils sont amusants, ces intérieurs de la bourgeoisie du Marais qui répète et qui joue la comédie
devant une rampe improvisée, faite avec la lampe

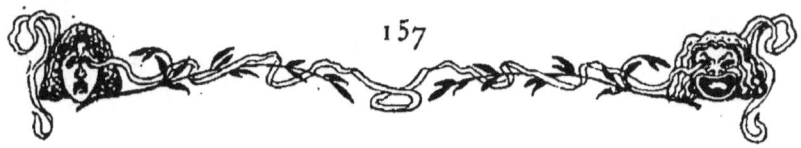

RÉPÉTITION D'UNE PIÈCE DRAMATIQUE.
— Non, barbare !... la mort seule pourra me séparer de mon enfant !...

(D'après un dessin de Daumier.)

de la suspension posée à terre entre les deux can-
délabres de la cheminée. Un gros homme, le bras
raide collé sur son ventre, la tête tournée, la lippe
pendante, conseille :

« Faites ainsi ce geste de mépris. »

Une dame d'âge mûr déclare au marquis dont les entournures bâillent :

· « Marquis, je ne veux plus vous souffler! vous êtes trop séduisant! »

Un jeune calicot étend la main au-dessus d'une femme mûre, agenouillée :

« Ma fille, recevez la bénédiction d'un vieillard. »

La mère fait la souffleuse; la fille presse un doux fardeau entre ses bras en s'écriant :

« Je veux sauver mon enfant! »

Son enfant, c'est un traversin, pour les répétitions. Cependant le vrai mioche, tombé de sa chaise, crie et pleure à terre, mais les hurlements tragiques de sa mère étouffent ses cris trop légitimes.

Sur une autre page un dandy s'approche d'une jeune dame, la soirée touchant à sa fin, et lui dit :

« Mlle Mars a bien fait de mourir, car elle eût crevé de dépit d'être surpassée par votre beau talent. »

La dame trouve que ce monsieur la loue bien froidement.

Cette série fameuse est amusante, documentaire, nous dit la manie du jour, nous fait pénétrer dans ces petits logements où la fureur dramatique fait tout bouleverser et négliger, où l'on démeuble le salon pour placer les auditeurs, la chambre à coucher pour loger la troupe, et où la bourgeoise montre à l'ami organisateur l'alcôve vidée en lui disant :

« Vous voyez, ce sera la scène, c'est juste assez grand. »

En même temps, Cham envoyait ses charges sur

le même sujet au *Monde Illustré*, seize vignettes drolatiques qui bafouent la mode.

Une maîtresse de maison qui engage un valet de chambre ne s'inquiète pas s'il sait son service.

« Avez-vous une bonne voix ? Car ici on joue la comédie ! »

Le mari surprend un adorateur aux genoux de sa femme, qui le rassure :

« Mon ami, nous répétions notre scène. »

La bourgeoise est assise sur une chaise, mélancolique, au milieu d'une forêt :

« Ils ont collé des décors d'arbres sur les quatre murs de mon salon ! »

L'instant d'après, elle s'écrie :

« Un pompier dans ma cuisine !

— Bédame, madame, il faut toujours un pompier dans un théâtre. »

Puis sur la scène, la dame en récitant son rôle, les yeux fixés sur le chroniqueur qu'elle a invité, a des transes comme une professionnelle :

« M. le chroniqueur a bâillé ! »

En 1862, on parla beaucoup d'une représentation de *Henri III et sa Cour*, à l'hôtel Seillère, sur l'esplanade des Invalides, organisée par le comte Léon de Béthune. Le vicomte de Magnien fut un excellent Saint-Mégrin. La princesse Charles de Beauvau fit la duchesse de Guise; Mᵐᵉ Abeille fut Catherine de Médicis; le marquis de Mornay faisait Henri III. Alors débuta dans un rôle effacé la jeune comtesse Edmond de Pourtalès, qui eut un triomphal succès de beauté.

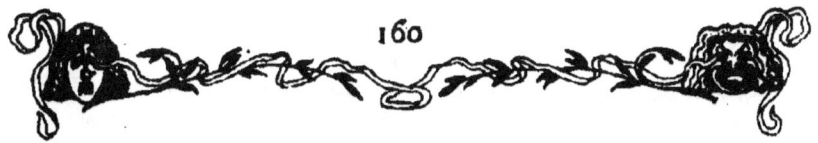
Le château de Mouchy vit de belles soirées du même genre.

Arsène Houssaye se rappelle avoir joué la comédie à Cœuvres, chez le notaire maître Mignet :

« C'était, dit-il, l'histoire des contrats de mariage que je rédigeais sans savoir le droit. Nous attirions des spectateurs de Soissons, de Villers-Cotterets, de Vic-sur-Aisne et de Cœuvres » (*Confessions*).

La même année, Théophile Gautier donnait le spectacle chez lui :

« C'est la chambre des filles de Gautier qui est la salle de spectacle, où il y a une toile, une rampe, et tous les fauteuils, et toutes les chaises de la maison... Sur la porte, au-dessus de laquelle se détire, en une pose anacréontique, une femme nue, est collée l'affiche :

Théâtre de Neuilly

Pierrot Posthume.

La toile se lève sur la scène, où le peintre Puvis de Chavannes a peint d'assez cocasses décors, une scène où il y a juste la place pour donner un soufflet et un coup de pied dans le derrière. Et la farce commence, une farce qui paraît écrite au pied levé, une nuit de carnaval, dans un cabaret de Bergame, avec de jolis vers qui montent s'enrouler ainsi que des fleurs autour d'une batte. Là dedans passe et repasse toute la famille, les deux filles de Gautier : Judith dans un costume d'Esmeralda de la comédie italienne, développant des grâces molles; la jeune Estelle, svelte dans son habit d'Arlequin, et montrant sous son petit museau noir de jolies moues d'enfant; le fils de Gautier en Pierrot,

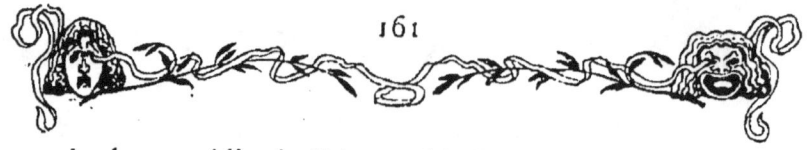

Toute entière à l'étude de son rôle d'opérette, madame de St Chalumeau crie tellement fort qu'elle s'aperçoit pas que son enfant beugle!...

(D'après un dessin de Daumier.)

un peu froid, un peu trop dans son rôle, un peu trop posthume; puis enfin Théophile Gautier lui-même faisait le docteur, un Pantalon extraordinaire, grimé, enluminé, peinturluré à faire peur à toutes les maladies énumérées par Diafoirus, l'échine pliée, le geste en bois, la voix transposée, travaillée, tirée on ne sait d'où, des lobes du cerveau, de l'épigastre, du *calcaneum* de ses talons, une voix enrouée, extravagante, qui semble du Rabelais gloussé » (Goncourt, *Journal*).

LES COMÉDIENS DE SOCIÉTÉ.

LA RÉPÉTITION.
Oh! ma fille ...reçois la bénédiction d'un vieillard !....

(D'après un dessin de Daumier.)

Les Goncourt qui ont consigné le fait dans leur *Journal* y ont mis aussi leurs débuts dramatiques à Gisors :

« Le théâtre était dans la serre; un théâtre au grand complet, un théâtre qui avait une toile re-

présentant la Ganachière, des décors, une galerie, et jusqu'à une loge grillée ! Un théâtre où le tonnerre était très convenablement fait par le bonhomme Ginette, tapant sur une paire de pincettes, sur une feuille de fer-blanc. Et savez-vous le rouge qu'on nous mettait? du rouge à 96 francs le pot, conservé par Mme Pean de Saint-Gilles et qui venait de Mme Martin, la femme du vernisseur du XVIIIe siècle et la mère du chanteur ; et l'on nous recommandait de l'économiser, s'il vous plaît. Ah! les beaux costumes de hussards que nous avions dans *le Chalet!* La magnifique perruque que portait Louis dans M. Pinchon ! Que d'incidents, de compétitions, de surexcitations d'amour-propre, à ces répétitions conduites par le père Pourrat, qui nous citait des axiomes dramatiques de Talma ! Et les charmants enfantillages au milieu de tout cela, et l'amusante colère de Blanche, le jour où le ténor Léonce lui dévora la pêche qu'elle devait manger en scène!... Et quels soupers joyeux faisait le soir la petite troupe, quand on lui servait deux douzaines de chaussons aux pommes, et quel grand jour, la veille de représentation, le jour que Mme Passy rangeait tous les costumes dans la grande chambre, où nous couchons aujourd'hui. »

L'année 1863, parut sur la scène une pièce du marquis de Massa, qui fut un événement non encore oublié, *Les Cascades de Mouchy,* revue jouée au château de Mouchy le 19 décembre 1863, par le comte et la comtesse de Pourtalès, le marquis et la marquise de Gallifet, le duc de Mouchy, le

prince de Sagan, Emmanuel Bocher, le baron Seillière, le baron Finot, etc.

Dans un parc, une cascade tombe sur une grotte.
Crétinopoulos arrive en chemin de fer avec Méphis-
tophélès ; la Fée de la Cascade les reçoit et leur
montre les actualités : la Bourse et la spéculation,
le déménagement du Jockey Club, les tableaux du
Salon, Salammbô, le Cirque et l'Hippodrome, la
chute du Tannhäuser, Giboyer, *L'aïeule*, *Les Cosa-
ques*, la guerre du Mexique, les wagons pour dames
seules, — tout cela dans un style fluide, facile, bon
enfant, au milieu d'innocents calembours : le grec
Crétinopoulos est maigre *en Grèce;* des chevaux
peints, qui se chauffent comme des *lézards*, encou-
ragent *les arts;* une cantinière se raille des privations de la guerre au Mexique, car « qu'est-ce qu'un
mauvais *régal y fait?* » Voilà la note; c'est sans
façon. Les couplets sont lestement troussés. Cette
fantaisie fut accueillie avec la plus aimable faveur.

Du même marquis de Massa, qui excella dans ce
genre de la revue de paravent et de la comédie
chamberlane, comme disait Collé, une charade en
3 tableaux, *Molière,* fut jouée le 13 octobre 1869,
encore au château de Mouchy.

Parmi les acteurs : la baronne de Poilly, la duchesse de La Trémoïlle, la princesse Dolgorouki,
la duchesse de Mouchy, le comte Florian de Ker-
gorlay, le comte Robert de l'Aigle, etc.

Au premier tableau, Choufleury reste chez lui
et reçoit. Les invités se proposent de jouer à la
charade; ils cherchent un *mot.*

Le deuxième tableau nous ouvre le parc de M. Choufleury; le *lierre* couvre des statues enchantées; un chevalier et une marquise font honte au temps présent.

L'Impromptu de la Monnaie, un acte, fut représenté chez le baron de Bussierre à l'hôtel des Monnaies, le 26 mars 1868, par le prince et la princesse de Metternich, la princesse Poniatowska, la baronne de Bornemann, Hector Crémieux, A. Blount, le vicomte de Bussierre, le marquis de Massa, — fantaisie gaie où on assiste à la confection d'une revue, où un tapissier se fait passer pour Émile Augier, où la femme de chambre parodie *Paul Forestier,* où Sardou, Octave Feuillet, la princesse de Metternich, Offenbach sont agréablement taquinés.

Le 26 mars 1865, *L'École Buissonnière,* comédie du marquis de Massa, en un acte, fut jouée à l'ambassade d'Autriche en l'honneur de l'anniversaire de la naissance de la comtesse de Pourtalès, par le prince et la princesse de Metternich, le comte de Solms, etc.; c'était une amusante fantaisie de cabaret, où les acteurs reprenaient à la fin leur nom véritable.

Beaucoup d'autres théâtres privés étaient brillants.

Du théâtre de Nohant je vous parlerai à propos des œuvres dramatiques de G. Sand (1). Je ne fais ici que le signaler.

(1) Cf. p. 263.

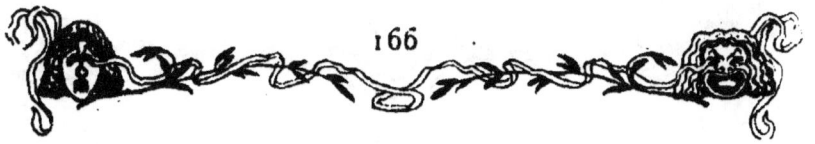

Mais la forme la plus originale sous laquelle
ce divertissement parut alors, fut assurément le
théâtre des Zouaves en Algérie et en Crimée. Et
me voici amené à vous parler des Théâtres Militaires.

CHAPITRE X

LE THÉATRE AU CAMP.

Le Théâtre Militaire. — Sous Louis XV. — Favart et Maurice de
Saxe. — Représentations à Paris. — Les Mémoires de Quantin. —
Cadix, Cabrera, Porchester. — Le Théâtre des Zouaves en Algé-
rie. — Les représentations à bord. — Le Théâtre des Zouaves en
Crimée. — Inkermann, Traktir, La Tchernaïa. — Une lettre de
Protais. — En Kabylie. — Au Mexique. — Camps et cavernes. —
Le Théâtre au Régiment (1).

Le Théâtre de Société a ses assises ordinaires
dans les salons, dans les châteaux, chez les particuliers. Il comporte des variétés, selon le milieu
dans lequel il se produit. A côté du Théâtre laïque
et civil, qui est parfois bien incivil, mettez le Théâtre de Collège, où les Jésuites, tels que le Père du
Cerceau, le P. Ménétrier, ont excellé comme auteurs, metteurs en scène et théoriciens du genre;
mettez le théâtre à l'usage des couvents, des petites
filles : *Esther* et *Athalie* en sont la gloire; mettez
enfin le Théâtre Militaire, au camp et à la caserne.
Il attend encore son historien.

Nous allons y prendre place pour un instant.

C'est une vieille tradition française de mêler des

(1) Les gravures qui ornent ce chapitre ont été reproduites d'a-
près *l'Illustration* avec l'autorisation de la Direction.

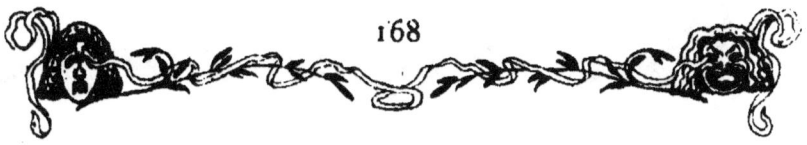

divertissements dramatiques aux jeux de la guerre.

Sous Louis XV, tout en faisant la guerre en dentelles, les officiers ne négligeaient pas les spectacles. Le camp avait sa troupe parmi les troupes, en Flandre, à Calais, où le peintre Lenfant brossa en 1750 une de ses pittoresques toiles devant le Théâtre du Camp.

Maurice de Saxe emmenait un Théâtre en campagne. Mars traînait Thalie par la main. Une compagnie de Comédiens suivait les compagnies du régiment.

Une scène était dressée sur le théâtre des opérations militaires. Les coulisses touchaient au bivouac. Le Maréchal donna à Favart la direction de son théâtre, et le combla de cadeaux perfides (1).

Le goût de la comédie suivait les guerriers en temps de paix, du camp à la ville, à la caserne et au quartier.

En 1770, des officiers avaient loué la salle d'Audinot pour y représenter devant des amis *Le Déserteur* et *Les Sabots* de Sedaine. Si le duc de Chartres n'eût assisté à la séance, le Ministre de la Guerre les aurait fait mettre au Fort l'Evêque.

Deux ans après, Bachaumont constatait encore cette fièvre de cabotinage qui brûlait le sang des braves :

« Le goût de jouer à la comédie avait donné

(1) Cf. *Histoire du Théâtre français en Belgique* par F. Faber, I, 165-392 ; et Arthur Pougin, *Biographie de Mme Favart; Mémoires de Favart;* Catal. Charavay 315, un lot de 56 lettres inédites relatives à ce théâtre; placards et documents de la coll. H. Lyonnet, etc.

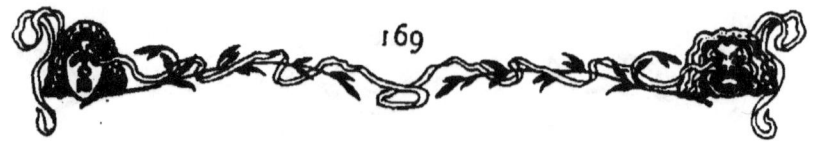

lieu à un abus considérable dans les garnisons, où l'on voyait des officiers donner au public ce spectacle indécent en s'associant aux actrices et en paraissant sur la scène avec elles. On en avait vu quelques-uns tellement ensorcelés de cette fureur, qu'ils avaient quitté le service pour se livrer entièrement à l'état de l'histrion. M. le Marquis de Montegnard, ministre d'un caractère grave et sérieux, n'a pas cru devoir tolérer un usage autorisé par des exemples du plus grand poids : il a fait un règlement qui défend absolument à tout officier, dans les garnisons, de jouer la comédie » (Mémoires secrets, 1772).

Je trouve la trace d'une représentation extraordinaire donnée en 1794, le 30 frimaire an III, par les 3.500 élèves de *l'Ecole de Mars*, dans la plaine des Sablons, au milieu d'un décor grandiose figurant le champ de bataille, avec tranchées et chevaux de frise. Au milieu se ruèrent les élèves, répartis savamment en trois milleries de fusiliers et quatre centuries de piquiers. Ils avaient le costume que leur dessina David, tunique sombre, col de buffle, sabre romain, ceinture cartouchière. Ils évoluèrent et exécutèrent une sorte de ballet militaire au pied d'une montagne de carton surmontée par une colonne portant la statue de la Liberté ; et aux accents de 200 trompettes ils simulèrent l'attaque d'un fort. Il y eut des blessés véritables qui sortirent par là de leurs rôles. Parmi les acteurs était le jeune Merlin de Thionville.

Faut-il ajouter à la liste le Théâtre de la Mon-

tansier à Jemmapes? Fétis, je le sais, a écrit :
« Marguerite Brunet, la Montansier (1730-1820),
qui voulait faire parade de patriotisme afin qu'on
oubliât ses anciennes relations avec la cour de Versailles, quitta subitement Paris à la nouvelle de
l'issue de la bataille de Jemmapes, avec les comédiens qui desservaient son théâtre et avec une car-
gaison de costumes. Arrivée au quartier général
de Dumouriez, elle sollicita et obtint l'autorisation
de donner des représentations sur le champ de bataille même, et les soldats français lui construisirent un théâtre en quelques heures. On improvisa
une mise en scène, on répéta sommairement, et le
spectacle fut annoncé. »

Il a même publié cette affiche très circonstancée,
d'après Couailhac :

La troupe des artistes patriotes, sous la direction de
Mlle Montansier, donnera aujourd'hui 12 novembre 1792,
devant l'ennemi :

LA RÉPUBLIQUE FRANÇAISE

cantate chantée par MM. Elleviou, Gavaudan, et Larti-
gues, du théâtre Favart de Paris.

LA DANSE AUTRICHIENNE
OU LE MOULIN DE JEMMAPES

ballet arrangé par M. Gallet, auteur du ballet de *Bacchus*
l'Opéra.

Rôles principaux : M. Seveste et Mlle Rivière, du Théâtre
Montansier.

Cette pièce sera terminée par une Sauteuse exécutée par
les Autrichiens. (Avis : Le public est prié de ne pas oublier

que ces Autrichiens seront des Français déguisés ainsi pour le besoin de la représentation.)

LE DÉSESPOIR DE JOCRISSE

pièce de M. Dorvigny, jouée par MM. Baptiste cadet, Durand, Gilbert, Mᴵˡᵉ Caroline et le petit Truffaut, tambour à la 27ᵐᵉ.

Le spectacle se terminera par un feu d'artifice, tiré par les canonniers de la première batterie.

Musique du bataillon de la Deule.

La plaine sera ouverte depuis le matin.

Le spectacle commencera à 2 heures.

Mais tout cela n'est que fable, inventé de toutes pièces par l'imagination de Couailhac, comme l'a fortement prouvé (1) M. Boghaert-Vaché.

Passons.

Voici l'un des cas les plus curieux. Il date de Napoléon Iᵉʳ, au moment des premiers revers des Français en Espagne.

Le 18 juillet 1808, les divisions Vedel et Dupont durent capituler à Baylen. Un prisonnier français, Quantin, fourrier au 121ᵐᵉ de ligne, dans un petit livre aujourd'hui introuvable, publié à Paris, chez Brianchon, en 1823, *Trois Années en Espagne, Sur les pontons, à Cadix et dans l'Ile de Cabrera*, a raconté les atrocités du régime auquel nos soldats captifs furent soumis. Les enfants mordaient nos officiers désarmés. Un catéchisme fut rédigé pour apprendre aux Andalous qu'un Français tué était une joie pour le Bon Dieu. On entassa

---

(1) *Intermédiaire des Chercheurs et des Curieux*, 30 avril 1904.

des milliers des nôtres sur les pontons où la famine et l'épidémie firent des ravages ; on les jeta dans l'île de Cabrera, inhospitalière et déserte, où ils habitèrent le creux des rochers et des cabanes de branchages faites par eux ; ils manquaient de vivres et d'eau, de vêtements ; les gardiens les assommaient brutalement, les jetaient dans des cuves d'huile bouillante, et exerçaient toute la cruauté d'un peuple qui fit dévorer les Indiens par des chiens, et brûler leur roi à petit feu. Le croiriez-vous ? Au milieu de ces angoisses et de cette pénurie, nos soldats français jouaient la comédie ! Écoutez Quantin :

« Des Français réunis peuvent rarement se passer d'amusement, et au sein même de la misère profonde où nous étions plongés, nous avions su nous en créer un : c'était celui de la comédie. Nous avions un théâtre établi dans une vaste citerne dont on avait habilement tiré tout le parti possible. Il avait été fondé par MM. Thillaye, officier de santé, fils d'un professeur de l'École de Médecine de Paris, et aujourd'hui chirurgien d'une compagnie de gardes du corps, après l'avoir été des gardes d'honneur ; Degain de Montagnac, sergent-major ; de Maussac, sous-lieutenant à la cinquième légion, et quelques autres. La nature m'ayant donné quelques dispositions pour la déclamation, je débutai à ce théâtre par le rôle de *Sophie* de M. *Vautour*. Ce délassement charmait agréablement nos ennuis, et devenait pour nous une occupation importante. »

Les prisonniers furent déportés en Angleterre.

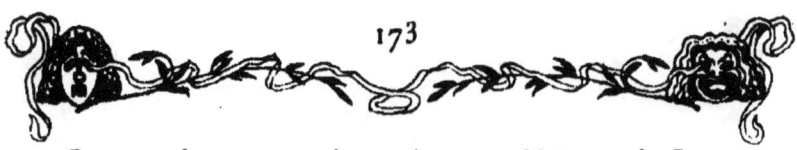

On en mit un grand nombre au Château de Porchester, dont le régime était fort dur et les locaux très insalubres. Ces malheureux à peine vêtus, en proie à la vermine, au vice et à l'ivrognerie, s'occupaient pour gagner quelques sous à faire de la dentelle,… et à jouer la comédie.

« Il faut, dit Quantin, que le goût du théâtre soit bien vif chez les Français, car dans les positions les plus fâcheuses, ils ont toujours cherché à le satisfaire. J'ai déjà dit qu'au sein même des horreurs de Cabrera, nous avions cherché dans ce délassement un allègement à nos peines : comment à Porchester, où nous étions beaucoup moins mal, la fureur de la comédie ne se serait-elle pas réveillée? Le théâtre élevé dans cette dernière prison était vraiment un petit prodige.

« Construit dans la grande tour de Porchester, ce théâtre pouvait contenir trois cents personnes. M. Carré, aujourd'hui machiniste à Feydau, en avait dirigé les travaux avec art et une adresse qui triomphèrent de tous les obstacles. Quelques riches prisonniers avaient fait les premières avances et s'étaient associés avec d'autres, qui au défaut d'argent, possédaient les talents nécessaires au nouvel établissement. Aussi tout le monde fut surpris qu'un local qui promettait si peu remplit si bien le but qu'on s'était proposé.

« Mais ce qui eut lieu de surprendre davantage encore, ce fut l'ensemble qui régna dans les travaux de la troupe comique. En effet, elle se mit à jouer tous les genres, triomphant de toutes les difficultés

à force de courage et de bonne volonté. Changements à vue, démolitions, apparitions, danses, combats, on exécutait tout avec un zèle infatigable, et le théâtre était aussi bien machiné que ceux de la capitale. Les habitants du village et même ceux des environs firent bientôt leurs délices de nos représentations.

« Une partie des loges était pour les Anglais; l'autre et le parterre étaient réservés pour les prisonniers. Les fondateurs qui s'étaient formés en société, cherchaient moins à s'enrichir qu'à donner tout l'éclat possible à leur théâtre. Les Français, galants en tous les lieux où ils se trouvent, avaient tous la prétention de plaire aux dames anglaises, et c'était à qui brillerait le plus dans ses costumes.

« Mais, hélas! trop de célébrité nuit souvent, dit un vieil axiome. La gazette de Portsmouth porta jusqu'à Londres la renommée du théâtre de Porchester, et bientôt les comédiens de cette première ville en firent ordonner la fermeture. Le motif de leur jalousie était le grand nombre d'Anglais qui venaient de Portsmouth même à notre théâtre, et vantaient beaucoup la supériorité de nos décors, et notamment une *gloire* qui fit en ce temps beaucoup d'effet. Le gouvernement craignait en outre que les prisonniers se familiarisassent trop avec les Anglais, et que ceux-ci ne favorisassent les évasions. Un Français qui avait reçu d'un Anglais un costume britannique, était sorti de la prison sans être aperçu.

« Toutefois, trois mois après, il nous fut permis

d'ouvrir de nouveau notre théâtre, sous la condition expresse que les Anglais n'y viendraient plus. Les représentations données auparavant aux Anglais produisaient 3oo fr.; celles données aux seuls prisonniers n'en rapportèrent plus que 120 : il fallut bien s'en contenter.

« Cette faveur de pouvoir continuer nos représentations était due à M. le commandant William Paterson, et au major Gentz, protecteur du théâtre et de tous les Français.

« Le cours de nos amusements dramatiques se poursuivit avec activité. Nous avions des auteurs, des pièces nouvelles, et conséquemment des cabales, des jalousies et des querelles littéraires. Ces petites tracasseries de coulisses prêtaient elles-mêmes un nouveau charme à notre société et à notre théâtre.

« Peu de temps après mon arrivée à Porchester, je m'étais hasardé à me faire maître d'école. Mais, timide et nullement intrigant, je n'avais point ou peu réussi. J'avais bien encore dessiné quelques brevets d'armes; mais cela rapportait si peu. Le hasard me mit en relations avec les acteurs, et je devins copiste du théâtre. Je rédigeai même de mémoire plusieurs pièces, et bientôt, inspiré par le diable, je crois, je m'enhardis jusqu'à donner une petite comédie en prose de ma façon.

« Je ne tardai pas à être récompensé de ma témérité. Ma pièce était cependant chargée de dialogues longs et diffus; les rôles étaient difficiles, et les acteurs qui jouèrent ma comédie le lendemain de la Saint-Martin, n'en savaient pas la moitié. Cette

circonstance me fit tort, comme on le pense bien. Néanmoins, elle se releva à la seconde représentation, et en eut douze de suite. Un amour-propre d'auteur avait lieu d'être satisfait; car les comédies les plus courues n'en avaient pas davantage, et l'on ne doit pas en être surpris dans un lieu où le public était toujours le même.

« Mais, je l'avouerai pour l'instruction de ceux qui seraient tentés de m'imiter, j'avais tant souffert à la première représentation de *l'Heureuse Étourderie* (c'était le titre de ma pièce), que je n'eus pas le courage de mettre une seconde fois ma santé à la merci des comédiens qui n'apprenaient qu'à moitié leurs rôles. »

Ils jouèrent ainsi *Mahomet*, *Zaïre*, *Les Templiers*, *Les Folies Amoureuses*, le *Barbier de Séville*, *Les Deux Amies*, et *Eugénie* de Beaumarchais, force vaudevilles, et quatre opéras, dont la musique était de la composition des captifs. Rien n'est curieux comme le livre des répétitions et de la troupe. Le régisseur était un sergent de la garnison de Paris; Sutat, maréchal de logis au dixième dragons, tenait l'emploi de *premier rôle en femme*; Wauthier, caporal de la quatrième légion, faisait les *soubrettes;* un fourrier faisait les mères. Le sergent Lafontaine, jeune premier, avait été jeune premier à Paris, au théâtre des Troubadours dirigé par M. de Piis. Le canonnier Farine joua d'abord les comiques, puis quitta la carrière ayant reçu de l'avancement. Il fut nommé *chef de cuisine,* peut-être à cause de son nom. Quantin avait

l'emploi de page ingénu. Un orchestre complet accompagnait le chant et les opéras. Garde, caporal de grenadiers au deuxième de la garde, était premier violon. Le chef d'orchestre, Corret, ancien élève du Conservatoire, devint plus tard directeur du Théâtre de Rouen. Les dragons et les chasseurs à cheval, plus légers, fournissaient les danseurs. Dans la ligne se recrutaient les lampistes et perruquiers. Les auteurs ordinaires étaient celui-ci marin, celui-là sergent-major, cet autre fourrier.

C'est l'un des exemples les plus frappants de la belle humeur, de l'endurance, de la philosophie du soldat français, que ce théâtre de Porchester installé au pied des murs humides d'un château fort, devant les barreaux des cellules, dans une cour infecte et à deux pas du champ des morts et des martyrs.

Le théâtre au camp est comme un reflet et un écho des goûts mondains de la société contemporaine. Cet engouement reparut avec les salons dans la société polie de la Restauration. L'armée suivit l'exemple.

Vers 1821, le maréchal de Castellane, n'étant encore que colonel, faisait jouer la comédie par ses officiers. Il note dans ses souvenirs :

« J'ai passé mon hiver à Moulins, m'occupant de mes houssards, jouant la comédie, donnant un bal par semaine; les dames de la ville ont débuté par refuser d'entrer dans notre troupe comique, et nous

avons été d'abord réduits aux sous-lieutenants pour les amoureuses. La jolie baronne de Bressolles, propriétaire d'un château voisin, a fini par s'engager pour les jeunes premières; d'autres ont suivi son exemple... Mes officiers ont joué la comédie devant Mme la duchesse d'Angoulême dans une grange transformée en salle de spectacle; la chaleur était excessive. J'ai fait monter des houssards sur le toit pour ôter des tuiles. Cette nouvelle manière de donner de l'air a eu du succès. Avec des fleurs de lys, du papier d'or, du drap rouge, nous avons fabriqué une jolie salle; j'ai fait venir mes décorations de Moulins. Il y avait deux cents personnes, abondance de glaces dans les entr'actes; les femmes étaient mises avec élégance. On a joué *Le ci-devant jeune homme, le Solliciteur*, rôles dans lesquels le lieutenant de Longpré s'est distingué. On a joué aussi *le Savetier et le Financier*. Des lieutenants et M. de Chabrol, fils du Directeur de l'enregistrement, ont joué les rôles de femmes; cette fête a réussi à merveille. On a récité des couplets en l'honneur de Madame... Madame avait prié M. l'abbé de Frayssinous de ne pas lui adresser de compliments dans le discours qu'il devait prononcer; M. de Frayssinous a répondu : « Madame a bien entendu les couplets des houssards; « moi je suis le houssard de la chaire. »

La conquête de l'Algérie n'alla pas sans comédies, et si le maréchal Bugeaud fut chansonné, c'est que ses soldats avaient de naturelles et longues accointances avec la poétique des revues et

vaudevilles. Les noms de La Chiffa, Isly, Milianah, Cherchell, n'ont pas seulement illustré le
théâtre de la guerre, mais aussi l'histoire dramatique; ce furent les noms des théâtres provisoires

THÉÂTRE DE L'ISLY (1844). *M. Maroc, lanneur* (Scène XIII).
(D'après une gravure du temps.)

des zouaves. Sur le terrain des opérations ils furent
d'une activité soutenue, de 1840 à 1845.

J'ai sous les yeux un lot de programmes.

Le 1er décembre 1844, le théâtre militaire de
Milianah annonce sur ses prospectus historiés, en-
luminés et tricolores, *Margot,* vaudeville en un
acte; *En Pénitence,* vaudeville en un acte; *Les Deux
Nourrices,* vaudeville en un acte; des chanson-

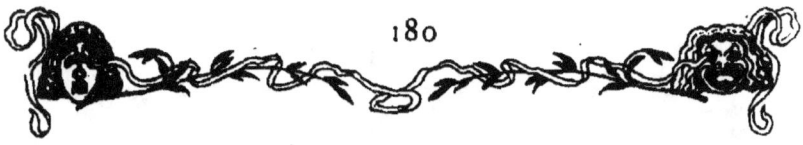
nettes et des tours de prestidigitation. Les person-
nages sont caricaturés parmi les arabesques de
l'ornementation.

Deux mois après, il prospère toujours, puisqu'une affiche illustrée de têtes de zouaves mêlées
à des têtes africaines annonce, le 2 février 1845,
d'autres vaudevilles en un acte, *Le quinze avant
midi,* et *Le Magasin de la Graine de Lin.*

Le plus gros succès fut pour une pièce d'actualité qui suivit en 1844 la bataille de l'Isly. Les
Marocains avaient été châtiés ; les zouaves en firent
un vaudeville, et j'ai retrouvé une lettre qu'un des
spectateurs écrivait à ce propos à un ami de Paris
au lendemain de la soirée. Il y raconte ainsi le
spectacle :

« M. Maroc, tanneur, veut enlever M^mᵘ Algérie, veuve fort séduisante, bien qu'elle ait d'assez
grands enfants de deux lits. Maroc compte, pour se-
conder ses coupables desseins, sur la désunion de
cette progéniture, et fait surtout des avances pleines
de douce cajolerie aux fils du premier mariage.
Une intrigante, qui a fait fortune dans l'Inde, sert
en secret les intérêts de Maroc, et se charge de
transmettre à M^mᵘ Algérie des propositions que
celle-ci repousse avec des expressions de mépris
qui font honneur à sa fidélité. Maroc a, de son
côté, des enfants de toutes les couleurs qui protè-
gent ses criminelles entreprises ; mais Algérie n'est
pas une vertu dont on vienne à bout facilement.
Elle a bec et ongles, et même de très belles baïonnettes qui reluisent au soleil et qui vont droit au

cœur de l'imprudent assez osé pour convoiter ses
appas. Maroc en a eu de bonnes nouvelles, et il se
repent peut-être, à l'heure qu'il est, d'avoir cédé
aux conseils de l'intrigante, laquelle s'abstient de
paraître sur la scène et dirige tout de la coulisse,
où l'on voit de temps en temps passer un coin de

THÉATRE D'ISLY (1844). Scène de *M. Maroc, tanneur* (Scène X).
(D'après une gravure du temps.)

ses vêtements rouges et une plume de coq, orne-
ment connu de son chapeau (l'Angleterre).

« Quelques épisodes burlesques de cette pièce
ont fait naître des rires inimitables et provoqué des
applaudissements comme on n'en voit que dans un
parterre de soldats victorieux. Un des fils du second mariage d'Algérie faisant une brochette de

Marocains; un autre revenant de la chasse avec
une carnassière bourrée de ce gibier d'une espèce
nouvelle, avait donné lieu à une explosion de
gaîté folle; mais le *lion* de la soirée a été l'acteur
qui remplissait le rôle de gardien du parasol.
Quand, après le dénouement de la pièce, le malheureux cherche à s'enfuir, emportant avec lui l'é-
norme riflard de son maître, on crut que la salle
allait s'écrouler. Heureusement la représentation
avait lieu en plein air. »

Ouvrez à cette date le *Journal d'Alger*, et vous y
trouverez l'écho de ce succès dans le compte rendu
enthousiaste :

« Durant la représentation, le café, le thé, pris
sur l'ennemi, circulaient à pleines gamelles, et les
spectateurs étaient mollement étendus sur les tapis
de la maison de l'empereur, fumaient dans les pi-
pes d'Abd-er-Rahman lui-même et de ses officiers.
Le succès de la pièce et des acteurs a été complet.
Un grenadier qui se tordait de rire en voyant la mine
piteuse de Maroc, jeta, dans son enthousiasme, sa
pipe et son tabac à fumer aux pieds de l'acteur, qui
les ramassa lestement, et remercia par un gracieux sourire son généreux donateur. Cet acteur a
reçu des propositions magnifiques de M. Dormeuil
pour l'époque où il aura terminé son engagement
dans la troupe de M. le Maréchal Bugeaud. »

L'année suivante, nos marins de l'escadre du
Bosphore suivaient ce brillant exemple; voici l'é-
cho d'une représentation de gala à bord, en 1845 :

« Les matelots du *Gomer* ont voulu donner une

petite fête à leur hôte royal, M. le duc de Mont-
pensier, à bord du *Gomer*, dans la rade de Théra-

THÉATRE D'ISLY (1844). *M. Maroc, tanneur* (Scène dernière).
Le Grenadier emporte les Marocains dans sa musette.
(D'après une gravure du temps.)

pia. A cet effet, un théâtre fut dressé à l'avant du
navire, un peintre s'est rencontré pour improviser

les décors et diriger la mise en scène. La pièce choisie était *La Sœur de Jocrisse* et *Parlez au Portier,* deux actes illustrés au théâtre du Palais Royal par Alcide Tousay et les Sainville, et devant lesquels la verve de nos marins comédiens n'a point voulu baisser pavillon. Trois ou quatre charmants petits mousses composaient le personnel féminin, et ce n'est pas sans surprise que les spectateurs ont applaudi la Cavatine du Domino noir, vocalisée à ravir par un soprano de quatorze ans. Un épisode inattendu a beaucoup égayé l'auditoire au beau milieu des coq-à-l'âne et des balourdises débitées par Jocrisse avec un délicieux aplomb. C'est la grosse voix enrouée du contremaître, interrompant le dialogue de Jocrisse et du chat-perroquet, et faisant retentir la salle de cette phrase si naturelle, vu la situation : *Allons donc, les matelots de quart!* Le prince et les dames ont beaucoup ri (il y avait à bord les dames de l'ambassade). Dire que nos matelots se sont fait tirer l'oreille pour quitter la salle de spectacle, on le conçoit. »

Il était dur en effet de quitter sa place au parterre pour la faction solitaire et nocturne.

La Melpomène des Camps eut son âge d'or sous Napoléon III. Les officiers étaient à bonne école, et l'on peut dire que la Cour elle-même était une pépinière de comédiens en uniforme. Offenbach s'en égaya largement. Chaque année, à l'automne, les *Compiègnes* étaient l'occasion, pour les généraux et les colonels, de justifier les plaisanteries de Meilhac, Halévy ou Crémieux, sur les majors de ta-

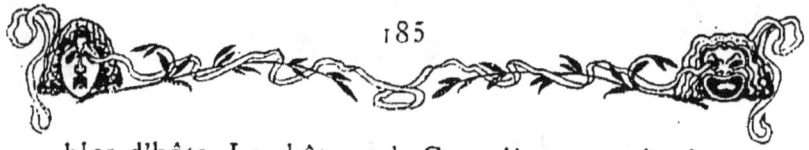

bles d'hôte. Le château de Compiègne voyait alors
se succéder chaque semaine des *fournées* d'invités (1). Tous les soirs, on jouait des charades et
des comédies.

Les régisseurs, directeurs, semainiers, souf-
fleurs, pianistes, occupaient de hauts grades dans
l'armée : le chef d'escadron Ph. de Massa, le colo-

Théâtre au Camp de Sathonay, 1859. (D'après une
gravure du temps.)

nel de Gallifet, le général Mellinet, le général
Frossard. Gallifet avait le diable au corps, et raffo-
lait de ces soirées dont il était l'âme et le boute-
en-train.

Les camps admettaient, recherchaient, exigeaient
ce divertissement du Théâtre.

Au camp de Satory, le 16 septembre 1853, la
splendide représentation du *Camp du Drap d'Or*

(1) Cf. p. 126 et suiv.

avec un orchestre de musiciens costumés en har-
peors moyen âge, et des escadrons de Preux et
chevaliers, fit sensation.

Mais rien n'approche du Théâtre des Zouaves,
en 1854, au siège de Sébastopol. Il vaut de nous y
arrêter.

Le zouave a toujours passé pour être le troupier
alerte, agile, ingénieux, aux aptitudes variées et
aux inépuisables ressources.

Un des plus jolis portraits de ce type a été cro-
qué en Crimée, par un Anglais en voyage à cette
époque, dans son livre *The picture from the bat-
tlefield by a roving englishman*. 1855.

« Le zouave, dit-il, est petit, ses traits sont ca-
ractéristiques, mais un peu irréguliers dans leur
ensemble; il a une physionomie pleine de sang-
froid et d'intrépidité qui font pressentir de suite
qu'il est capable de tout acte d'audace. Il est fanfa-
ron, mais bon et point envieux. Il croit tout ce
qu'on lui raconte, quelque invraisemblable que
soit le récit, mais il veut, en retour, que l'on ajoute
foi à ses histoires les plus inadmissibles.

« Son esprit est fin et inventif, mais le soupçon
n'a point de place; sous son apparence puérile, il
n'a point son pareil pour trouver des ressources, et
il s'arrange de façon à pouvoir toujours vivre là où
l'Industrie en personne serait réduite à mourir de
faim.

« Le zouave est brave jusqu'à la témérité, désin-
téressé jusqu'à la chevalerie, et toujours prêt à
obliger autrui avec une grâce inexprimable. Mais il

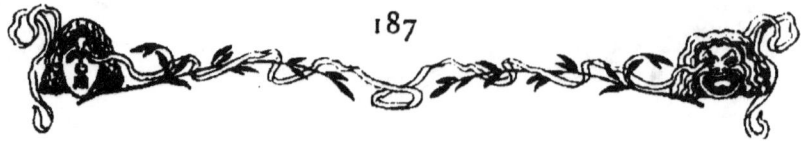

faut le gâter, car il croit en lui-même, et lorsqu'il s'irrite, il répète jusqu'à satiété cette phrase, qui pour lui veut tout dire : « *Le soldat français, voyez-vous!* » C'est le *quos ego* de Neptune.

« Mais un seul mot le calmera. Une seule marque de bienveillance le touche plus au cœur que ne feraient vingt années d'injustices. Plus on l'étudie, plus on l'aime et plus on admire en lui ce type de l'insouciance, de la contradiction, de l'esprit, ce diable à quatre enfin qui fait tout à la fois le charme et le désespoir des officiers.

« C'est un gamin des rues vêtu des habits d'un homme, toujours prêt à compromettre sa dignité dans une partie de croix ou pile ou de saute mouton. Le peu de soin qu'il a de sa personne physique ajoute quelque chose à l'effet même de son costume. Ses immenses moustaches se rouillent faute de soins : l'une s'en va la pointe en l'air, l'autre descend fort au-dessous des lèvres. Bon soldat, toujours dispos pour le combat, mais désespérant pour la parade. Son génie peut s'appliquer à tout, excepté à la théorie. Il sait trop bien ce que c'est qu'une vraie campagne pour attacher une grande importance à ce qu'on en peut apprendre dans le manuel. Il fera tout pour l'officier qui sait le commander, tout excepté l'exercice et mener une conduite exemplaire. C'est là ce qui le distingue du soldat et du matelot, toujours précis, toujours nets et passés maîtres dans l'art de mettre les choses en ordre.

« Le zouave se sert de tout objet de la façon la

plus fantaisiste, et sans se préoccuper du rapport
que peut avoir ledit objet avec l'usage qu'il en fait
et sa destination première. Il boira de l'eau-de-vie
dans une poire à poudre, et conservera des muni-
tions dans une casserole. Son aptitude est remarquable comme tailleur, savetier, blanchisseur,
cuisinier, mais il applique ses talents divers au
profit de n'importe qui, excepté au sien propre.

« Pour plaire à une vivandière ou à la femme
d'un officier qui sait le prendre, il passera les
nuits, soignera les enfants, se fera menuisier, ser-
rurier, au besoin femme de chambre. Il risquerait
sa vie sans nulle difficulté pour aller sous le
feu de l'ennemi lui cueillir un bouquet ou pour
lui rapporter du café d'une boutique de Sébastopol.

« Le zouave ainsi considéré fournirait aux frères
Cogniard un héros tout fait de vaudeville.

« Quant aux droits sur la propriété, il n'a sur
cette question que des idées très incomplètes. Il
volera sans sourciller des objets de consommation,
mais en revanche, il fera vingt milles à pied à travers les fondrières, par la neige ou le vent, s'il
découvre que sa rapine provenait d'un propriétaire
qui méritait ses sympathies.

« Il aime le maraudage plutôt par amour du
danger et par bravade que pour les avantages ma-
tériels qu'il peut en espérer. Ainsi, vous le ren-
contrerez les mains pleines d'objets conquis au
prix des plus grands périls affrontés, il n'aura rien
de plus pressé que de s'en décharger afin de se

remettre en chasse. Il récompensera le moindre témoignage d'affection par les magnificences les plus prodigues; en retour d'une pipe de tabac ou d'une goutte d'eau-de-vie, il donnera un coffret tout rempli de bijoux, produit de quelque pillage au milieu d'une ville conquise. N'espérez point pouvoir le remercier s'il vous a rendu un service; pour se soustraire à la reconnaissance, il s'enfuit à toutes jambes. Mais jamais il ne [maraude avec une persistance plus déterminée que lorsqu'il agit au profit d'un Anglais malade.

« Car ces John Bull, voyez-vous, ça n'sait rien, ça n'sait pas s'arranger comme nous autres, ça n'sont que des zenfants, mais ça nous zaime. Cré nom d'un chien! comme ça nous zaime! » (Ces mots sont en français dans l'original.)

C'était déjà l'Entente Cordiale, aussi loin qu'elle puisse aller.

Aux qualités du zouave, ajoutez celle d'imprésario dramatique. En Italie, en Chine, en Crimée, au Mexique, il organisait des spectacles en campagne, comme sous Louis XV, et l'on n'a pas oublié ces fameux théâtres militaires, Théâtre de Milianah, théâtre de Traktir, Théâtre de la Tchernaïa, dont les amateurs conservent aujourd'hui précieusement les programmes manuscrits.

Dans son livre *Malakoff*, si joliment illustré par Janet Lange, La Bédollière racontant le long siège de Sébastopol, écrivait :

« L'esprit national ne perd jamais ses droits. Pour se délasser de leurs rudes labeurs et de leurs

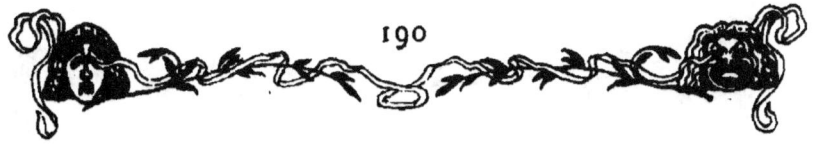

graves préoccupations, les Anglais avaient eu re-
cours à leur exercice favori : entre le quartier général et le village de Karoni, ils avaient institué
des courses plates, courses de haies, steeple-chases,
dont les prix étaient disputés non seulement par
les magnifiques chevaux des officiers, mais encore
par les chevaux turcs, arabes, tartares, et même
par les mulets employés d'ordinaire à porter les
bagages. La tribune était sur une charrette, et quelques femmes d'officiers ou de fonctionnaires recevaient gracieusement les hommages des nombreux adorateurs.

« Les Français cherchèrent à leur tour à organiser un divertissement, et le deuxième de zouaves
fonda un théâtre à l'extrême droite du camp, près
des ravins ensanglantés par la bataille d'Inkermann. La direction fut confiée au lieutenant Petitbeau. Un ci-devant artiste dramatique, M. Lassa-
gne, se chargea des premiers rôles; les conscrits les
plus imberbes tinrent lieu de jeunes premières; on
bâtit une salle avec des planches et des toiles; la
musique du régiment fournit l'orchestre, et les
représentations commencèrent. Le prix des places
était proportionné aux faibles ressources du public;
mais l'affluence fut si grande, que la moyenne des
recettes ne s'éleva pas à moins de quatre cents
francs, et que sur le produit des cinq premières représentations on put envoyer une somme de treize
cents francs aux prisonniers de Sébastopol. »

· En effet, durant le long siège de Sébastopol qui,
un an, tint immobiles les armées, on s'ennuyait.

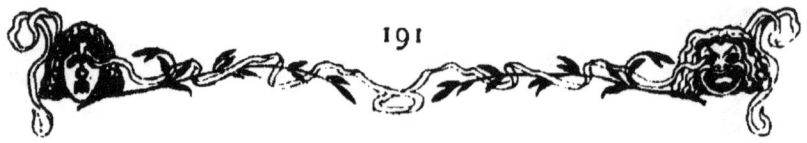

Le jour, les soldats jardinaient. Au camp du moulin d'Inkermann, des jardins furent dessinés autour des tentes. Puis des bataillons de gardes anglaises furent envoyés à Balaclava; sur l'emplacement qu'ils laissaient vide, les zouaves inventifs dressèrent des tréteaux pour l'ébattement des troupes oisives. Ce fut le théâtre d'Inkermann, qui, dix mois durant, récréa les assiégeants, Anglais et Français. Il était dirigé par le capitaine Petitbeau.

Le général Cler, dans ses *Souvenirs d'un officier du deuxième de Zouaves*, a décrit ces auditoires mêlés : Anglais, Irlandais, Écossais « à la figure rose, aux yeux d'azur », des Français, des Turcs, des Algériens, des Égyptiens, des Nubiens familiers du camp de Yeni Keui. Il a dit comment, pour lutter contre l'ennui et le choléra, le deuxième de Zouaves organisa des divertissements sur le front de bandière, jeux de balles, bagues, quilles, et construisit deux théâtres, l'un en planches, l'autre en feuillage, éclairé de lampions, sans compter un guignol monté par les clairons du régiment et dirigé par le zouave Zampt. On y jouait les œuvres du zouave Bridou.

Le répertoire était d'une intrépide actualité. Voici l'argument d'un de ces spectacles :

« L'armée russe, après la levée du siège de Sébastopol, repasse le Danube. Elle est décimée par la faim, le froid, le choléra. Le général pérore pour prouver que ces maux sont négligeables. Au même instant il est pris de violentes coliques et s'enfuit sa culotte à la main, etc... »

Les acteurs étaient tous des Zouzous du deuxième Régiment; des bacheliers, des comédiens, des jeunes gens instruits, des ouvriers des faubourgs, tous fervents de Thalie.

Les imberbes prenaient les rôles de soubrettes et d'ingénues.

Les habilleuses étaient les cantinières. La fanfare du régiment servait d'orchestre.

Le vaudeville était surtout en faveur. On jouait deux fois par semaine. Les spectacles étaient annoncés par des programmes lithographiés, illustrés de sujets comiques et satiriques, qu'on placardait dans tous les camps.

« Les affiches, dit La Bédollière, étaient enjolivées de dessins peu remarquables au point de vue artistique, quoique spirituellement crayonnés, mais qui décelaient une invincible bonne humeur. Ici un bourgeois de Sébastopol gourmandait sa femme en lui disant : « Ah! vous en tenez pour les Français, « madame Kornatoff! » Là des officiers encapuchonnés et abrités sous des parapluies riaient de cet avis : « La direction du théâtre prend les rafraî- « chissements à son compte. » Tantôt l'affiche représentait des Russes qui se glissaient du côté des coulisses, et auxquels était adressée cette insinuante invitation : « Approchez, mes petits amis, « nous voulons vous donner la pièce gratis. » Ou bien des soldats français travestis en Pierrot, en sauvages, en bergères, prenaient les armes pour repousser une sortie, et on lisait au bas du placard : « Inconvé- « nient d'établir un théâtre trop près des tranchées. »

Programme du Théâtre des Zouaves, Crimée. 1856.

Sur d'autres on lit :

— *Représentation, si les Russes le permettent.*

Et cet avis :

« Venir en armes, en cas d'appel ou d'attaque. »

Ils sont si amusants, ces programmes en marge desquels le zouave a crayonné par le menu toute la chronique des incidents du siège, l'engagement de la veille, la ration de viande en poudre qui a été accordée le matin, la curiosité des Russes qui regardent avec une longue-vue le théâtre d'Inkermann, le dernier bon mot du général, le bonnet des Écossais, le succès de la précédente soirée, le bal du lendemain, le boulet qui a traversé le toit des écuries, la distribution de tabac, etc.

Chaque semaine l'affiche est renouvelée, aussi font-ils une grande consommation de petites comédies : *la Chambre à deux lits, les Ressources de M. Coquasse, Qui se ressemble se gêne, Pascal et Chambord, le bal du Sauvage, l'Herboristerie Blavet, l'Omelette fantastique, l'Amant de cœur, le Diorama mythologique, Bruno le Fileur, Dromadard et Panadiès en Orient,* à propos en un acte, *le Salon du Cadran Bleu, Dans une baignoire, la Sonnette de nuit, Passé minuit,* et ce ne sont là que quelques-unes des pièces qui furent jouées de juin à décembre 1855 au théâtre d'Inkermann, au théâtre de Traktir, au théâtre de la Tchernaïa, et cela continue en 1856 avec *Diane de Lys et de Camélias, Sans tambour ni trompette, le Sire de Framboisy, Edgard et sa bonne,* etc.

C'étaient souvent des représentations à bénéfice d'un caractère particulièrement touchant :

« Représentation au bénéfice des blessés du combat de la Quarantaine. »

Il fallait quelquefois coller une bande au travers :

« Deux amateurs ayant été tués, et plusieurs blessés, à l'affaire de..., on a été obligé de changer le spectacle. »

Et on jouait et on riait tout de même, bien que plus d'un spectateur eût le bras en écharpe ou l'œil bandé, bien que la canonnade couvrît parfois la voix des acteurs. Le feu de la batterie Gringallet dérangeait quelquefois la mise en scène : un obus brisait une forêt ou un salon; on réparait le dommage et la comédie continuait gaîment. Une autre fois, c'était le feu de la batterie des Demoiselles, ainsi nommée parce que les filles publiques de Sébastopol furent réquisitionnées pour travailler au terrassement. Il arrivait que le spectacle s'arrêtait, et le régisseur venait faire l'annonce :

« La représentation est interrompue, le régiment a reçu l'ordre de marcher à l'ennemi. »

On repliait vivement les châssis, on roulait les robes, on empilait les accessoires dans les malles, et le fusil au poing, les artistes rentraient dans le rang, souriants, amusés, vaillants, et admirables.

Il y avait foule à ces soirées. Les officiers anglais s'y amusaient beaucoup. La recette moyenne était de 500 francs, versés chaque fois à la caisse des blessés; une partie était envoyée aux prisonniers

internés dans la ville, et ces malheureux, sous forme de tabac ou d'alcool, prenaient ainsi leur part du plaisir des amis.

Il y eut des incidents, des échos de théâtres. Bridou, dont je vous parlais plus haut, avait porté sur la scène de son Guignol les querelles domestiques du cantinier et de la cantinière.

Le cantinier, chatouilleux sur le point d'honneur, demanda à être appelé au rapport, afin d'obtenir du colonel de mener sur le terrain le clairon persifleur. Le colonel lui accorda la permission pour le lendemain, et lui conseilla d'aller voir la pièce le soir même, avant le duel. Le cantinier et la cantinière en rirent tellement, qu'au lieu du sang, ce fut le vin qui coula parmi les rires de la réconciliation. A l'une des attaques qui suivirent, le brave cantinier et sa femme furent blessés tous deux. La femme eut la médaille militaire : l'honneur après la gloire.

L'Empereur encouragea ces représentations qui lui rappelaient vaguement Compiègne, et qui exerçaient un effet heureux sur le moral des hommes, en les empêchant de s'ennuyer.

Les généraux Morris, Bisquet, Mayran, de Lavarande ne manquaient pas une seule représentation. Les officiers de l'armée britannique y étaient assidus; ils applaudissaient bruyamment aux grotesques parodies des *Anglaises pour rire*, et témoignaient aux zouaves une franche admiration.

Le célèbre peintre militaire Protais vit ces soirées fameuses, et j'ai retrouvé de lui cette curieuse

lettre qui nous donne des détails sur l'organisa-
tion, le matériel, le fonctionnement de ces théâtres. La voici avec les dessins qui l'accompa-
gnaient :

« Je vous écris à la hâte; je crains de manquer
le courrier. La fièvre, qui m'avait repris, m'a empêché de vous envoyer quelque chose ces jours
derniers. Voici trois dessins.

« Le n" 1 représente le théâtre du deuxième
zouave. Je l'ai fait très exact, ainsi que les costumes des acteurs qui jouent *Les Anglaises pour
rire.* Ce que tient le dernier bonhomme, à droite,
c'est un buste en terre, blanchi avec de la chaux.

« Les figures allégoriques ont été faites avec de
la toile de tente où l'on avait passé une couche de
chaux. Les décors ont été faits de la même façon
et très habilement. Les couleurs dont ils se sont
servis sont du rouge, du blanc, du jaune dont ils se
servent pour jaunir leurs guêtres, et de la poudre.
Le théâtre est en toile et les décors se composent de lambeaux cousus les uns aux autres. La
rampe, qui se composait de bougies, avait les réflecteurs en boîtes à conserves de fer-blanc. Les
costumes étaient encore plus curieux. Les perruques des pères nobles étaient faites avec de vieux
housseaux de peau de mouton; les manches avec
des sacs à terre où, avec de la poudre, on avait
imité des queues d'hermine. Les chapeaux de femmes avec de la toile de ceintures et de turbans. Les
manchettes brodées en papier, les faux cols aussi.
Vous parlerai-je d'un superbe habit de marquis

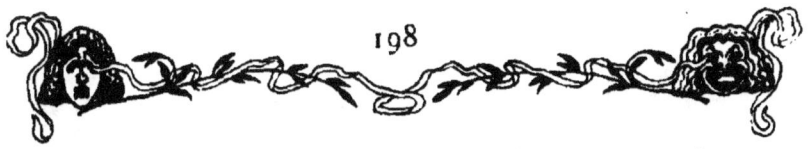

dont les broderies d'argent étincelantes étaient
faites avec des découpures de fer-blanc ? Tout cela
très adroitement, très ingénieusement fait. C'est à
n'en pas revenir de tant d'adresse.

« Voici le programme de la représentation :

1° *Les ressources de M. Cocasse*, vaudeville en
1 acte.

2° Intermède comique ;

3° *Les Anglaises pour rire ;*

4° Intermède comique ;

5° Première représentation du *Retour en Crimée*,
vaudeville en 1 acte par deux amateurs.

6° Une chansonnette comique.

Le rideau lèvera à 7 heures 1/2.

« La représentation a eu lieu avec un succès fou.
Les acteurs jouaient très bien, et le canon accompagnait les éclats de rire et les chants. La salle dont
je vous donne l'aspect, était pleine d'officiers français et anglais et toutes armes. Il faisait un clair
de lune magnifique.

« Je vous donne le dessin très exact de la scène.
Au-dessous le plan de la salle. Des banquettes sont
en terre, une petite allée au milieu entourée d'un
mur de pierre. Au bas de ce mur était une multitude de soldats. Dans la salle, officiers, sous-offi-
ciers, généraux. La musique des zouaves à l'orchestre. Un trou de souffleur. Plus en avant, supportée
par quatre perches, se trouve une toile abritant la
cantinière du régiment qui tenait une corbeille où
chacun mettait ce qu'il voulait, depuis deux sous
jusqu'à un louis. La recette a produit 700 fr.

« J'ajoute à mes croquis quelques bonshommes
pour qu'on ne fasse pas erreur dans les costumes.
Pas de shako. Il est inconnu ici. Le képi pour les
officiers ou la calotte rouge. Les officiers anglais ont
la casquette. Autour des murs, avec quelques fonctionnaires, toutes les troupes que vous voudrez. Il
va sans dire que le terrain derrière le mur est plus
élevé que celui de la salle, dont les banquettes étaient

Les Passetemps du Siège de Sébastopol, par Protais.

creusées. La scène très bien éclairée, quelques lan-
ternes à l'orchestre et le ciel au-dessus de cela.

No 2. Jeu de boules dont je ne sais pas le nom.
Il y a neuf trous en terre, et on joue avec des boulets.

« Excusez-moi, je termine brusquement; voici
le courrier qui part. »

Dans *Français et Russes en Crimée*, le général
Herbé parle avec fierté de *son* théâtre, qu'il ouvrit

Théâtre des zouaves en Crimée. Représentation du 4 mai 1855. *Les Anglaises pour rire.*
Dessin de Protais d'après nature.

« sous la voûte de la poterne du sud ». La scène
était soutenue sur des tréteaux. Le rideau était une
pièce de toile sur laquelle les artistes du régiment
avaient barbouillé des motifs d'ornementation. Les
pièces étaient du cru; les rôles joués ne ressemblaient pas aux rôles étudiés; il y avait des oublis,
des improvisations, des ajoutés et de l'esprit d'à
propos, car la réplique ne manquait jamais. L'en-
train et la gaîté des acteurs se communiquaient aux
spectateurs. Ces représentations n'auraient pu se
produire en dehors des circonstances spéciales qui
les virent naître. La salle était toujours bondée;
elle tenait 500 spectateurs.

Comment s'habillaient les acteurs? Le papier à
chocolat, la fourrure des chapskas, le fer-blanc découpé, la ficelle détortillée, les boîtes de sardines,
la poudre à cartouches pour noircir les rides et les
yeux, les peaux de moutons, les vieux habits, les
bouts de papier, les morceaux de sac, le plomb
fondu dans des gamelles, tous ces accessoires improvisés jouaient un grand rôle. Pour les emplois
de jeunes premières et de duègnes, il se trouva que
les femmes des officiers russes, en abandonnant
leurs maisons, avaient laissé dans les armoires de
vieilles robes fanées, des jupes effilochées, des chapeaux aplatis, des palatines râpées; le colonel mettait tout ce vestiaire à la disposition de la troupe,
et c'était plus qu'il n'en fallait pour les élégances
peu exigeantes des ingénues de ce répertoire particulier. La marine voulut bien prêter quelques dra-
peaux et pavillons de couleur hors de service pour

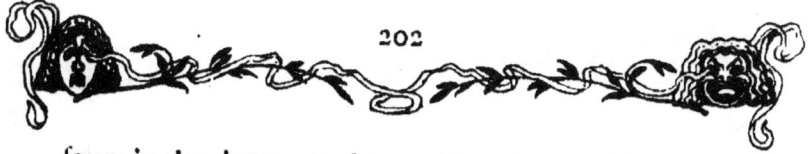

fournir des jupes et des cotillons aux soubrettes, filles d'auberges et demoiselles de la meilleure société, à qui il ne manquait rien, et auxquelles il eût fallu seulement retirer quelquefois leur barbe mal faite ou leur moustache.

Pour blanc gras, le saindoux de la cantine; pour fard, du jus de garance; pour perruques, des bouts de toison; pour kohl, de la poudre pilée dans l'eau; pour tabliers, des protège-jambes de tambours; pour casquettes, des képis sans passepoils; pour corbeilles, des bonnets à poil renversés; pour sceptre, une baguette de fusil; pour accessoires et meubles, des caisses, des bûches, des caissons, disposés de façon à figurer une armoire, un buffet, une diligence, beaucoup d'imagination et de bonne volonté étalée sur le tout : cela suffisait et faisait merveilles.

Quelquefois, au moment du lever du rideau (car il y avait un vrai théâtre et un vrai rideau), le régisseur annonçait que, *par ordre*, le régiment devant marcher pour une opération de guerre, la représentation était renvoyée au lendemain. Le cas échéant, plus d'un acteur, le jour suivant, ne pouvait paraître en scène, et pour cause : les boulets, la mitraille et les baïonnettes russes n'épargnaient pas plus les artistes que les spectateurs.

La Bédollière a noté encore ces derniers renseignements :

« C'était en chantant des refrains, en empruntant aux Variétés ou au Palais-Royal les plus joyeux vaudevilles, qu'on s'égayait à la fin d'un jour de danger, sous un ciel sillonné de bombes, le lendemain ou la veille d'un combat. Le théâtre d'Inkermann, dont les acteurs étaient des soldats, suivait les chances de la guerre, et parfois une pièce annoncée huit jours à l'avance était subitement rayée de l'affiche avec inscription : *Relâche pour cause de blessure.*

« La troupe (celle du théâtre) fut fortement éprouvée dans l'affaire du 7 juin. Le lieutenant Petitbeau fut atteint d'une balle à la tête; la jeune première, qui s'était conduite en héros, fut retenue à l'ambulance. Cependant les sociétaires, après avoir enterré leurs camarades morts, donnèrent le 11 juin, dans l'intervalle de deux gardes de tranchées, une représentation au bénéfice des blessés.

« Ce fut la dernière. Le drame du siège devenait trop saisissant pour ne pas absorber exclusivement l'attention de l'armée. Il fallait profiter des avantages remportés le 7 juin, établir des communications entre les tranchées et les ouvrages conquis, armer de nouvelles batteries, et préparer l'assaut formidable de la tour de Malakoff. »

En Kabylie (1856) les mêmes divertissements amusèrent nos troupes qui, animées par l'exemple des « lascars » de la Légion Étrangère, cultivèrent surtout le répertoire des chansons des bat' d'Af, de l'Arbi et de la Moukère-Youpaïdi !

Au Mexique aussi, il y eut un théâtre militaire. La troupe joua chez la vicomtesse de Noue, à Mexico, le 22 septembre 1866, *Les Voyageurs pour Mexico en voiture,* vaudeville en un acte du

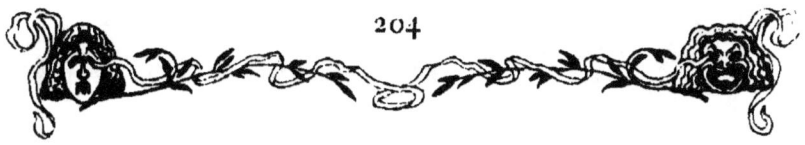

marquis de Massa, dont la scène est à Saint-Cloud. Les acteurs étaient des capitaines d'état-major, des lieutenants de vaisseau, des lieutenants d'artillerie, avec, comme souffleur, le chef d'escadrons au 5ᵉ hussard, d'Espeuilles, et un capitaine d'infanterie au piano.

En 1862, après l'échec de Puébla, nos troupes enfermées à Orizaba prenaient leur distraction dans l'art dramatique. On avait monté un théâtre d'amateurs; des soldats imberbes tenaient les rôles de femmes. Les représentations avaient lieu le dimanche; les loges étaient occupées par les familles mexicaines; le parterre était resplendissant d'uniformes. Malgré les privations, les dangers, les épreuves, l'armée n'avait rien perdu de son entrain et de sa belle humeur.

Au pays, le Camp de Châlons vit en 1857 de brillantes matinées, entre autres la représentation en costumes d'une fête de mariage arabe. Le théâtre concert reçut la visite princière du duc de Cambridge, devant qui la troupe des acteurs du 1ᵉʳ Régiment de Grenadiers de la Garde eut l'honneur de paraître.

Le Camp de Sathonay n'était pas moins bien fourni; en 1859, il y eut une représentation des *Saltimbanques* dont les journaux donnèrent le compte rendu.

De nombreuses soirées dramatiques ont été organisées à bord des vaisseaux de guerre. A bord du *Jura*, en 1862, les turcos ont ainsi joué *Le Caporal et la Payse*.

Le second Empire n'a pas emporté cette théâtrale tradition dans le tourbillon de sa finale tragédie.

La Société a continué d'aimer et de pratiquer ce divertissement. Il est aussi demeuré au camp et au quartier.

A l'École de Saint-Cyr, le jour du *Triomphe* est l'occasion de représenter une revue écrite et jouée par les élèves, avec les allusions nécessaires aux professeurs, aux menus incidents de l'année locale, et aux jeunes filles de Mme de Maintenon.

Aujourd'hui il n'est pas de régiment qui n'ait sa fête annuelle dont le programme comporte des Chansonnettes et des Comédies. Les Sidi Brahim des chasseurs sont particulièrement brillants. Dans les casernes des pompiers, d'intéressants spectacles sont organisés assez souvent, avec des scènes d'autant mieux installées que les pompiers de service dans les théâtres ont l'expérience et l'habitude des planches. Le public du quartier assiste à ces fêtes; le théâtre voisin prête les décors et les costumes; les commerçants fournissent les paquets de bougies; l'église prête les chaises. Les représentations de la caserne de la rue du Vieux-Colombier, dirigées par le capitaine Burgiart, sont célèbres. Ce sont d'excellents divertissements; pendant ce temps les hommes ne perdent pas leur temps en malsaines visites aux cabarets, et c'est le double bienfait de Thalie Martiale, d'amuser et de protéger les contingents.

CHAPITRE XI

LA TROISIÈME RÉPUBLIQUE.

Le Théâtre de Divonne. — Le Dr Paul Vidard. — Les Joanne. — La Comédie dans les Salons d'aujourd'hui. — Divers. — Mme Aubernon. — Duc de Pomar. — Comtesse de Béarn. — Vicomtesse de Trédern. — Baronne de La Tombelle. — Duchesse de Bellune. — Mme Adam. — Mme Calmettes. — M. Jacques Normand. — M. et Mme Dieulafoy. — Mme Desfossés. — Autres. — Les Marionnettes de M. Rostand. — La Motte-Saint-Heray. — Dans les Cercles. — La Schola Cantorum et le Théâtre de Verdure.

Où en est aujourd'hui le Théâtre de Société? Il prospère. Nous verrons dans le chapitre suivant que les auteurs ne chôment ni ne sont rares. Des scènes nombreuses leur offrent leurs tréteaux de velours; parfois même le théâtre reste tout monté et permanent, comme jadis. Il en est d'importants, celui de Divonne, celui de Mesdames Adam, Dieulafoy, de Béarn, etc. Nous en visiterons quelques-uns.

Entre Genève et Gex, près de Coppet, dans un site vaste et nu de longs coteaux gris qui précèdent le Jura, au pied des montagnes prochaines, Divonne étale paresseusement ses pavillons blancs

aux stores roses, et l'oasis de son immense parc
que sillonnent les ruisselets aux ponts rustiques.
Quelques masures font le village; il n'y a qu'un
hôtel, sorte de phalanstère estival, de monastère
laïque et profane où se concentre pour deux mois
la vie intense et sous pression d'une colonie parisienne énervée par les veilles de la Season, oisive et
frémissante de fatigue et d'excitation, soumise au
régime réparateur de l'inaction et de l'apathie.
Autrefois, on envoyait là les névrosés, les hysté-
riques, les agités. A présent, des amateurs viennent
partager la fraîcheur de ces bois et le calme de ce
farniente. La vie mondaine n'y affirme son souvenir que par des parties de tennis, des soirées dan-
santes fort courtes, et des représentations théâtrales, qui sont célèbres et mi-séculaires.

Ce petit théâtre a été créé en 1858 par le docteur Paul Vidart, qui jouait la Comédie lui-même,
et enrôlait ses malades dans sa troupe. Thalie était
la lieutenante d'Hippocrate. La comédie devenait
curative, et se faisait panacée. Les nerveux, atra-
bilaires, hypocondriaques, agités, inquiets, retrouvaient le calme et la santé devant la rampe, et le
cartouche qui surmontait le rideau portait cette
devise éloquente :

Castigat ridendo HUMORES.

C'était le docteur jovial, le docteur bon temps,
qui remplaçait la morgue doctorale et les ordon-
nances par le sourire et les libretti, les pots d'on-

guent par les pots de rouge, et les drogues par des vaudevilles.

En hiver, il charmait sa solitude en brossant des décors : il y en a encore une dizaine. Depuis, on a joué et on joue encore tous les samedis d'été.

M. Paul Joanne et Mme Adrienne Paul Joanne, sa femme, ont le feu sacré, attisé par beaucoup de talent. J'ai sous les yeux le registre de leur carrière, la tenue des livres de leurs rôles et de leurs états de service, depuis le temps où tout enfant Paul Joanne jouait *Le numéro 66, Soufflez-moi dans l'œil, Mon Journal,* une pièce peu connue de Fr. Coppée, ou *Embrassons-nous, Folleville.* C'est un total respectable d'environ trois cents rôles déclamés ou chantés.

Ajoutez que Divonne n'est qu'un petit coin du théâtre de leurs exploits, et qu'à Paris ils sont fort recherchés sur tous les plateaux où l'on joue. Il suffit de feuilleter leur carnet pour connaître le plus grand nombre des théâtres privés de Paris, car ils les ont pratiqués tous, et chez Mme Hachette, Mme Griset, Mme Leleux, Mme Reynier, Mme Londe, Mme Falconnet, Mme Richtenberger, Mme Diemer, Mme de Tavernier, Mme Bernheim, Mme Peigné-Crémieux, Mme Bechmann, Mme Viardot, où on jouait, dans des soirées fameuses, les dimanches, rue de Douai, avec Saint-Saëns et Bussine, des charades organisées par Tourguéneff; chez Mme Lambert, où en 1901 ils donnèrent cette primeur, *Le château de la Roche Cardon,* drame

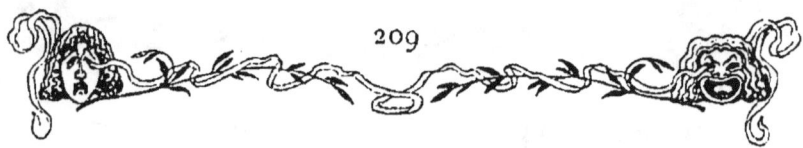

charge en 3 actes, paroles et musique de scène de
Saint-Saëns, qu'on sait être humoriste et poète à
ses heures, depuis les représentations de son *Bo-
tryocéphale*.

La vie théâtrale à Divonne est très active. En se-

Théâtre de Mme Griset : *Maître Gilles.*

maine, on rencontre sous les grands arbres bruis-
sants des jeunes gens, des jeunes femmes, la brochure en main; ils travaillent *Le Homard*, ou *Les
suites d'un premier lit*. Le vendredi, quelques
privilégiés assistent à la répétition générale. Tous
les samedis, la représentation publique pour les bai-

12.

gneurs et baigneuses est très suivie, tant pour la variété des programmes, que pour l'agréable emploi d'une soirée vide et le talent des interprètes, qui furent, en ces derniers temps, — et mettons à part l'acteur Saint-Germain : — Mlle Mathonnel, Mme Binet, Mlle Lavastre, Mlle de Crémont, Mme Bottey, Mlle Guillin, Mlle de Barck, Mlle Psycha, MM. Worth, Lebel, Seligmann, Enoch, Calmann Lévy, Geoffroy, Richard Feuillet, Jean Sardou, etc.

En 1900, le répertoire se composa de *L'été de la Saint-Martin, Les 37 sous de Montaudoin, L'anglais tel qu'on le parle, Le Petit-Hôtel, Le Cachemire, Le Homard, Un Monsieur qui prend la Mouche, Les Petits Cadeaux, Les jurons de Cadillac, La Rue de la Lune;* vous voyez quel en est le genre habituel. En 1901 on a donné *Le Sanglier, La Victime, L'Autographe, Tambour battant, L'Omelette Fantastique, Les Femmes qui pleurent, La Nuit d'octobre, Mon Isménie, Les trois Bougeoirs. Un Mari qui prend du ventre, Tous Toqués,* avec Mmes Joanne, Breal, Blanc, Stickney, Lagneau, MM. Joanne, Bernheim, Simonnet, etc.

L'affiche de 1902 portait : *L'homme n'est pas parfait, Le petit Voyage, Les deux Sourds, Le Brésilien, Quand on attend sa bourse, La Rose bleue, Un beau Mariage, Le Klephte, Mon Isménie, Le Convive,* avec M. et Mme Joanne, Mmes et Mlles Bentz, Banner, Coigniet, Binet, Lagneau, MM. Martin, Belen, Lebel, Liedekerke, etc.

C'est assurément à Divonne que la vieille tradi-

tion du théâtre privé d'Amateurs, tel qu'on l'aimait jadis, fera ses derniers pas en quittant cette terre.

A Paris où ne joue-t-on pas la comédie? Allez ou soyez allé chez Mme Charles Cartier, chez Mme de Samarine, chez Mme de Marivault, chez Mme Albert Gillou, chez Mme Arman de Caillavet, chez la comtesse de Kessler, chez Mme Menier, Mmes Ernesta Stern, Fitch, Hely d'Oissel, baronne Sipière, duchesse d'Uzès, duchesse de Rohan, baronne de Baye, marquise de Brou, baronne Morio de l'Isle, princesse de Broglie, comtesse de Chambrun, baronne de Poilly, Mme de Saint-Victor, comtesse de Beaulaincourt, baronne de Ducos, etc., chez toutes on a joué, on joue, on jouera des comédies de paravent ou des œuvres de plus haute ambition, avec les concours divers de nos amateurs les plus réputés, sans compter ceux que j'ai nommés ou nommerai à propos d'autres théâtres privés : Mmes Gaston de Caillavet, Gallet, Marguerite Sulzbach, Trousseau, de Trédern, Albert Gillou, de Maupeou, Cousin, Dumas-Matza, Kinen, de Mailly-Nesle, Léo Claretie; MM. Henri Borel, Jamin, Royer, de Bourboulon, Le Lubez, Feydeau, de Laflotte, Gillou, Marcel de Germiny, Soulier, Raquez, etc.

Un souvenir est dû au fameux salon de Mme Aubernon de Nerville, qui fit jouer chez elle Molière, Dumas, Feuillet, Sardou, Ibsen, avec des amateurs tels que M. et Mme Raoul Aubernon de Nerville, Mme Trousseau, Henri Borel, Royer, Raquez, de Germiny, etc.

Dans l'immense hall tout doré et orné de portraits d'ancêtres, le duc de Pomar fait exécuter
des programmes artistiques variés tous les ven-

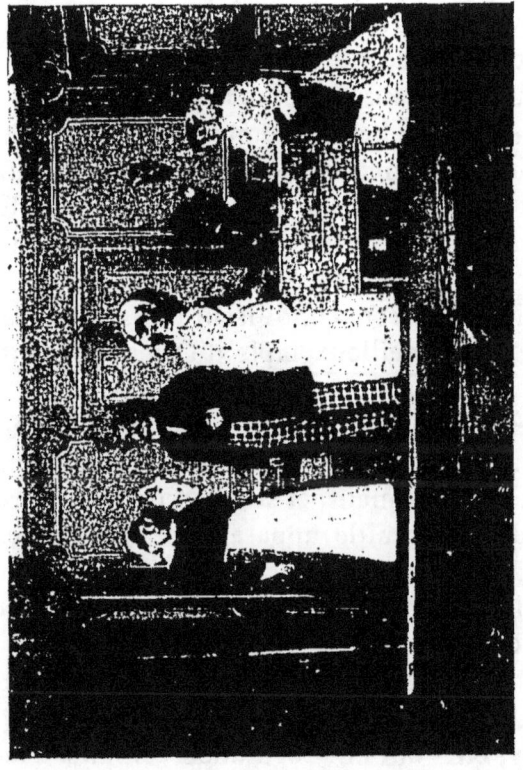

Théâtre de Divonne.

dredis, et l'on joue des revues sur la large scène
que borde une balustrade monumentale et qu'encadrent deux grandes statues, polychromées dans
le goût italien et supportant de lourdes torchères.

A l'aise entre les objets d'art qui ornent la haute salle, et dans les loggias voisines où des marbres blancs mettent la poésie des musées florentins, les suprêmes élégantes conviennent à ce cadre majestueux où dans les galeries mystérieuses, blasonnées de cinq pommes, s'estompe la royale ombre de la martyre de Holy Rood, sous la lueur douteuse d'une petite lampe.

Plus religieuse encore est l'impression qu'on a en entrant chez la comtesse de Béarn, en traversant les galeries élevées et sévères qui semblent des cloîtres d'un couvent byzantin. Et voici la grande salle, belle et nue, pareille à la nef de quelque église bâtie par le pieux Constantin. Des escaliers de pierre conduisent à des tribunes blanches; de merveilleux tapis d'Orient pendent de la voûte, comme des trophées remportés sur les Infidèles; un jour parcimonieux tamisé par de hautes lucarnes répand dans le vaste vaisseau du mystère et du recueillement, et sur la scène qui a crevé un pan de la muraille apparaissent à certaines fêtes des visions embrasées de femmes d'Orient, pâmées sous les effluves frémissants d'un lointain et invisible orchestre.

La vicomtesse de Trédern au château de Brissac et à Paris offre des soirées dramatiques et lyriques; elles ont une réputation brillante à laquelle concourt le talent mélodieux de la châtelaine.

Le duc de Massa donne souvent le spectacle à Franconville, et à Paris.

Mme la baronne de La Tombelle, depuis 1878,

date de ses débuts d'enfant, n'a cessé de jouer et
de faire jouer des comédies de Musset, Pailleron,
Coppée, Octave Feuillet, A. Daudet, Gaston Le-
maire, interprétées par Mlles de Sales, Ferrari, de
Masquard, Valentine Chauveau, Yvonne du Bled,
baronne de Bournat; MM. Albert Sage, de Mas-
sougnes, Albert Legrand, le comte de Bourboulon,
MM. Pralon, Charles Alphand, Randouin-Ber-
thier, Alfred Tarde, Royer, Étienne Enault, baron
du Teil, Mlle Falciano-Soltyk, Mme Malançon, etc.

Elle a chez elle un théâtre démontable sur lequel les décors les plus variés et les plus complets,
les plus réalistes même, apportent dans les soirées
mondaines la fraîcheur des féeries ou la poésie intime des intérieurs bretons.

Chez la duchesse de Bellune on eut souvent
le plaisir de goûter les saynètes pimpantes et les
revues humoristiques du maître de la maison.

Mme Edmond Adam (Juliette Lamber), dans sa
pittoresque abbaye de Gif, ou à Paris, dans son
hôtel du Boulevard Malesherbes, s'est plu à faire
jouer des comédies peu connues, d'un caractère
toujours artistique et élevé, choisies par son goût
éclairé. Une de ses fidèles interprètes, Mme René
Calmettes (Arsène Olris), qui tint avec succès les
premiers rôles aux représentations des exquises
Marionnettes de Maurice Bouchor, en compagnie
de Richepin, de Raoul Ponchon, de Félix Rabbe,
a pieusement gardé les reliques et les programmes de ce *Petit Théâtre,* devenu, depuis, la proie
des flammes, comme un vulgaire Opéra-Comique.

Avec la fumée ne s'envolaient pas les souvenirs de tant d'inoubliables soirées, de 1893 à 1896, où l'on applaudit *Cœur surpris (A lo hecho, pecho)*, de Breton de Los Herreros; *Le Livre à Souches (El libro Talonario)*, de José Echegaray; *Folie ou Sainteté*, du même; *Un gant*, puis *Léonarda*, de Bjornstirne Bjornson; *Cosi va il Mondo Bimba Mia*, de Giacinto Gallina; *Le Temps Nouveau*, beau drame en 3 actes de Mme Adam elle-même, avec pour interprètes Mmes René Calmettes, Jeannine Laffitte, Jubault, Mac Carthy Spiers, de Lamorflan, de Cyon, Mlle Belot, Mlle de Lorbac, Mme Dardoize, MM. Lavigerie, P. de Lapommeraie, Henri Malo, Jacques de Nittis, Croze, Multzer, etc.

Ajoutez que Mme Calmettes, chez elle aussi, tout comme Mme Dardoize sa partenaire, donne le théâtre, tantôt des mystères de Bouchor, tantôt *Le Bois* de Glatigny, ou *Alceste* d'Euripide.

Rue Dumont d'Urville. Un hall artistique, orné avec tout le goût qu'on était en droit d'attendre de la maîtresse de maison, fille et femme de poète, Mme Jacques Normand née Joseph Autran, qui tient de tous les points au monde de l'art.

Souvent la grande salle résonne des chants de poésie; avec le salon de la baronne de Baye, celui de la duchesse de Rohan, celui de la duchesse de La Roche-Guyon, celui de Mlle Vacaresco, celui de Mme Dorchain, nous avons là les dernières académies poétiques, les dernières Cours d'Amour.

Souvent aussi, devant les hautes verrières, un théâtre se dresse; de la salle, et de la tribune de

chêne, les applaudissements saluent la valeur de
l'œuvre, l'agrément·du décor, le talent des artistes;
c'est *La Petite Marquise, Histoire du Vieux Temps,
L'Éducation Sentimentale, Le Divorce de Juliette,
Voilà Monsieur*, d'Arthur Delavigne et Jacques
Normand, *La Princesse Georges, La Surprise de
l'Amour*, dans un ravissant décor de Théâtre de
Verdure; et dans la troupe qui a joué ces jolies
choses, Mᵐᵉˢ Dumas Matza, Oppermann, Menière,
MM. Lecorbeiller, Lebreton, Léo Mouton, Chau-
vel-Bize, Robert de Flers, Alphand, Bermingham,
de Ferry etc.

Rue Chardin, dans leur joli hôtel adossé aux pen-
tes du Trocadéro, M. et Mᵐᵉ Dieulafoy réunissent
en hiver, le dimanche après-midi, des amateurs
de belles œuvres dramatiques, conviés à entendre
une troupe d'amateurs. Sur le petit théâtre de velours bleu encadré de masques japonais, on a joué
et applaudi Théocrite, *Le Cantique des Cantiques*,
Calderon, Cervantes, Regnard, Lope de Vega. Souvent, un conférencier mondain présente l'œuvre
dans une Causerie préliminaire. Les acteurs et actrices — celles-ci assez rares, les rôles de femmes
étant le plus souvent tenus par des jeunes gens imberbes — se maquillent au second étage; on fait
l'obscurité dans la salle pour leur permettre de passer et de gagner le théâtre à travers le salon sans
que l'imprévu de leurs costumes soit défloré. C'est
le théâtre sérieux, de vulgarisation utile, d'installa-
tion originale et neuve. Le répertoire a été publié
avec notes, préface, gravures.

M. Dieulafoy est ingénieur, et il y a eu un Dieulafoy auteur dramatique. Comme tout se retrouve !
L'ingénieur a subi l'atavisme, il a plié sa science
aux exigences de l'art dramatique en s'érigeant
constructeur de théâtre privé. Lisez — c'est un
modèle du genre, le genre encore inexploré de la
mécanique mondaine — les pages de ce « Fontenelle

Théâtre de M. Dieulafoy : *Les Chevaliers* d'Aristophane.

des coulisses », qui a écrit la « Pluralité des Trin-
gles ». C'est à la fois ingénieux et d'un ingénieur.
De grand A en petit *b*, avec figures, coupes, plans,
élévations et projections, vous apprenez là à bâtir
une scène de salon que deux personnes peuvent
monter en dix minutes et défaire en moins de
temps. Et cela, c'est une trouvaille. Notez que c'est

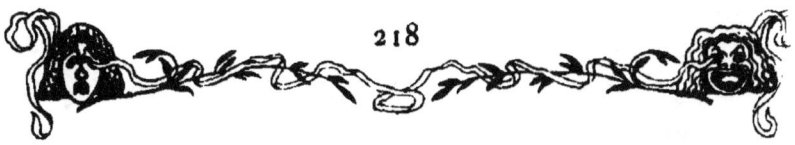

une vraie scène, avec rideau, coulisses, loge du
souffleur, loges d'habillement, côté hommes et
côté femmes, emplacement pour l'orchestre caché
de la musique de scène. C'est un miracle de construction.

L'instinct dramatique de M. Dieulafoy se traduit, en outre, par le choix des textes et par la sage
et respectueuse discrétion avec laquelle il les a
amendés pour le monde.

Quant aux lointains et longs séjours des Dieulafoy dans cet Orient, qui a laissé sur leur nom des
reflets étincelants de son glorieux soleil, ils apparaissent ici par la science exacte et informée du
costume antique, et sur ce sujet M. Heuzey seul
rendrait des points à Mme Dieulafoy : aussi il per-
drait. L'idylle de Théocrite, *le Cantique des Cantiques* sont précédés d'une description minutieuse
des costumes qu'il faut, des pièces nécessaires et de
la manière de s'en servir, avec plans, figures et tra-
cés, le Khiton déployé, le khiton à rabat, le Kut-
tonet, la simla, la fouta, le sarmat. De même pour
le moyen âge, de même pour l'Empire. Soyez as-
surés que dans les vrais théâtres, on n'est pas si ro-
bustement documenté. Dans ces simples pages de
mise en scène, quelle mine d'informations! C'est un
cours pratique et chronologique du costume, où
rien n'est livré au caprice ou à l'erreur. Ce petit livre est à la fois attrayant, instructif, savant, moral.
Oui, moral, car c'est un appel à des plaisirs sains
et élevés, une invitation à jouer partout des œuvres
anciennes, empreintes d'une bonhomie sans sur-

prise, d'une gaieté sans amertume ou d'une réelle beauté. Avec les arrangements, les éclaircissements, les conseils, les renseignements qui encadrent le texte, rien n'est plus simple, à qui voudra, de recommencer. C'est la leçon de cet excellent répertoire :

« Quel meilleur emploi pourrait-on souhaiter et attendre des facultés spéciales aux auteurs mondains, que les mettre au service d'une réaction contre des tendances fâcheuses! Quel exercice mieux approprié aux qualités si précieuses des comédiens improvisés, que présenter les ondes pures de la fontaine de Castalie ou de la Vierge à une intimité choisie, lui permettre de s'en délecter, les faire rechercher de ceux-là mêmes qui les repoussaient comme amères ou les dédaignaient comme insipides. »

On ne peut que féliciter M. et Mme Dieulafoy d'avoir ainsi plié leurs aptitudes spéciales et diverses à l'œuvre de la régénération des esprits, de l'éducation esthétique et intellectuelle des réunions mondaines.

C'est l'éclatante et imprévue revanche du paravent.

Dans sa préface, M. Dieulafoy définit avec finesse les différences qui distinguent le professionnel de l'amateur, l'acteur du mondain, l'auteur dramatique de l'auteur pour salons, et il fixe élégamment les lois spéciales du genre. Les pièces de théâtre destinées au public sont, dit-il, préparées en vue d'une perspective spéciale. « Les destinant à un

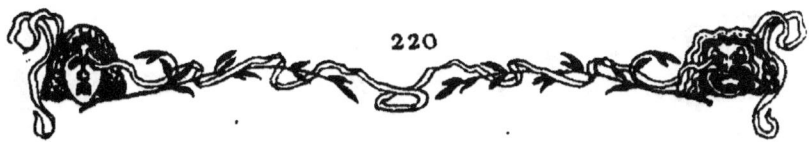

public nombreux et à des auditeurs très divers
placés loin de la scène, l'auteur appuie au lieu de
caresser, insiste au lieu d'effleurer. Comme le peintre décorateur, dont les œuvres sont destinées à de
grands édifices, il raffermit les contours, recourt
aux cernés noirs, remonte les valeurs colorées,
cherche des oppositions et les exagère. Les teintes
discrètes et les traits élégants, convenables aux
peintures et aux dessins placés sous les yeux, seraient fades ou s'effaceraient.

« Les conditions sont tout autres, dans les appartements où l'on représente des comédies et où la
scène se confond souvent avec la salle. Les artistes
mondains ne doivent pas compter sur l'éloignement
des spectateurs. Ils ne joueront pas non plus au
milieu des décors, ni sous un éclairage approprié
et favorable à l'illusion. Il en résulte qu'à leur tour,
les acteurs parfaits sur leur théâtre sont quelque
peu dépaysés les premières fois qu'ils jouent dans
un salon. Leurs effets dépassent le but, leur voix
paraît trop sonore, leurs gestes semblent exagérés.
En un mot le métier est apparent.

« D'autre part, les gens du monde ont deux mé-
rites haut prisés chez les comédiens : l'instruction
et la distinction naturelle. Elles sont leur apanage
parce qu'ils vivent dans une société où l'on goûte
l'une et l'autre, où on les cultive et où elles règnent
sans partage. A ces qualités se joignent une spon-
tanéité, une fraîcheur d'impression, et, souvent,
une émotion sincère qui, dans bien des cas, les
servent à miracle.

« Enfin si en prenant un billet de théâtre l'on achète le droit de critique et si dans le monde l'on se montre parfois sévère aux amateurs qui cherchent des modèles sur les scènes à la mode, chacun se sent pris de sympathie, de reconnaissance et, partant, d'indulgence, quand la personnalité tient lieu d'acquis; la distinction, de méthode; la culture générale, de gymnastique et de travail. »

C'est là un programme distingué, flatteur, que l'auteur complète en ajoutant que le public des salons étant raffiné et choisi auprès de celui des salles de spectacle, on peut présenter devant lui les joyaux inconnus et oubliés de la pensée, les œuvres trop délicates pour un public grossier, et qu'ainsi le niveau du théâtre d'amateurs est bien supérieur à celui du théâtre public.

Sauf pour les salons académiques, universitaires, savants et précieux, il n'en est pas toujours ainsi et cet idéal est trop élevé pour être celui de tous.

Chez Mme Edouard Desfossés, la verve de Clairville prodigue les couplets de revue, soit à Paris, soit dans le parc du château de l'Isle-Adam, qui voit renaître sur ses pelouses les théâtres de verdure du temps de son ancien propriétaire, le prince de Conti. Là fut donnée une piquante *Représentation assez extraordinaire de « La chapelle des Bois » ou « Le Témoin Invisible » de feu Guilbert de Pixérécourt, décors, costumes et style du temps,* avec les artistes de céans, M. et Mme Jean José Frappa, Mme Marthe Fournier, Mlle Maquet.

Chez Mme Guimet, chez Mme Ginisty, des revues,

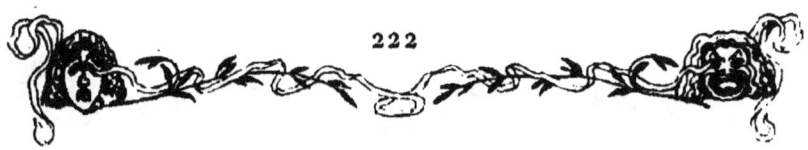
des comédies en vers alternent agréablement;
MM. Pierre Ginisty, Frappa, Sonolet, Mlles Carrier-
Belleuse, Crivelli, en sont les interprètes attitrés et
estimés.

Il y a théâtre et comédie encore chez M. Moïse,
Mme Jouët, la comtesse de Tanlay, la comtesse de
Kessler, Mme de Lovencourt, Mme Halphen Salva-
tor, la générale Galinier, le prince de Chimay, le
comte de la Boutetière, la comtesse Pillet-Will, le
comte d'Artemare, la comtesse de Chaumont-Qui-
try, la vicomtesse de Lescure, Mme Poriquet, la
comtesse Turgot, Mme Busson-Billault, Mme Jarre,
Mme Gebhardt (1).

Chez Mme Péan, au château des Boulayes,
Mlle Adrienne Péan organise avec succès et talent
des représentations agréables, où l'humour et l'art
conservent chacun leurs droits; défendus par des
interprètes habiles : Mlle Péan, Mme Aupècle,

(1) Voici un amusant incident, chez Mme Sig., qui est l'un des
auteurs les plus féconds et les plus spirituels de comédies de salons. Pour ses invités, elle en a écrit une qui ne manque pas de
sel. Elle avait surpris un flirt entre un de ses habitués, un Monsieur d'apparence grave, et sa femme de chambre, tout modeste-
ment. Un matin, elle demanda le monsieur au téléphone, et prenant la voix de sa soubrette, lui parla comme si elle était l'objet
de ces ancillaires amours. Elle prit des notes, agença toute cette
petite intrigue, et en composa une courte comédie qu'elle a jouée
devant ses invités, parmi lesquels se trouvait l'inflammable Céla-
don. Tout le monde avait été prévenu avant son arrivée. Jugez si
l'on a ri. L'acteur s'était fait la tête du héros de cette domestique
aventure. La salle a été en joie, et le Monsieur n'a eu que la res-
source de rire jaune. Il a dû bien jurer qu'on ne l'y reprendrait
plus, du moins dans cette maison-là.

MM. Alphand, Félix Marchand, Henry Menières, comte de l'Église.

N'oublions pas le guignol des familles.

M. Edm. Rostand sculpte, peint, habille des marionnettes et leur fait jouer des pièces de son cru. C'est pour lui un moyen de découvrir et de préciser des scenarios. Il a toute une théorie sur l'influence des marionnettes dans la carrière des auteurs dramatiques.

« C'est un repos, notre guignol, mais George Sand avant moi l'a compris, c'est un amusement qui crée autour de nous cette ambiance littéraire utile aux écrivains. »

George Sand avait déjà dit de même, et plus longuement, à propos de ses chères Marionnettes (1).

Il a joué, dans sa villa Etchegarria, à Cambo, pour les Basques d'alentour, *l'Anglais tel qu'on le parle*, et ses pantins furent délicieusement pittoresques : Hogson fumant sa pipe, nez crochu, moustache tombante, teint de brique; l'Interprète avec ses cheveux rares et son chapeau mat, portant une malle; la patronne avec sur la poitrine sa broche de mauvais goût; un fiacre jaune traversait la scène, et des ampoules électriques s'y allumaient à volonté (1903).

Bouchor, H. de Callias ont inventé et fait manœuvrer chez eux des marionnettes éclatantes de richesse et de beauté.

Comme, il y a un demi-siècle, au Pré Catelan,

(1) Cf. les *Mémoires* et *L'Homme de neige*.

où le lierre ronge les ruines du théâtre d'été, des sociétés ont monté des scènes en plein air.

A Bussang, un théâtre ouvert s'est fondé et attire chaque été la foule des environs.

Le Théâtre Rustique de La Mothe-Saint-Heray a produit avec succès les drames du docteur Pierre Corneille.

Dans l'ancien parc du château des Baudéau-Parabère qui sert de jardin public à la petite ville de La Mothe, une scène fut aménagée, une estrade fut construite, un éclairage fut improvisé, on trouva des amateurs de bonne volonté, et, le deuxième dimanche de septembre 1897, fut donnée la première représentation. On joua la *Légende de Chambrille*.

Depuis se succédèrent *Erinna, prêtresse d'Hésus, Par la Clémence, Charles VII*, dans un décor presque naturel.

« La scène du parc est formée par un terre-plein assez vaste, surélevé de 80 centimètres, adossé à une colline boisée, et se continuant de chaque côté par des allées en pente douce qui se perdent sous bois. Ce terre-plein était primitivement séparé du parterre par une simple pente gazonnée. La pente fut remplacée par trois marches de pierre de taille et, sur la marche supérieure, on établit une rampe à réflecteurs alimentée par un puissant réservoir d'acétylène. Un trou de souffleur fut creusé, des marches encore mirent les allées latérales en communication avec la scène, qui se trouva ainsi mieux limitée. Une grotte profonde, creusée depuis des

siècles au flanc du coteau abrupt qui nous sert de fond, fut percée pour dégager la scène. Les vitraux sont de vrais vitraux, notre toit de chaume est un vrai toit de chaume; les murailles de toile peinte appuyées sur un vrai sol, qui supportent un vrai toit, qui sont ombragées par de vrais arbres, donnent au spectateur, même en plein jour, l'illusion de la réalité. »

Par un souci louable d'authenticité, dans *Marie de Magdala,* les costumes venaient de Palestine; Jésus portait le burnous sur la tunique brune; Marie et Marthe étaient vêtues de chemises de gros fil de lin telles que les femmes de Judée les tissent sur leurs métiers rudimentaires. Le tombeau de Rachel était exactement reproduit dans la roche. C'est vraiment le théâtre de la nature.

Les Cercles sont les temples naturels de la Thalie familière. A L'Epatant, à Volney, au Cercle militaire, à l'Automobile Club, chaque hiver ramène les joyeuses revues et les comédinettes entre soi, — sans oublier le fameux cirque Molier et ses soirées annuelles, si recherchées.

Je signale quelques récentes tentatives.

Le 22 juin 1903 la *Schola Cantorum* dirigée par M. Bordes a organisé dans son jardin une reconstitution ravissante de ce que furent au XVIIIe siècle, à Versailles, les *Théâtres de Verdure,* qui, à côté des fêtes de gala, offraient un spectacle aimable et impromptu, en plein air, devant les bosquets, au tournant de l'allée du parc. On y a exécuté les *Fêtes vénitiennes* de Campra, *La Guir-*

lande de Marmontel et Rameau, et les *Sabots* de
Sedaine et Duni. Des amateurs, comme le comte de
Gabriac, la vicomtesse de Trédern, figurèrent dans
cette jolie soirée rétrospective, qui amena en foule
les élégantes du Tout Paris sous ces arceaux de
verdures piqués de lumières discrètes, de statues
blanches de faunes et d'amours, de roses et de costumes tendres. Tout un coin du galant xviii° siècle
a ressuscité là pour quelques heures.

La tentative a été renouvelée le printemps suivant au Cercle Saint-James. Enfin, le 22 juin 1904
Œdipe Roi, avec MM. Mounet Sully et Paul Mounet, fut joué en plein air au Théâtre des Fleurs du
Pré Catelan dans une représentation magnifique et
unique, organisée par la *Société d'Histoire du
Théâtre,* qui semblait avoir apporté le Théâtre
d'Orange au Bois de Boulogne, devant une assistance brillante et charmée.

CHAPITRE XII

LOIS DU GENRE ET AUTEURS DE SALONS.

Psychologie des Comédiens Amateurs. — Les rôles d'amoureux. — Trop de zèle. — Rivalités et vanités. — La Comédie dans la salle. — Bons conseils. — L'avis de Delille. — La faillite des auteurs de Société. — Types de jadis : Collé, Laujon. — Carmontelle. — Mme de Genlis. — *La petite Thalie* de M. de Moissy. — Il n'y avait plus d'enfants. — Précocités rares. — La comtesse de Ségur. — A la russe. — Marquis de Massa. — Legouvé. — Alfred de Musset. — *Spectacles dans un fauteuil.* — Méry et son Théâtre de Salon. — George Sand et le Théâtre de Nohant. — Les Pupazzi. — Edmond About. — Édouard Pailleron. — Eugène Verconsin. — Écrivains d'aujourd'hui. — M. de Montferrier. — *Villemain comédien.* — *Le Commerce des brochures.* — Caractères du théâtre privé contemporain. — Gaîté, convenances et bourgeoisie. — Avantages et espérances.

L'acteur et l'actrice de salons sont des types bien définis.

Lui, il plastronne, il s'amuse, il travaille, il se remue, il fait l'important et le nécessaire, conseille, donne l'exemple, se prend la tête dans les mains, se désole de la négligence de ses partenaires, lève de grands bras, et on le voit se retourner vers le mur avec des gestes désespérés, en s'écriant :

« Il n'y a pas moyen! Ils ne savent pas! On ne

sera jamais prêt! Songez, Messieurs, que c'est
l'avant-dernière répétition! Comment voulez-vous?
Voilà Buckingham qui n'a pas encore ses bottes!
Et le notaire! ses plumes d'oie? Quand en aura-t-il?
La duchesse ne peut pourtant pas être coiffée
comme Mimi Pinson! Et le chevalier! pas encore
là! Il n'est venu qu'une fois! Il faut lire son rôle!
Ce n'est pas la même chose! Il devrait bien penser
que son absence gêne les autres! Et puis, vous sa-
vez, le jardinier est très enrhumé; vous verrez qu'il
nous fera faux bond; on aurait dû doubler le rôle,
je l'ai toujours dit. Non, dans ces conditions-là,
c'est infernal! »

L'actrice a travaillé son rôle pour la mémoire durant dix jours; elle le sait; les femmes savent beaucoup mieux leur texte que les hommes. Mais le
trac la démonte, et elle en verdit à l'avance, tout
inquiète :

« Si Mme G. est dans la salle, je suis perdue!
Elle me paralyse; elle est si méchante! Elle trouve
toujours à se moquer! Elle vous fait bon visage,
et vous déchire par derrière! Oh! ce chapeau! non,
je ne peux pas entrer en scène avec ce chapeau! la
plume est défraîchie! Quoi? on attend? oh! qu'on
attende! je n'ai pas envie d'être ridicule. »

C'est qu'il s'agit de triompher, de l'emporter sur
Mme Z., de conquérir le suffrage de tous et de
toutes, — de tous, c'est facile, car on est jolie, coquette, gracieuse, et les hommes, on les tient,
mais toutes! Quelle armée d'envieuses et de ja-
louses à mettre en déroute et en détresse! quelle

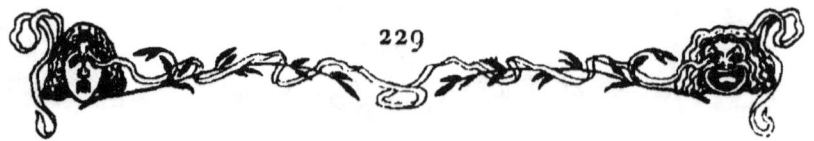

partie à risquer! On joue un modeste rôle de femme de chambre, mais comme l'a bien noté Bertall, on ne voudra pas renoncer à porter son magnifique collier de perles.

La *Vie Parisienne* expliquait plaisamment, vers 1882, *pourquoi l'on tient à un rôle* parmi les *Comédiens de Société*. Le Bel Arthur demande *Les caprices de Marianne*; il jouera Octave. On trouve que c'est bien difficile; il prétend que c'est simple comme bonjour. « Moi je ne suis qu'un débauché sans cœur, je n'estime point les femmes... ma gaieté n'est qu'un masque »... Il dira cela avec la légèreté d'un éléphant, mais il aura un collant gris perle. Il a vainement fouillé tout le répertoire, il n'y a que Célio, il n'y a pas plus collant. Madame de Valtanet demande *Zaïre*. On lui répond que c'est bien ennuyeux. Elle s'obstine. Voilà pourquoi. Elle n'est ni très jolie ni très bien faite, mais ses pieds sont de véritables objets d'art. Elle tient à les montrer. Les rôles à jupe courte lui sont malheureusement interdits parce que ses jambes rappellent des lattes, en moins épais. Le costume de Zaïre semble créé pour faire valoir ses pieds sans montrer le reste. Pas le plus petit coin de jambe, une culotte de zouave prolongée...

La belle madame de Guadalquivir désire que l'on monte *Marie Tudor*. En vain on objecte qu'il faut trop de rôles importants, trop de mise en scène, un acte sur les bords de la Tamise, un acte à la Tour de Londres, que ça durera six heures à jouer. Elle ne veut rien entendre. Elle sait que le rôle

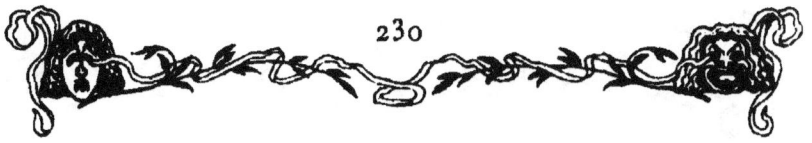

conviendra à son teint mat, à sa bouche sanglante, à ses yeux violets, à ses cheveux noirs et crépus. Le manteau de cour lui sied et elle aura l'occasion de montrer une couronne fermée en diamants et rubis dont l'origine est un mystère.

Madame de Flirt exige *Le mariage de Figaro;* elle veut absolument jouer Chérubin, parce qu'elle a des jambes de déesse et que le maillot de page est fait pour elle. La petite Madame de Rebondy veut qu'on joue *Tartufe;* elle se cramponne avec opiniàtreté au rôle de Dorine parce qu'elle a la plus jolie gorge qu'on puisse voir, et qu'elle est sûre de son succès quand Tartufe dira :

Cachez ce sein que je ne saurais voir.

Madame d'Hoasys demande qu'on choisisse le *Saül* de Voltaire. Elle n'y prétend qu'au rôle secondaire de la jeune Abisag de Sunam. Elle n'a que trois phrases à dire. On s'étonne de cette toquade pour un rôle aussi effacé. C'est qu'on ignore qu'elle a des hanches hors lignes, que c'est précisément parce qu'on l'ignore qu'elle serait bien aise de le faire savoir, et que le costume d'Abisag est très transparent. Il est certain que ceux qui ont amené cette recrue au vieux David n'ont pas dû la vêtir de bure impénétrable à l'œil. Elle aura une tunique de gaze diaphane lamée d'argent, des grappes de sequins de corail et d'ambre souligneront les contours et les ondulations saisissantes. Et voilà pourquoi on jouera un chef-d'œuvre!

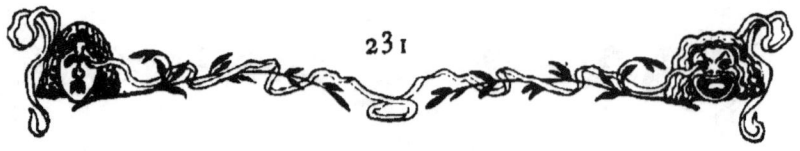

Le divertissement de la comédie de salons est un mélange de cabotinage, d'audace et de timidité; c'est le prurit des planches avec la peur d'y glisser; c'est le désir d'être admirée, fêtée, louangée par beaucoup, par ceux qui sont là, par ceux qui n'y sont pas, mais qui entendront parler de la soirée; il s'agit de la conquête du monde; les amateurs sont les conquistadors de la gloire en chambre.

Et quel dépit au moindre accroc! Si la louange est tiède, sage, c'est-à-dire si elle n'est pas hyperbolique, bouillante à brûler l'épiderme, alors quelle déception, quelle mélancolie profonde!

C'est le mot de la légende de Daumier :

« Madame, Mlle Mars a bien fait de mourir, elle eût été dépitée de voir votre si beau talent. »

La dame à part soi :

« Ce monsieur a l'éloge bien froid! »

La malheureuse redit son rôle, se répète les passages où elle a bronché, se gourmande :

« C'était si facile! Comment ai-je pu manquer! Je n'avais qu'à faire ceci, à dire cela! Bast! On n'est pas des acteurs! Cela n'a pas d'importance. »

Et cela en a si peu, qu'elle rougit d'y penser, et des larmes lui montent aux yeux, et elle voudrait mourir.

En général, les gens jouent médiocrement. Et comment en serait-il autrement? Tout art doit s'apprendre longuement et à labeur. On ne s'improvise pas professionnel. Il s'agit de s'amuser, plutôt que d'amuser les autres, et le charme est

tout dans les répétitions. Le public est un groupe négligeable de martyrs et de complaisants.

Il en fut toujours ainsi. Écoutez Mercier avant 89 :

« On pense bien, dit Mercier, que ces acteurs, qui représentent pour leur propre divertissement, ne sont pas assez formés pour satisfaire l'homme de goût; mais en fait de plaisir, qui raffine à tort. »

Au demeurant, ces défaillances mêmes sont un ragoût et un piquant qui ont leur mérite :

« Je n'ignore pas qu'on y déchire sans miséricorde les chefs-d'œuvre des auteurs dramatiques, qu'on y estropie les airs des meilleurs compositeurs; que ces assemblées donnent lieu à des scènes plus plaisantes que celles que l'on représente : et tant mieux; le spectateur s'amuse à la fois de la pièce et des personnages » (Mercier).

Et voilà de la philosophie. Il en faut surtout aux auteurs joués. Entendez Collé résumer le bilan de sa troupe par profits et pertes :

« Le jeudi 5 du courant je vis représenter ma comédie du *Vieux Dupuis*, chez Mme de Meaux. Elle jouait le rôle de Marianne; M. Coquely, celui du vieux Dupuy; M. de Romgold, celui de Desronais, et M. de Crébillon, celui de Dubois : en général, la pièce n'était pas assez bien sue. Mme de Meaux n'a point assez de poitrine, de force, de sentiment et d'intelligence pour rendre le rôle de Marianne; je n'en ai été nullement content; je l'avais été mille fois davantage aux répétitions. De Romgold joua très bien le sien autant que sa

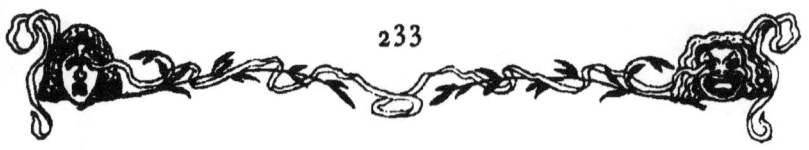

figure put le lui permettre; il y mit un jeu étonnant; il eut peur et manqua de mémoire au premier acte. M. Coquely rendit dans la dernière perfection le rôle du Vieux Dupuy; je n'ai point vu
de comédien plus chaud, plus comique et plus
naturel. »

Joue-t-on à Fontainebleau l'opéra *Silvie* de
Laujon et Trial? il n'y a point eu assez de répétitions, les chœurs « vont de travers », les chan-
teurs « chantent faux », les décorations « ont manqué ». Ces impressions sont de 1765 : elles sont de
tous les temps. Il faut apporter des trésors d'indulgence et de belle humeur. Les délicats y sont
malheureux.

Certes il y a de jolis talents; car il y a en tout
des exceptions. Il y a aussi des amateurs qui jouent
admirablement du violon et qui chantent « comme
au théâtre ». Il y a des acteurs amateurs qui ho-
noreraient une scène honorable. Il y en a eu, il y
en a, il y en aura. Au siècle dernier, l'avocat Coquely que nous venons de croiser, était célèbre,
et Collé (1) lui rendait cet hommage :

« M. Coquely de Chaussepierre, avocat au parlement et conseil de la Comédie en cette qualité, est
lui-même un des meilleurs comédiens que j'aie
jamais connus. Il a un masque excellent, une intelligence supérieure, un comique et un naturel
que je n'ai vus qu'à lui. Je ne crains point de dire
qu'il est au-dessus de Préville. Ce malheureux ta-

(1) Collé, III, 235.

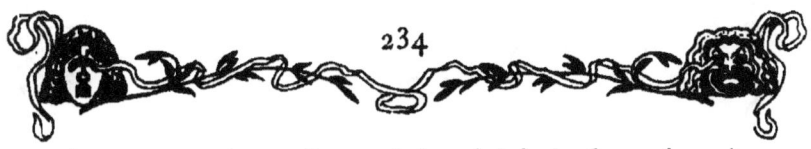

lent et un amour forcené du plaisir le font vivre à pot et à rôt avec les comédiens et les comédiennes, dont il s'abaisse à être le camarade et le compère. M. Coquely est d'une très ancienne maison bourgeoise; il a près de soixante ans, et rien ne peut l'excuser de l'avilissement dans lequel ce commerce flétrissant l'a jeté; mais ses mœurs ne font rien à son talent. »

Nous avons en ce moment, et il serait facile d'en faire le dénombrement et le compte, des acteurs amateurs d'un talent sûr et agréable. Ils sont davantage de l'autre espèce.

La fonction est, il faut le reconnaître, difficile. Les rôles gais sont plus communément accessibles. Rien n'est rare comme un bon amoureux. Cet emploi est sans succès, dans le monde. Un des théoriciens du genre, le marquis de Massa, s'en expliquait :

« *Le rôle d'amoureux est difficile.* L'auteur est trop enflammé, ou pas assez; il est en bois ou en étoupe; il ignore l'art de faire vibrer la voix dans l'émotion passionnelle, d'arrondir les bras congrûment; s'il met un genou en terre, il se trompe de côté; il flageole, il chevrote, il est grotesque. »

S'il répète avec un acteur, il est guindé, ridicule, invraisemblable, glacial. Le comédien lui dit :

« Allons! pas ainsi! Animez-vous! Madame est assez jolie pour vous enflammer, que diable! Vous mollissez! Vous manquez de feu, de vigueur, de conviction! Chauffez!

— Oh! je sais bien! C'est vous, c'est votre présence qui me paralyse. Sortez un instant, et je jouerai au naturel, comme le soir de la première.

— Sortir? Je veux bien! mais le soir de la première, est-ce que vous prierez votre public de sortir? »

Une autre espèce est le comédien amateur trop consciencieux, qui étudie les nuances, fignole, coupe un mot en quatre et une syllabe en huit, fait un sort à chaque adverbe et souligne les conjonctions; il martèle, il forge, il hache, équarrit et boulonne ses rôles. Il est comique. Le comble fut cet amateur dont on conte que dans les *Comédiens* de Casimir Delavigne, il avait à dire : « Le public s'informe comme on *joue*, et non pas comme on *pense*. » Au premier mot, il se frappa la *joue*, et le ventre, au second.

C'était trop de zèle et trop de méticuleuse intelligence.

Chez Mme d'Epinay, à la Chevrette, un soir, Bacquencourt, dans une tragédie, s'arrêta court :

Mais, Seigneur, si Louis...

Il répétait éperdument cet hémistiche en attendant le secours tardif du souffleur. Son partenaire, La Live, riposta :

« Eh bien, Seigneur, six louis font 140 livres. »
On rit et l'incident passa.

« Le comédien de société, dit Roger de Beauvoir, est pour l'ordinaire un garçon d'un âge raisonnable, rêvant à l'avance ses couronnes, épanoui,

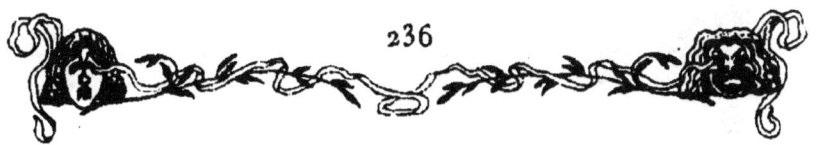

radieux quand le grand jour vient, et se placardant de rouge tant la joie l'étourdit. Dans le monde, le comédien de société ne dit pas grand'chose. Il se réserve, il se ménage, comme un groom qui doit courir à Chantilly. Il a sur la table de sa chambre plusieurs pièces passablement vieilles et maculées qu'il a achetées chez Barba et dont les interlignes sont remplis au crayon par des indications de sa façon. Le type du comédien de société varie selon l'occurrence : il y a le comédien sérieux, le comédien jovial, le comédien dindon, qui remplit indistinctement les rôles de père noble et d'amoureux. »

Qui dira les tracas, les incidents, les difficultés de tous genres qui précèdent, entravent, compliquent l'organisation de ces spectacles! Comment trouver la pièce, les rôles qui pourront satisfaire chacun? Celui-ci se plaint que son rôle est trop long :

« C'est écrasant! »

Celui-là gémit de n'avoir que quelques répliques :

« C'est une *panne!* »

Celle-ci a un rôle trop âgé par son âge; il faut une robe rouge, et le bleu va mieux à ses cheveux; la toilette jaune de sa partenaire va lui tuer le teint!

Mennechet dans *Les Cent et Un* a dit les joies de ce sport :

« On s'occupe d'abord du choix des pièces, et comme la maîtresse de maison a une jolie voix et prend des leçons de Benderali, on se décide pour le

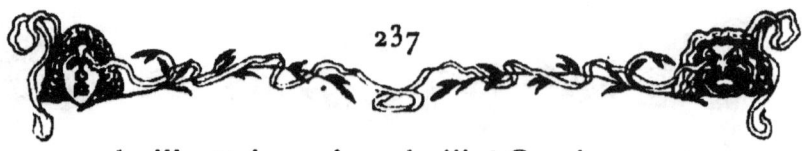
vaudeville, mais quel vaudeville ? On n'en manque pas. Cherchons. *La visite à Bedlam.* Non pas, dit une dame, j'ai mon mari à Charenton et cette pièce me le rappellerait. *Le Secrétaire et le Cuisinier ?* Vous n'y pensez pas ! s'écrie tout bas un jeune homme ; ce gros intendant militaire qui joue là-bas au whist a porté autrefois le bonnet de coton, et ce serait une personnalité. *Hé* bien, *Le Diplomate !* Je m'y oppose, dit une vieille dame, mon petit-fils est troisième secrétaire d'ambassade à Copenhague et je ne sais pas véritablement comment M. Scribe ose se permettre de tourner la diplomatie en ridicule. »

Cela, c'est la préface de la comédie ; en voici l'appendice :

« A la comédie sur le théâtre succède la comédie dans la salle ; il n'est pas de compliments, pas d'éloges, pas de flatteries qu'on ne jette à la tête des acteurs, qui finissent par en être embarrassés. On n'entend plus que ces mots : « Comme un ange ! » C'est un terme convenu. La formule obligée : comme un ange ! se dit et se répète à tous sans distinction ; comme un ange ! subit tous les tons et toutes les inflexions de l'accent laudatif et il n'est pas jusqu'au souffleur qui ne reçoive son : Comme un ange ! » (Mennechet, *Les Cent et Un*).

Et après tant de tracas, on est vilipendé, bafoué, traîné dans le ridicule ou la honte, blâmé de ceux-ci, censuré de ceux-là, guetté par l'opinion et la chronique, déchiré par les réactionnaires ou les socialistes, et le marquis de Massa, dans sa cha-

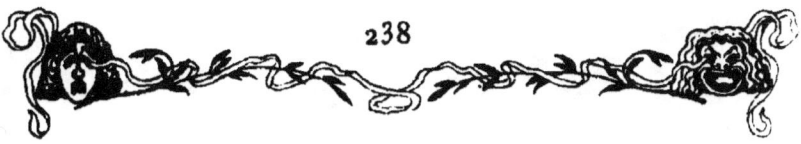

rade *Molière*, notait cet inconvénient de la sévé-
rité publique :

LE CHRONIQUEUR, entrant.

Un théâtre de société... une Comédie de salon...
Parfait !... Je tiens un éreintement de première
classe...

CHOUFLEURY.

Comment? Encore un ?

LE CHRONIQUEUR, écrivant.

Signe des temps : la démoralisation continue;
le cabotinage envahit les hautes classes... la littérature de l'*Œil crevé* inonde les salons.

CHOUFLEURY.

Pardon, Monsieur ?... il n'est nullement question ici d'œil crevé...

LE CHRONIQUEUR.

Laissez-moi donc achever ma tirade !... (écrivant). Hier soir encore.... dans un château du dé-
partement de l'Oise... les cascades les plus folles...

CHOUFLEURY.

Mais, sapristi !... Monsieur !... Vous voyez bien
que ce n'est pas vrai... Savez-vous que c'est très
mal ce que vous faites là ?

LE CHRONIQUEUR.

Je le sais bien.

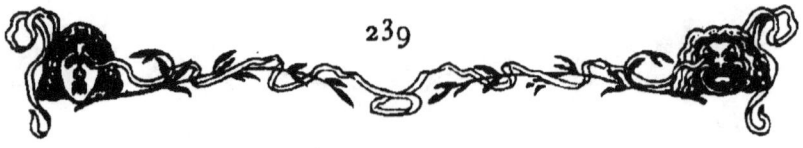

CHOUFLEURY.

Eh bien!... alors?

LE DEUXIÈME CHRONIQUEUR.

Mais c'est ça qui me fait vendre mon journal...
plus ma morale est indignée, plus ça fait vendre
mon journal!...

Et ce n'est rien quand les moralistes ne s'en
mêlent pas, et quand les chastes poètes ne montent
pas leur lyre au diapason des plus éloquentes indi-
gnations :

> Voyez-vous ce tracas de sotte vanité
> Et les haines naissant de la rivalité!
> C'est à qui sera jeune, amant, prince ou princesse,
> Et la troupe est souvent un beau sujet de pièce.
> Vous dirai-je l'oubli de soins plus importants?
> Les devoirs immolés à de vains passe-temps?
> Tel néglige ses fils pour mieux jouer les pères;
> Je vois une Mérope et ne vois point de mères (1).

Mais qu'est-ce là au prix des joies, des triomphes, des coquetteries, des amusements, des rivalités charmantes, des enjolivements flatteurs du
costume, des rajeunissements éphémères, des faci-
lités d'entrevues, des commodités faites à la maîtresse de maison qui serait fort empêchée d'amuser
et d'occuper tout son monde? Il faut des roses à
l'ouvrière, il faut des théâtres aux châteaux et aux
salons; n'en médisons pas.

(1) Delille, *L'Homme des champs.*

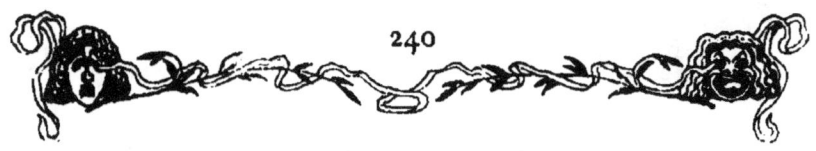
Il en a fallu sans doute plus qu'il n'en faudra. On peut le prédire, à envisager la diminution constante du chœur des auteurs spéciaux. Ils étaient autrefois légion; ils sont aujourd'hui minorité, sinon élite. Le théâtre salonnier ne joue pas moins, mais joue de préférence les mêmes œuvres que les théâtres réguliers. Il y a eu bascule. Les grands théâtres se sont baissés à la hauteur de l'estrade des salons. Thalie a eu la prudente sagesse de songer que d'un sac on peut faire deux moutures; elle a fondé et ouvert de petits théâtres qui n'ont de commun avec les Communautés religieuses que le seul nom de Mathurins ou de Capucines, et on y a joué publiquement des saynètes de théâtre privé; et il s'est trouvé des gens pour payer leur place au spectacle, qu'ils retrouvaient gratis le lendemain en quelque soirée mondaine. Jadis c'était une profession — et une profession lucrative — d'écrire pour les théâtres d'amateurs. On y gagnait le logement, la nourriture, une pension, des égards, tout comme pour des dédicaces. On devenait l'ami de la maison, parfois l'amant de la dame, comme Laharpe et Colardeau, souvent l'associé du mari dans ses fermes et ses revenus. Il faut lire avec quel souci pratique et commercial Collé combine son affaire, à l'affût des théâtres privés qui s'ouvrent dans les grandes maisons, prêt à s'y immiscer, car il y a toujours gros à gagner, et à disputer la place à son concurrent perpétuel Laujon. C'est la lutte pour la vie, une entreprise, une affaire, un rapport; et le métier est si pénible!

Collé a consigné dans son *Journal* ses espoirs, ses rancœurs, ses joies, son mépris pour ces seigneurs dont il est l'amuseur, l'homme obligé, et au milieu desquels il vient « s'enducailler ».

Le prince de Condé est-il là ? Voisenon et Laujon sont chargés de composer les couplets à la louange de « ce jeune zéro » (Collé). Mais il faut bien *louailler*.

Il excella aux parades poissardes et harengères, dont il s'instituait le Corneille.

On était souvent volé, ce qui prouve que tout, même les riens, est « sujet à la pince », comme disait Marot. Les seigneurs lisaient le manuscrit de l'auteur, et daignaient l'adopter, le signer, en usurper la paternité. Collé s'en plaignait à son bonnet, le seul confident discret (1).

Il publia son très considérable théâtre de société en février 1768 chez les Barbou. Il nous confie, comme à de simples clients, qu'il lui en a coûté 3077 livres 10 sous, et qu'il se vend 8 liv. 8 s. les 2 vol.

Quant au succès, il en répond :

« Je sais que mon talent pour la comédie est borné, c'est un très petit talent ; je vois cependant que depuis un an on se jette avec avidité sur les pièces de mon théâtre de Société, et qu'on les joue partout cet hiver ; les comédiens eux-mêmes les ont jouées entre eux pour s'amuser. Ils sont même mandés, dans des maisons particulières, pour y re-

(1) Parades, Préface.

présenter après souper, *la Vérité dans le Vin*,
la *Tête à perruque*, le *Galant Escroc*, etc. M. Trudaine les a fait venir à la campagne, par le moyen
de M. le duc de Duras, son ami; ils y ont joué
toutes ces pièces successivement, et ces jours-ci ils
doivent représenter les *Accidents*, *ou les abbés*,
comédie de moi, que je leur ai prêtée, et dont le
fond est si libre que je n'ai point osé la faire imprimer avec les autres. Ce qu'il y a de plaisant,
c'est que les spectateurs sont des évêques. M. de
J... évêque d'Orléans, qui a la feuille des bénéfices,
et l'évêque de Mâcon assisteront à ce spectacle,
rendu par Préville, sa femme, la demoiselle Luzy,
Feuilly et l'avocat Coquely de Chaussepierre. Il y
a encore deux autres évêques, que l'on ne m'a
point nommés, mais je suis sûr des deux premiers. »

Voilà la gloire : débaucher des évêques !

Collé eut, il est vrai, une réputation bien établie
d'auteur pour petits théâtres, et peut-être à cet
égard, ni Colardeau, ni La Harpe, ni Moissy, ni
Carmontelle, ni Poinsinet, ni Laujon ne l'ont sur-
passé.

En parlant de ses parades, Collé s'expliquait :

« A l'égard de la parade, oserai-je dire, d'après
M. Duclos, que j'y ai été supérieur ? Oui, je l'ose-
rai, d'autant plus, d'autant pla, d'autant plum, que
la parade est une bêtise.

« Mgr le duc d'Orléans, n'étant encore que duc
de Chartres, n'a-t-il pas joué lui-même la parade, en
1752 et 1757? Je le tirai tout de suite de là, dès

que Monsieur son cher père fut mort heureusement et je lui bâclai mon théâtre de société ; mais
la parade lui plaisait beaucoup et beaucoup trop. Il
la faisait même d'aucunes fois terminer nos spectacles de comédie. Elle était aussi infiniment agréable aux jeunes seigneurs, nos espectateurs, ce qui
leur faisait médiocrement honneur.

« Dans la *Mère rivale* et dans *Isabelle précepteur*, monseigneur jouait supérieurement le rôle
de Mme Cassandre. Je ne dirai pas qu'il était excellent Gille, à cause de sa petite dignité de premier
prince du sang, et qu'on trouverait ça déplacé ;
mais faut tout passer à une jeunesse comme il
était, et puis il n'y avait aux parades que quatre ou
cinq seigneurs espectateurs.

« Ce n'est pas qu'on ne puisse dire en sa faveur
que la parade, quoique farce grossière et faite pour
la populace et pour les gens de qualité, a cependant
son art, ses règles et ses grâces ; que le fond en
doit être agréablement ordurier ; que ses ordures
ne doivent sortir que de ce fond et n'y paraître ni
apportées, ni plaquées, et qu'il y doit surtout régner une gaieté inépuisable.

« Ce néanmoins, ajoutons que quand le sujet
s'en trouve tout neuf, et tout battant neuf, il y a
nombre de parades dont on ferait très bien des comédies.

« Quoi qu'il en coûte, faut pourtant être de
bonne foi et judicieux. Il convient d'avouer candi-
dement et avec vérité que les proverbes, surtout
ceux de M. de Carmontelle, qui, dans l'intérieur

des Sociétés, ont succédé aux parades, leur sont diablement supérieurs. C'est de la bonne et véritable comédie en scènes détachées. Personne au franc Parnasse n'en fait plus de cas que moi. »

Ce Carmontelle méritait cet hommage d'un confrère.

Carmontelle a laissé un nom doublement célèbre par ses peintures et par ses proverbes. Il mania le pinceau et la plume. « Poil et plume » eût pu être sa devise. Il était homme d'esprit. Il fut sinon le créateur, du moins le plus heureux représentant de ce genre aimable, frivole, léger, mousseux et inconsistant qu'on appelle la comédie de paravent, et plus particulièrement le *proverbe*, où l'action doit démontrer quelque vérité de la sagesse des nations.

Le duc d'Orléans, petit-fils du Régent, fort friand de ces divertissements galants, l'attacha à sa personne, et Carmontelle trouva chez lui le cadre, les éléments, le décor, le public nécessaires à son talent.

Il fut l'homme utile et nécessaire. Le duc d'Orléans veut-il transformer la butte Monceaux en un parc délicieux? C'est Carmontelle qui fera les dessins de ce jardin charmant qu'orne encore aujourd'hui le pavillon de la Folie de Chartres.

Ses Comédies proverbes ont du naturel et une aimable familiarité. Il les écrivait vite et à la diable. Musset a repris et relevé ce genre, qu'il a traité avec plus d'art, de fini, de soin.

Parfois, les acteurs étaient eux-mêmes les per-

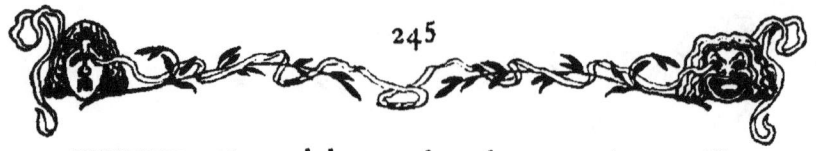

sonnages, et parlaient selon le caractère qu'ils avaient dans la Société.

Carmontelle peignait les décors, comme aussi il avait un album qu'il emplissait des portraits à la plume de ses plus illustres contemporains.

Il maniait joliment le pastel.

Enfin, il inventa les *transparents*, une sorte de lanterne d'ombres. C'étaient des sujets peints sur une bande diaphane qu'on déroulait devant une fenêtre, tandis qu'il expliquait le spectacle, qui durait deux heures. C'était déjà le théâtre d'ombres de nos modernes montmartrois.

Il eut du succès par cette alliance des arts. Il mettait ses proverbes en transparents et ses transparents en proverbes. Ceux-ci emplissent huit volumes, sans compter quatre volumes de Théâtre de Campagne, des romans dont les titres très longs annoncent plus qu'ils ne donnent.

Des comédies posthumes de Carmontelle ont été pieusement publiées par Mme de Genlis, qu'une affinité intime rapprochait de ce dramaturge mondain. Elle lui devait cet hommage de sympathie.

Elle fit de bonne heure ses débuts dramatiques, et elle les a racontés.

« Ma mère voulut préparer une fête pour le retour de mon père. Elle composa une espèce d'opéra-comique dans le genre champêtre, avec un prologue mythologique; j'y jouais l'Amour. Je n'oublierai jamais que mon habit d'Amour était couleur de rose, recouvert de dentelle de point parsemée de petites fleurs artificielles de toutes

14.

couleurs ; il ne me venait que jusqu'aux genoux ; j'avais des petites bottines couleur de paille et argent, mes longs cheveux abattus et des ailes bleues. On voulut aussi jouer une tragédie et l'on choisit *Iphigénie en Aulide.* Mon habit d'*Iphigénie,* sur un grand panier, était de lampas, couleur de cerise et argent, garni de martre. Comme ma mère n'avait point de diamants, elle avait fait venir de Moulins une grande quantité de fausses pierreries qui complétaient notre magnifique parure.

« On trouva que l'habit d'Amour allait si bien, qu'on me le fit porter d'habitude. J'avais mon habit d'Amour pour les jours ouvriers, et mon habit d'Amour des dimanches. Ce jour-là, seulement, pour aller à l'église, on ne me mettait pas d'ailes, et l'on jetait sur moi une espèce de mante de taffetas, couleur de capucine, qui me couvrait de la tête aux pieds.

« Mais j'allais journellement me promener dans la campagne avec tout mon attirail d'Amour, un carquois sur l'épaule et mon arc à la main. Au château, ma mère et tous les voisins ses amis ne m'appelaient jamais que l'Amour. Ce nom me resta. »

Il ne s'en pouvait pas de plus aimable. Elle y a médiocrement répondu. Nullement galante, la chaste Mme de Genlis a été la grande éducatrice publique de son temps ; elle en a merveilleusement compris et servi les besoins. Elle a mérité l'invocation que lui a lancée Marie-Joseph Chénier :

O toi, sainte Genlis, Philaminte des cieux !

Madame de Genlis.
(Gravure extraite du Bulletin de la Société historique d'Auteuil
et de Passy.)

Pédagogue de naissance, dès sa plus tendre enfance, de sa chambre, qui s'ouvre par une fenêtre

sur la terrasse sablée du château, au pied de laquelle s'étend l'étang bordé d'ajoncs, elle appelle les petits garçons du village occupés à couper des joncs; elle les groupe sous son balcon, et elle joue à la maîtresse d'école; elle leur enseigne tout ce qu'elle sait, le catéchisme, quelques vers des tragédies de Mlle Barbier, qu'ils répètent comiquement, le nez en l'air, parce qu'ils les disent avec leur gros accent bourguignon. Sa carrière enseignante, ainsi commencée, fut, par la suite, brillante, bien remplie, avant de devenir tout à fait officielle.

On a dit de Massillon qu'il mettait des coussins sous les genoux des pénitentes. Mme de Genlis met des coussins sous les pieds des petits enfants. Sa morale est pure, charitable, bonne à répandre et à reprendre; mais elle a mauvaise grâce à reprocher à Rousseau d'avoir placé l'éducation d'Émile dans un cadre factice, car à ce point de vue elle a fait pis que lui.

Elle a toujours cherché à esquiver la leçon directe; elle veut instruire l'enfant sans qu'il s'en doute, et, comme disait l'ancienne pharmaceutique, dorer la pilule. C'est un perpétuel souci d'effets, de scènes préparées qui doivent passer pour imprévues, et, dans sa pensée, avoir par là une portée merveilleuse. Elle abonde en ce que Fénelon appelait, en les demandant, les « instructions indirectes ». Ses élèves semblent habiter hors de France, dans quelque palais féerique où se jouent des fantasmagories édifiantes.

S'agit-il d'apprendre le courage?

Adèle est sur un bateau avec sa mère et son frère. Ils ont tous le mal de mer et vomissent à l'envi. Que va faire Adèle? prouver son courage, et chanter un duo avec sa mère : ce sera forcément un duo interrompu, un peu grotesque, mais quel exemple! Ce sont continuellement de ces scènes soudaines et morales, toutes aussi bizarres.

Dans le château, dans le jardin, avec les petites amies invitées et réunies, on organise des spectacles utiles, où toutes étaient actrices. A cheval, on parcourait les allées du parc, qui étaient, pour la circonstance, les savanes de l'Amérique, et le ruisseau représentait la mer; en petites barquettes, on faisait l'expédition de Christophe Colomb ou de Vasco de Gama. Sur un petit théâtre, le rideau, en se levant, découvrait un groupe d'enfants costumés et disposés en « tableaux fugitifs »; et le jeu était de deviner la scène de l'histoire ancienne ou moderne qui était ainsi représentée.

On se reprocherait qu'une récréation ne fût que récréative et ne servît à rien.

Adèle et Théodore ont une enfance qui tient du conte oriental. Aucun de leurs pas, aucune de leurs démarches ne doit être perdue; il faut que tout, même le jeu, contribue à leur instruction; ou plutôt il n'y a ni jeu, ni étude; c'est toujours la classe et toujours la récréation; seulement on étudie gaiement et on s'amuse utilement.

Jugez-en : Adèle et Théodore sont élevés chez leur père, le baron d'Alemane, dans un château, comme on dit, *truqué* à leur intention :

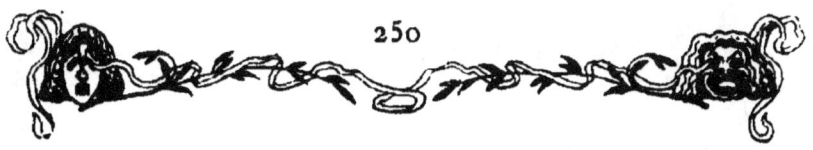

« Quand nous voulons faire étudier l'histoire à nos enfants selon un ordre chronologique, nous partons de ma chambre à coucher, qui représente l'histoire sainte ; de là nous entrons dans ma galerie, où nous trouvons l'histoire ancienne ; nous arrivons dans le salon, qui contient l'histoire romaine, et nous finissons par la galerie où se trouve l'histoire de France. »

Elle faisait représenter chez elle de petites pièces morales comme *La Petite Curieuse,* piquante satire des mœurs de la Cour. Elles comportaient seulement des rôles de femmes. Elle les écrivait elle-même. Ses filles, âgées l'une de douze et l'autre de treize ans, y jouaient avec succès. Ces représentations de la Chaussée d'Antin étaient fort suivies ; La Harpe les a vantées en vers.

A son *Théâtre d'Éducation* qu'elle publia, elle ajouta un *Théâtre de Société* dont les deux tomes (1781) contiennent des comédies faciles à mettre en scène, *La Mère Rivale, L'Amant anonyme, La Cloison, Le Méchant par air,* où il y a de l'aisance, une philosophie douce sans élan ni essor, et une certaine observation. Lisez le portrait du *Méchant par air,* tiré par son domestique.

Tout concourait chez elle à un enseignement perpétuel.

Sur les écrans de la cheminée, sur les tasses à café, au fond des assiettes, sont des images de l'histoire ancienne, de la mythologie, qui font l'objet des propos de table. Le tapis, le fond des fauteuils, le mur de l'escalier, chantent en tapisseries

la gloire des héros grecs. Il n'y a pas un regard perdu, pas un geste inutile; on apprend tout le temps, du matin au soir, dans tous les coins, et cela en jouant, sans s'en apercevoir.

C'est là une question : cette instruction amusante est-elle aussi amusante qu'on nous le dit? Il est bien, peut-être, de rendre le travail attrayant, du moins à condition de ne pas rendre du même coup la récréation laborieuse. Mais le plus grand danger est peut-être d'énerver la volonté par une éducation qui laissera l'enfant ignorante de ce que c'est que l'effort.

Elle sera désorientée et dépourvue dans la vie, qui n'est pas truquée, comme le château de M. d'Alemane.

La comtesse eut au demeurant de bonnes idées, comme il en est dans les esprits les plus chimériques; elle préconisa et exerça l'enseignement des langues vivantes; de même Fénelon, parmi ses utopies, avait conseillé l'étude du droit civil pour les jeunes filles : et le conseil n'est pas si mauvais, qu'il ne soit encore utile de le reprendre, puisqu'on n'a pas encore songé à l'appliquer.

Mais puisqu'il est question de Théâtre Édifiant pour l'ébattement de la jeunesse et les divertissements des salons, il faut lire, en ce genre, le théâtre de De Moissy, *Les Jeux de la Petite Thalie ou Nouveaux Petits drames dialogués sur des Proverbes pour former les mœurs des enfants de cinq ans jusqu'à quinze* (1769). Le frontispice est d'Eisen : il est éloquent. Il illustre la comédie

L'Habit sans galons, où le petit Des Vertus, qui a dix ans, donne au frotteur l'argent que son père lui a remis pour faire mettre des galons à son habit. Car ce frotteur est fort malheureux, avec un père et une mère malades, des frères affamés, et le petit Des Vertus est si touché de la misère des pauvres, qu'il en devient socialiste :

« Les hommes qui sont frères et qui devraient vivre comme tels, ne pensent pas seulement qu'ils soient de la même espèce, quand il y a disproportion de fortune. »

Et l'instant après :

« On est bien malheureux d'être homme quand on est pauvre, car il y a plus d'égalité entre les animaux. »

Sentez-vous sourdre et monter là, comme aussi dans tout le reste du volume, *Le Paysan Hardi,* ou *Le Goûter,* le mouvement populaire, et comme ces idées d'égalité sont déjà monnaie courante dans la bourgeoisie?

Eisen a gravé la scène dans le goût de l'époque. Le théâtre est tout enguirlandé de verdure; Thalie est assise au devant, drapée et souriante. Le décor est un salon Louis XVI; trois enfants, trois petits amours en chemise, l'occupent; l'un a une canne et un chapeau : c'est le père Des Vertus; l'autre a les cheveux frisés : c'est le fils Des Vertus; le troisième a dans son petit pied nu une brosse de frotteur de parquet, et à la main un long balai de soie à manche doré : c'est Jacquot le frotteur. A terre, à côté des deux petites épées de la leçon d'es-

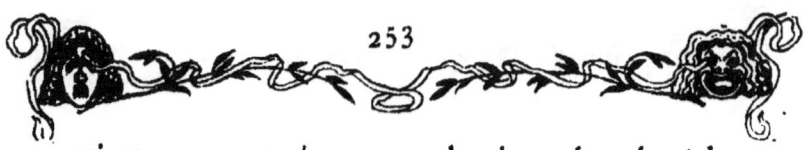
crime, une poupée repose, les bras écartés et les
yeux fixes.

Estampe gracieuse et plaisante dans sa mièvrerie
maniérée qui peint tout un temps.

C'est bien pour ces petits Amours parés et fa-
çonnés que sont écrites alors les pièces enfantines,
répétitions générales de la vie factice et mondaine
qui les attend.

« Il faut, dit notre auteur, instruire les enfants
pour le monde. »

Dès six ans, les enfants sauront improviser sur
des thèmes de morale et de modes; des passages
sont laissés à leur propre invention, car il faut savoir tenir sa place dans un salon et dans une conversation; il ne s'agit pas de rester enfants, il faut
être tout de suite un petit homme, un raccourci
de femme du monde, une poupée fardée, musquée,
sanglée, corsetée de fer et poudrée, qui ne doit pas
courir, jouer, avoir chaud et devenir rouge, mais
bien imiter la tenue et les propos de sa mère.

L'éducation du xviii° siècle est toute orientée
vers la vie aux lumières dans les lambris des salons.
Il y paraît dans le théâtre que M. de Moissy appelle *puéril.*

Puéril? Rien ne l'est moins. Dans *La Poupée,*
une fillette que sa bonne gronde, menace celle-ci
de dire que le valet de chambre est trop empressé
près d'elle. Dans *Le Menuet et l'Allemande,* l'acteur
qui fait M. Befor, peut avoir douze ans, et dit au
maître à danser :

« L'Allemande est une danse qui ne tire tous

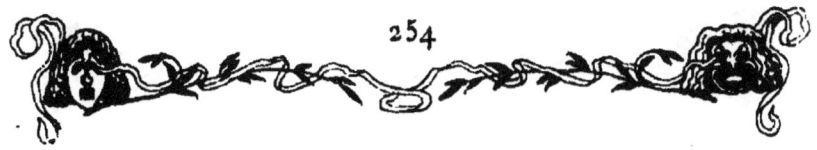

ses moyens de plaire que de la hardiesse d'une jeune personne et de l'effronterie du danseur, danse molle et lascive où les deux danseurs se tenant dans les bras réciproquement l'un de l'autre pour leur plaisir, semblent faire garder le manteau aux spectateurs. Si l'on avait des mœurs honnêtes, cette danse-là ne serait tout au plus tolérable qu'entre mari et femme. »

Et *Les Moineaux!* Là, le petit Minot a sept ans; il s'est amusé à casser deux pattes du chat de sa sœur pour voir s'il pourrait marcher sur les deux autres. Son abbé Nigaudin le tance, le menace, et l'enfant lui répond :

« Tenez, Monsieur l'abbé, si vous dites à maman, si vous le dites... Moi je lui dirai tout ce que j'ai vu l'autre jour par le trou de la serrure quand vous étiez dans la chambre de Mlle Hélène. C'est joli, pour un abbé, de caresser la femme de chambre de Maman! »

A sept ans! Voilà de la précocité, et le petit Minot promet. Il fait déjà chanter, et l'abbé n'ose plus accuser son élève.

Et *Les Poches!* M. Mondor, joué par un acteur de douze à treize ans, déclare :

« Est-il possible qu'après dix années de mariage, ma Femme se jette depuis six mois dans un désordre qui me donne lieu de tout craindre! »

Il a fouillé les poches de la robe de sa femme, qui fait trop de dettes, et celle-ci l'apprend. Le rôle est joué par une bambine d'une dizaine d'années qui s'écrie :

« Fouiller dans les poches d'une femme! Fi! Monsieur, vous mériteriez d'y avoir trouvé quelque chose de pis, et si j'écoutais la vengeance qu'une femme a toujours prête... »

Elle a lu Molière. N'est-il pas vrai que ce théâtre *puéril* nous étonne un peu, et que les fillettes du temps passé étaient étrangement émancipées? On comprend les doléances, dans *Le Duel*, du Gouverneur et du Précepteur :

LE GOUVERNEUR.

C'est un métier de chien, une galère continuelle qu'on a toujours la peine de voir faire naufrage.

LE PRÉCEPTEUR.

Vous avez bien raison, et voilà comment toutes les éducations tournent maintenant. Les pères et mères gâtent tout par leurs entêtements et par l'envie qu'ils ont de mettre leurs enfants dans le monde avant qu'ils aient aucuns principes de mœurs. Instruisez-les!

Et les deux jeunes gens qui sont encore bien de leur temps, ne sont-ce pas les deux petits bambins de *Tout chien qui aboie ne mord pas?* Le petit marquis de Surmont et le petit chevalier d'Urzy ont neuf ans. La petite d'Urzy a sept ans. Le marquis a voulu apprendre à la petite le jeu de billes; celle-ci n'a pas compris assez vite; il l'a appelée *bête*. Le frère, le chevalier, a aussitôt relevé l'insulte, et il y a entre ces deux petits une scène de provocation à la Corneille :

« Mon petit Chevalier, prenez garde à ce que vous dites, ou vous me forcerez moi à vous apprendre à parler. »

Jugez quelle morgue et quelle insolence donnait aux jeunes gens une telle éducation.

Et cet autre rôle, joli cadeau à faire à un enfant :

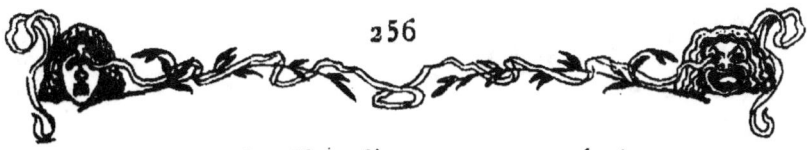

M. BELMON, la tête penchée sur sa main.

Mon fils unique se meurt! depuis huit ans, je n'ai plus aucun rapport avec ma femme, et je suis hors de toute espérance d'en avoir jamais d'autres enfants. O ciel! J'avais en moi les moyens, et je les sentais si bien, d'être bon père, bon mari : faut-il que ma femme m'ait forcé par sa conduite de me séparer d'elle.

Le bambin qui disait cela avait au plus treize ans.

Rien à cet égard n'est plus édifiant que ce théâtre de Moissy qui évoque, révèle et trahit tout un monde.

Les théâtres d'enfants sont instructifs. Comparez Moissy à la comtesse de Ségur, née Rostopchine, qui a aussi écrit des comédies célèbres pour le jeune âge, vers 1860. Ce sont deux époques bien différentes qui revivent et s'opposent. La nôtre est beaucoup plus saine, simple, naturelle et honnête.

La comtesse de Ségur dans ses *Comédies et Proverbe,* a l'art de disposer un petit sujet dans les scènes qu'il comporte, de ménager les entrées et les sorties avec des prétextes qui sentent leur na-

turel, de garder à chaque personnage le caractère
qui lui est assigné; le style est aisé, facile, correct,
sans trop d'emphase; il n'est pas assez spirituellement naïf comme est le langage des enfants. Il
manque de la souplesse, de la variété, du développement dans le moral des acteurs; ils sont solides
et tout d'une pièce. Le défaut attaqué disparaît
brusquement à la fin de la comédie, comme une
tache qu'on a bien frottée de benzine. Il n'y a que
deux catégories, les anges et les diables. La société
n'est pas ainsi faite. Ce théâtre a en outre un défaut qui tient, je crois, aux origines russes de l'auteur : il enseigne le dédain, la haine pour les gens
du commun et les domestiques, qu'il représente
comme des ennemis cruels et avinés. Ceux-ci, dans
Le Dîner de Mademoiselle Justine, ne songent qu'à
monter dans leur chambre, sabler le bourgogne et
boire du café en de furieuses agapes; celle-là,
Mme d'Embrun, institutrice de Berthe, dans *On ne
prend pas les mouches avec du vinaigre,* applique
à son élève par la punir une *ceinture de bonne
tenue,* carcan en fer muni de plaques qui emboî-
tent les épaules et d'une barre qui relève le men-
ton. Les enfants qui sortent de cette lecture ou de
ce spectacle deviennent impossibles à diriger pour
leur gouvernante qu'ils suspectent, méprisent et
jugent a priori digne du knout.

Au demeurant, il est d'une morale, sinon élevée,
du moins saine et utile à propager, puisqu'il punit
les caprices de Gizelle et récompense la vertu hé-
roïque du pauvre Hilaire, le martyr du plumeau.

Les grandes personnes aussi ont eu de nos jours
leurs auteurs, fournisseurs des scènes à paravents,
à commencer par l'un des plus féconds d'entre
eux, le marquis de Massa, qui, en connaissance de
cause, a rédigé la théorie du genre en cette page :

« La comédie de Société a quelquefois ses auteurs attitrés qui, s'ils n'ont pas l'ampleur nécessaire pour prétendre au vrai théâtre, peuvent du
moins s'essayer çà et là devant un public particulier. Ce dernier passe souvent condamnation sur
l'insuffisance du scénario, quand le dialogue est
alerte et enjoué, quand des hardiesses ou des allusions, sans portée ailleurs, mais spéciales aux as-
sistants, entretiennent un courant de bonne humeur entre la scène et la salle. L'essentiel, pour
l'auteur, est de savoir jusqu'où il peut se risquer
et quelle est l'extrême limite qu'il ne doit pas dé-
passer.

« Lorsqu'un auteur de cette sorte a dans sa clientèle quelque amateur disant bien le couplet, quelque chanteuse légère dont la distinction naturelle
garantit l'originalité de bon aloi, il obtiendra des
résultats avantageux en employant, de préférence
aux timbres surannés sur lesquels on patoisait jadis sans vergogne, les airs les plus nouveaux con-
sacrés par la vogue. S'il a de l'imagination et du
trait, il ne lui en coûtera pas beaucoup de soigner
sa prosodie et de donner à sa facture une forme honorablement littéraire.

« Faute d'un sujet de pièce prêtant à des développements suffisants, *une revue* mondaine, avec ses

scènes à bâtons rompus et son cadre élastique, lui
permettra plus facilement de faire valoir la verve
ou le talent d'imitation de tel ou tel comique, l'au-
torité ou le brio de telle ou telle étoile de salon. »

Nous avons vu comment il mit en pratique sa
doctrine de façon heureuse.

Legouvé fut l'un des premiers, au XIXᵉ siècle, à
se préoccuper d'écrire plus spécialement pour
les salons en peine de théâtre. Il a fait et réuni en
volume un certain nombre de comédies en un
acte, *A Deux de jeu, Ma fille et mon bien, Un
jeune homme qui ne fait rien,* petites saynètes bonnes tout ensemble pour les théâtres réguliers, et
pour les séculiers. Il fit même une saynète en une
scène spécialement en vue des amateurs, et il s'en
expliqua avec esprit.

« On joue ou l'on récite souvent, dans le monde,
des fragments de pièces de théâtre, mais il arrive
parfois que ces morceaux ne donnent à l'auditeur
qu'une satisfaction incomplète. Ils ont quelque
chose de tronqué, qui nuit à l'intérêt et à la clarté.
On y regrette un commencement et une fin.

« Le dialogue de Marthe et de Suzanne a, j'es-
père, l'avantage d'être un fragment qui forme un
tout. Pourquoi? Parce que ce fragment est le développement complet de la petite idée exprimée dans
le titre : *L'Agrément d'être laide.* C'est le pendant
de la fameuse pièce de vers de Mᵐᵉ de Girardin :
Le Bonheur d'être belle. On peut sans doute deviner, autour de ce dialogue, une histoire, mais il
me semble qu'on peut s'en passer, et qu'elle ne

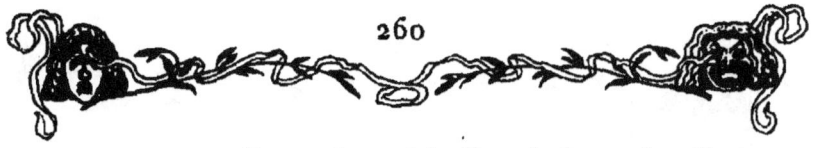

manque pas. Du moins, ai-je lieu de le croire d'après l'expérience que j'en ai faite. Personne, après y avoir entendu Mlle Delaporte et Mlle Barretta, ne m'a dit : « Comment cela finit-il ? » Il est vrai que c'était Mlle Barretta et Mlle Delaporte, et jamais l'alliance de ces deux talents, si spontanés, si vifs et si vrais, n'a produit un plus aimable et plus piquant effet. En sera-t-il de même dans le monde, avec des femmes du monde pour interprètes? Pourquoi non?

« Je prévois l'objection! *L'Agrément d'être laide*, me direz-vous, c'est très bien comme titre, mais dans le monde, laquelle de ces dames consentira à jouer le rôle de Marthe, c'est-à-dire à représenter une fille laide? — Laquelle? Toutes! Les laides et les jolies. On dira aux jolies : « Prenez ce « rôle! vous y serez absurde et charmante! Quand « vous parlerez de votre laideur, cela fera rire tout le « monde, et la scène en sera d'autant plus piquante. « Puis vous avez si bien l'esprit du personnage, si « vous n'en avez pas la figure! » — Soit! me répondrez-vous, mais que dira-t-on aux laides? — On leur dira la même chose. »

Tout son *Théâtre de campagne* est une riche mine de petits chefs-d'œuvre par les *managers* de châteaux.

Les proverbes d'Alfred de Musset tiennent un rang intermédiaire entre les pièces de théâtre et la saynète. Il les écrivit sans espoir de les voir représenter devant le grand public. Il avait débuté à l'Odéon par la *Nuit Vénitienne*, qui fut sifflée deux

soirs de suite, et qui le méritait. D'ailleurs, tout semblait conspirer contre lui.

« Dès la seconde scène, Vizentini se vit interrompu par des sifflets. Des cris de forcenés couvraient la voix des acteurs, et le parterre s'acharnait après les plus jolis mots du dialogue, comme s'il fût venu avec l'intention bien arrêtée de ne rien entendre. L'auteur, étonné de ce tumulte, ne pouvait croire que la pièce ne dût pas se relever pendant la grande scène entre le prince d'Eisenach et Laurette. Mlle Béranger, vêtue d'une fort belle robe de satin blanc, était éblouissante de fraîcheur et de jeunesse. Enfin, les rieurs se calment un instant. Par malheur, l'actrice, en regardant du haut du balcon si le jaloux Razetta est encore à son poste, s'appuie sur un treillage vert dont la peinture n'avait pas eu le temps de sécher, elle se retourne vers le public toute bariolée de carreaux verdâtres, depuis la ceinture jusqu'aux pieds. Cette fois, l'auteur, découragé, s'inclina devant la volonté du hasard » (Biographie).

Découragé, il cessa d'écrire pour la scène, et se confina dans le théâtre pour la lecture, les revues, les salons, et ce furent les *Spectacles dans un Fauteuil*. C'est en Russie qu'on s'avisa tout d'abord qu'ils pouvaient passer avec succès du fauteuil à l'avant-scène, où la plupart ont depuis reconquis leur rang.

Meilhac, Labiche, G. Droz, Gondinet, de la Haulle, défraient encore le répertoire mondain.

Méry se plut à écrire pour les salons, dans son

15.

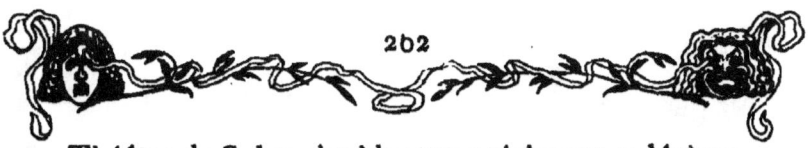

Théâtre de Salon, des bluettes précieuses et légères que les maîtresses de maison se disputèrent : *La Coquette,* un acte en prose, fut jouée chez Mme Or- fila ; le *Château en Espagne* égaya les invités de l'hôtel Castellane ; *Après Deux ans, Être Présent, La Grotte d'azur,* divertirent les Villas et les villes d'eaux. L'esprit y est alerte et piquant, l'action y est mince, le style y est délicieux. Il s'y agit le plus souvent d'une jeune veuve dont le cœur hésite à renoncer à un tendre souvenir ou à la liberté, et qui s'exprime avec une élégance toute mondaine :

« Ah ! Monsieur le Comte ! Si vous saviez ! Une longue et solitaire douleur comme la mienne choisit la première occasion pour demander ses vacances ; ma tristesse a pris un congé d'une heure ; votre réflexion la fait rentrer au logis avant le terme. »

Ou encore :

« Je vous remercie de cette confidence, Monsieur le Comte, elle est fort curieuse ; une passion de tropique, retour de l'Inde ! Je comprends ; vous avez rencontré à Madras ou une créole coquette, c'est-à-dire une créole, ou une fiancée de Lammermoor fiancée à un Anglais, ou une Pénélope indienne amoureuse de son mari. Trois écueils oubliés sur la carte du golfe de Bengale. »

Alors l'amoureux, qui se présente chez la veuve pour lui remettre des reliques de son mari tué à Sébastopol, ne veut pas demeurer en reste de maniérisme, et plaide pour le mariage des veuves ou la mode nouvelle :

« Oh ! madame, ceci est de l'ancien régime tout

pur, maximes antérieures aux chemins de fer et aux paquebots à vapeur. Le monde si vieux que nous habitons est séparé de l'Amérique par un ruisseau. Si le vieux monde nous tyrannise trop avec son vieux code, nous sautons sur le nouveau; on meurt dans celui-ci; on ressuscite dans l'autre. L'océan est le chemin d'azur qui mène au paradis, et l'Amérique deviendra bientôt la Belgique des veuves en faillite. New-York est un Bruxelles nuptial. »

Tout cela était fort bien dit, et de nature à contenter l'acteur qui se faisait applaudir, les spectatrices qui se pâmaient d'aise d'avoir à goûter ces finesses, et l'auteur.

A la même époque, vers 1860, comment ne pas nommer en bonne place le *Théâtre de Nohant* de George Sand, réunion des comédies qui furent jouées sur ce fameux théâtre : *Marielle, Le Drac,* rêverie fantastique, *Le Pavé*, etc. Ce sont moins des pièces que des scènes dialoguées dans la formule de nos petites saynètes modernes que Gyp, ni Jules Marni, ni Abel Hermant n'ont pas inventée. Elles exposent des situations piquantes et courtes de la vie intime, pour charmer l'esprit sans gros effets, dans le goût mondain. Parfois les interprètes devaient développer les indications du livret, qui était un canevas. Toutes ces bluettes tendent à l'émotion douce et tempérée pour amateurs à la campagne :

« Ces petits essais, dit-elle, conviendraient moins aux salons de Paris, où il faut de l'esprit et

point du tout de naïveté, de l'art un peu factice comme les rapports superficiels que le monde exige, et très peu d'étude des passions. »

Veut-on un exemple? Dans *Le Pavé*, un géologue a recueilli une jeune orpheline dont il fait sa servante. Celle-ci s'éprend du valet de chambre. Ce n'est pas le compte de notre savant, qui se prend à aimer sa pupille, et lui propose de l'épouser. Désespoir des deux amoureux qui aiment bien leur maître, mais qui aiment encore plus leur amour. Le vieux surprend leurs doléances, et renonce à ses projets conjugaux pour se consacrer à l'étude de ses pierres.

C'est charmant, moral et court. Que veut-on de plus?

George Sand a eu la passion du théâtre privé. Elle et son fils Maurice ont renouvelé la comédie de société et le théâtre des marionnettes, qu'ils ont fait prospérer avec éclat au château de Nohant de 1846 à 1872. Chopin était au piano. Les rôles n'étaient que des canevas. Les acteurs se laissaient emporter au feu de l'improvisation.

D'abord il n'y eut pas de public. On jouait pour jouer. Quand il y eut des spectateurs, une simple ligne à la craie les séparait de la scène idéale.

Puis le décor devint plus exigeant.

« On avait déjà fait de grands progrès pour la mise en scène. Le paravent, coupé en deux, était devenu la coulisse de droite et de gauche. Nous avions peint une toile de fond qui représentait, d'un côté, une rue; de l'autre, un intérieur, dont

(Cliché Nadar.)

Offert aux artistes
de l'Odéon
George Sand

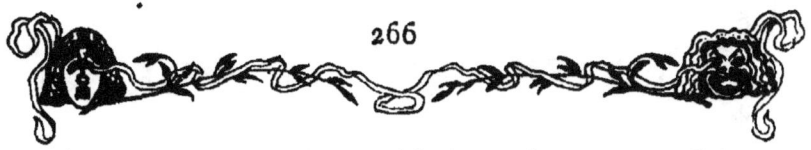
la perspective était combinée seulement par l'illusion des acteurs. Pour la scène du tombeau du Commandeur, dans *Don Juan*, on avait poussé le luxe jusqu'à poser un rideau pour isoler la scène de la salle et du public fictifs. Les costumes en toile, en papier, en chiffons de toutes sortes étaient pourtant fidèles quant à la forme et à l'arrangement. »

George Sand habillait elle-même ces marionnettes célèbres qui ont figuré à titre de documents précieux à l'Exposition du Théâtre, organisée en 1896 au Palais de l'Industrie. Les « montreurs » improvisaient; et quand ils ne savaient plus comment finir la pièce, ils lançaient à la volée les personnages sur les spectateurs.

Le *Théâtre Impossible* d'Edmond About est impossible à jouer sur une scène publique; mais tout est permis aux amateurs qui peuvent facilement monter *L'Assassin*, en un acte, dans le décor du petit salon de Mᵐᵉ Pérard, ou l'exquise fantaisie, en un acte aussi, *L'Education d'un Prince*, d'un esprit caustique et léger, ou le proverbe en un acte *Le chapeau de sainte Catherine*, saynète de petit comité.

Et *Le théâtre chez Madame*, d'Ed. Pailleron! ce délicieux pastiche xviiiᵉ siècle si gracieusement présenté! Et ce fut *Le chevalier Trumeau*, badinage coquettement pervers, où Marton sait troubler Isabelle; et ce fut, dans le genre de la comédie italienne, *Le Narcotique*, où Pierrot berne Cassandre; et ce fut encore, dans le goût moderne, la saynète *Pen-*

dant le Bal, que toutes les jeunes filles ont apprise.

Eugène Verconsin a copieusement et honnête-
ment fourni ce genre, avec ses volumes de *Saynètes et Comédies* dont une partie n'a pas été faite
pour les feux de la grande rampe, mais pour les
lustres des cercles et des salons : *L'une ou l'autre,
La peur du Mariage, Retour de Bruxelles, Le
Cap de la Trentaine, Les curiosités de Jeanne* ou
la parodie tragique ,*Télémaque*, ou la fantaisie
amusante, *En wagon* avec ce prologue :

« L'acteur chargé du rôle de voyageur est prié
d'expliquer cette mise en scène dans un prologue
dont le thème peut être celui-ci :

« Messieurs,

« La scène que nous allons avoir l'honneur de représenter devant vous se passe dans un wagon de
première classe, venant de Marseille à Paris. Nous
avions d'abord songé, pour donner toute la vraisemblance désirable à la situation, à nous procurer
une véritable voiture de chemin de fer... avec sa
locomotive. Nous nous étions donc adressés à la
compagnie de la Méditerranée, qui, nous aimons à
le reconnaître, avait mis une gracieuse obligeance
à accueillir notre demande. Seulement elle nous a
fait remarquer qu'une de ses voitures, même du
plus petit modèle, serait difficilement transportable
dans un salon même du plus grand modèle; qu'en
outre, la locomotive chauffée, toujours pour la vraisemblance, donnerait, dans cet espace étroit, une

chaleur insupportable, et, qui sait? pourrait faire explosion et occasionner les plus grands malheurs. Ces observations nous ont donné à réfléchir, et, après mûre délibération, nous avons cru devoir renoncer à nos projets et recourir à un décor plus praticable.

« Nous prions donc votre imagination de venir en aide à la couleur locale en voulant bien voir, dans ces quatre fauteuils, un compartiment de première classe; nous vous prions, en outre, de vous figurer que je viens d'y passer la nuit, et que j'y dors encore du plus profond sommeil.

« Et maintenant, messieurs, permettez-moi d'entrer dans mon rôle, de m'asseoir dans le coin que j'ai choisi, et de reprendre mon sommeil interrompu.

« Le voyageur place son sac de voyage, son guide et son couteau à papier sur le premier fauteuil de gauche, s'assied dans le premier fauteuil de droite, met sa casquette, s'enveloppe de sa couverture, puis il s'endort et fait bientôt entendre un ronflement paisible. — Bruit de cloche, coup de sifflet, la voix de l'employé :

Melun, cinq minutes d'arrêt! »

Le reste est ainsi, bon enfant, simple, naturel, avec un don aimable de réplique drôle, des confusions, des quiproquos, un dialogue aisé et souriant; c'est bien le ton du genre quand il ne vise ni à la prétention, ni à l'audace.

Ajoutez tant de recueils spéciaux qui constatent la vogue de ce divertissement et la boulimie des amateurs.

Le charmant *Théâtre des Dames* de Jules de Marthold, pour jeunes filles; de Henry Buguet, *Le Théâtre de Cercles, Casinos et châteaux*, papillotant de gaîté et de fantaisie; *Les Comédies de Salon* de Mme de Gévrie; *Les Comédies de Château* de Lemercier de Neuville, et, de Gustave Nadaud, ses délicieux *Théâtre de fantaisie* et *Théâtre des familles*, ou la collection des *Saynètes et Monologues*, huit à dix volumes égayés par Charles Cros qui réjouissait Sarcey, par Monselet, Paul Février, Gastineau, Théodore de Banville, Armand Silvestre, avec *Tiȝaniello*, Jacques Normand, Louis Dépret, Pontsevrez, Guy de Maupassant, Henri de Bornier, Ernest d'Hervilly, Lucien Puech, Courteline, et tant d'autres : Emile Abraham, Berr de Turrique, Hennequin, Adenis, Clairville, Galipaux, de Lorde, H. Avocat, Feydeau, de Noussanne, Buguet, Ordonneau, Pradels, Crisafulli, Jules Renard, comtesse Lydie Rostopchine, Valabrègue, Bilhaud, Xanrof, Truffier.

Parmi les plus récents succès des salons, comment ne pas rappeler les noms de Henri Lavedan (*En Visite*); Charles Folëy (*Bourrasque, Moulard n'est pas heureux, Alfred, Avec sa mère, La Dame d'Espouillac, L'Émailleuse*); Auguste Germain (*Le Bonheur qui passe*); Eugène Billard (*Cheȝ Madame*).

Et combien d'œuvres sont et demeureront iné-

dites, comme ces comédies du comte de Montferrier qui m'écrivait :

« Aucune de mes pièces n'a été imprimée. La
première qui ait été jouée, le fut chez une ancienne
amie de ma famille qui avait le dernier salon aca-
démique et littéraire, la marquise de Blocqueville,
fille du Maréchal Davoût (la Duchesse du « Monde
où l'on s'ennuie »). Cela s'appelait « le Phono-
graphe ».

« Depuis on a joué de moi des comédies : *Te-
tulbé*, *l'Aventure de Bejpo*, *Blaise*, tragédie conju-
gale; des drames : *l'Idole*, *le Revenant;* des revues :
Meli-Mélo, *En panne*, *Un peu de tout* et récem-
ment *la Dame au masque,* dans des salons, des
cercles, des œuvres de charité, chez l'un, chez
l'autre et chez moi.

« J'ai eu pour interprètes tantôt des amateurs
comme MM. Roger, de Bourboulon, de Salverte,
baron Despatys, comtesse Chandon de Briailles,
comte de Narbonne Lara, de Caillavet, etc., tantôt
des professionnels comme Mlles Regnier, Bertiny
du Théâtre Français, Mylo d'Arcyle, Suzanne Au-
mont, Tarride, Berthelier fils, Polin, Claudius,
Philippon, Tréville, Zambelli, etc., etc. »

Et mon intéressant interlocuteur ajouta ces curieux souvenirs sur le Théâtre privé d'autrefois :

« Le goût de la Comédie de Société qui était si
vif dans l'ancienne Société, quand les salons n'é-
taient pas ce qu'ils sont devenus, m'est venu par
tradition de famille.

« Mon arrière-grand-père le marquis de Montfer-

rier écrivait et montait des comédies d'amateurs, de concert avec le chevalier d'Aigrefeuille, chez son cousin germain l'archichancelier Cambacérès, au château de Mignot et au château de Royaumont avec le marquis de Bellissen. Mon grand-père maternel Villemain aimait aussi ce divertissement. Il jouait dans sa jeunesse des saynètes chez la princesse de Vaudémont et la duchesse de Narbonne, et j'ai lu dans je ne sais quels mémoires le récit d'une représentation d'une tragédie d'Euripide — avec le concours de Benjamin Constant — où il récita son rôle *en grec* — tour de force qui dut, d'ailleurs, paraître un peu sévère. »

Villemain jouant la comédie, la tragédie, en grec, dans les salons! Cela n'est-il pas tout à fait pittoresque! Si ses auditrices avaient l'amour du grec, il a dû être fort embrassé.

En vérité, on ne sait si les salons manqueront plus tôt aux auteurs, ou ceux-ci à ceux-là. Ce genre est aujourd'hui d'une vitalité vigoureuse et débordante; c'est un épanouissement luxuriant, une floraison prodigue.

Demandez à ceux qui sont le mieux à même de juger des goûts du public à cet égard, à ceux qui éditent les comédies de Société, et à qui s'adressent les maîtresses de maison en verve scénique.

Ils vous diront que jamais on n'a tant demandé ni joué de comédies de paravent. « Le cabotinage fait fureur, me disait l'un d'eux, et on organise ces représentations partout, à tous les étages du monde, dans la bourgeoisie riche, aussi bien que

chez le peuple, dans les patronages, dans les cercles ouvriers. Il y a toute une littérature dramatique contemporaine pour les enfants, dont on fait de bonne heure de petits acteurs. »

Du moins prend-on garde de les corrompre; ni Darthenay avec son loyal *Théâtre des Petits,* avec *Les créanciers de M. Pifambosse* ou *Les époux de Mᵐᵒ Brisemiche;* ni le Théâtre très demandé de Lemercier de Neuville ne sont un danger moral ni social.

Lisez nos comédies modernes « pour la jeunesse », *L'âge très ingrat, Le château de M. Toulardot, un Coup de tête, Pauv'Zizi,* par Mᵐᵉ A. Perronnet, *La Cigale et la Fourmi* de F. Beissier, *Fiancés en herbe* de G. Feydeau, spirituelle bluette, *Le Paradis,* de Chevillard, *Pour un hanneton* de Maurice Hennequin, etc., et comparez avec les théâtres enfantins du xviiiᵉ siècle, les comédies inconsciemment indécentes de Moissy, et vous toucherez du doigt le progrès accompli vers un idéal plus pur, plus élevé, plus sain, plus édifiant, plus candide. Nos bambins valent cent fois mieux que leurs petites aïeules, et c'est l'honneur d'un peuple, qu'on puisse féliciter ses enfants.

En matière de comédie de Société, les beaux jours du xviiiᵉ siècle sont revenus, mais avec de grandes différences en faveur de notre temps. Tout ce qu'on joue doit être décent et convenable. C'est la première condition que pose la cliente chez son marchand de brochures. La morale publique a fait des progrès.

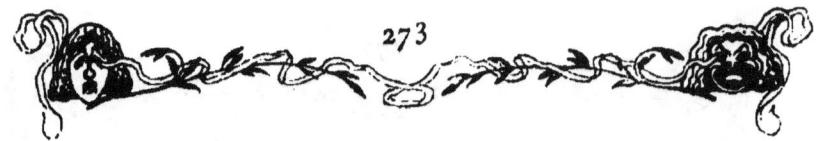

Ce qui marque surtout cet art mondain, c'en est le bourgeoisisme. On ne veut pas ou on ne veut plus de problèmes psychologiques, de thèses, de développements abstraits; on demande l'anecdote, le petit cas amusant et simple emprunté à la vie de tous les jours; le théâtre salonnier est réaliste, sans aigreur ni vigueur. Il est gai, comique par-dessus tout. Il faut divertir à tout prix.

De petits drames drolatiques comme *L'Anglais tel qu'on le parle*, *Théodore cherche les allumettes*, *Monsieur Tranquille* sont les favoris du jour, dans les salons, qui sont devenus une annexe de la Chambre Noire, et qui s'ouvrent sur les hôtels, la rue, les magasins de nouveautés, les bureaux d'omnibus, ou de nourrices, les squares et la cuisine.

La tristesse ni le sérieux n'ont leurs entrées sur cette scène. Ce n'est pas seulement dans le monde, c'est parmi les prolétaires, les petits employés, les jeunes gens du commerce, qu'on s'organise en Cercles dramatiques, où les acteurs jouent dans une salle louée devant leurs parents et leurs amis, pour le plaisir. Tout ce théâtre est souriant, aimable; les rôles laids ou antipathiques ne trouvent pas preneurs; chacun veut paraître et briller à son avantage.

Ce développement actuel d'un genre déjà ancien constate les préoccupations modernes, le progrès de l'instruction parmi le peuple, qui se flatte de se plaire à ce divertissement littéraire, et aussi la tendance, au fond égoïste, individualiste, à s'exhiber,

à recueillir les applaudissements et les hommages
de l'admiration, à emprunter la beauté factice des
perruques et du maquillage, à se mettre en vue; le
monde moderne a un grand fonds de cabotinage.

Rendez cependant justice à cet engouement, qui
pourrait plus mal se placer. Il a ses avantages, et
mérite encouragement. S'il favorise le flirt, il développe les goûts sociables, l'esprit de concession
et d'entente, les facultés de jugement, de mémoire,
de critique, et de choix; il retient à la maison
et dans la famille des jeunes gens qui pourraient
plus mal occuper leurs loisirs. La comédie de société crée un lien fleuri et aimable entre les interprètes et les spectateurs, une connivence de bon
aloi entre gens de bonne compagnie, et à tout
prendre, il vaut encore mieux jouer la comédie
dans les soirées, que dans la vie.

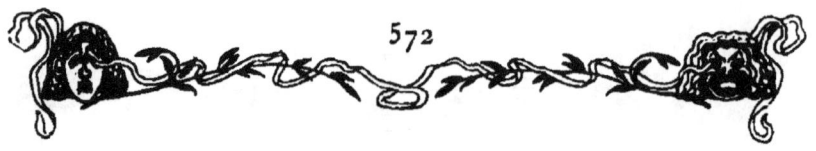

572

TABLE DES MATIÈRES

CHAPITRE PREMIER

La comédie de société du XVI° au XVIII° siècle.

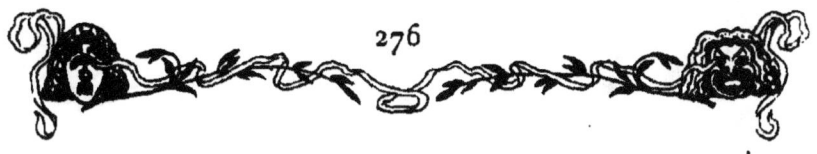
CHAPITRE II

Théâtre des Petits Cabinets.

CHAPITRE III

Théâtre du Maine, à Sceaux.

CHAPITRE IV

Trianon.

CHAPITRE V

Les Théâtres du duc d'Orléans et du comte de Clermont.

CHAPITRE VI

Les Théâtres de Voltaire.

CHAPITRE VII

Le Théâtre privé dans la bourgeoisie au XVIIIe siècle.

CHAPITRE VIII

Le monde galant.

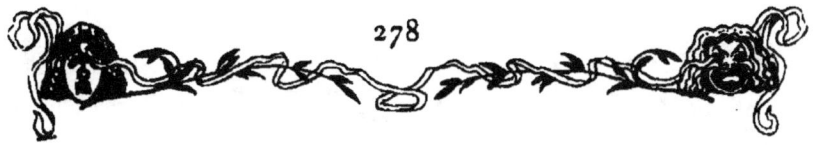

CHAPITPE IX

Le XIXe siècle.

CHAPITRE X

Le Théâtre au Camp.

CHAPITRE XI

La troisième République.

CHAPITRE XII

Lois du genre et Auteurs de Salons.

www.ingramcontent.com/pod-product-compliance
Lightning Source LLC
Chambersburg PA
CBHW071815020726
47502CB00004B/1122